KB265463

FANTASTIC ORIENTAL HEROES

장랑행로 1

진패랑 新무협 판타지 소설

초판 1쇄 찍은 날 § 2007년 7월 27일
초판 1쇄 펴낸 날 § 2007년 8월 3일

지은이 § 진패랑
펴낸이 § 서경석

편집장 § 문혜영
편집책임 § 유경화
편집 § 이재권 · 유혜림

펴낸곳 § 도서출판 청어람
등록번호 § 제1081-1-89호
등록일자 § 1999. 5. 31
어람번호 § 제2-1258호

주소 § 경기도 부천시 원미구 심곡1동 350-1 남성B/D 3F (우) 420-011
전화 § 032-656-4452 팩스 § 032-656-4453
http://www.chungeoram.com
E-mail § eoram99@chollian.net

ⓒ 진패랑, 2007

ISBN 978-89-251-0824-7 04810
ISBN 978-89-251-0823-0 (세트)

진패랑
新무협 판타지 소설

장랑행로

1

張郎行路

국사무쌍 (國士無雙)

FANTASTIC
ORIENTAL HEROES

도서출판 청어람

目次

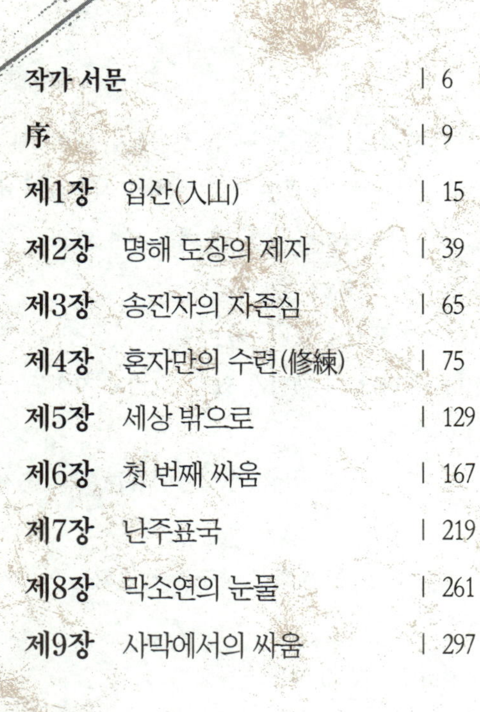

소설, 특히 무협 소설을 좋아하는 사람들이 있다.

현실에서는 가능하지 않은 황당무계한 시추에이션이 가능한 세계가 필요한 사람들이다. 신나게 때려 부수고 마음 내키는 대로 행동하며 사고할 수 있는 세계다.

처음에는 신기해서 읽는다. 뭐 이런 게 있어? 하는 생각으로 읽기 시작한다. 읽다 보니 재미가 있다. 그리고 자신도 모르게 서서히 중독되어 간다.

열 권, 스무 권, 백 권, 이백 권… 읽어가는 책의 숫자가 늘어난다.

그러다 보면 같은 패턴, 같은 구조로 진행되는 이야기들에 식상함을 느끼게 된다.

그건 누구라도 마찬가지다.

그리고 어느 날인가부터 무언가 색다른 이야기 구조가 없을까? 무언가 남다른 이야기가 없을까? 찾기 시작한다.

글 쓰는 사람 중에 눈치 빠른 이들은 그런 독자들의 성향과 생각을 알아차리고 새로운 방식, 새로운 패턴을 시도한다. 판타지나 퓨전 등이 그런 시도 가운데에서 파생된 장르다.

하지만 판타지나 퓨전이 아니라면 누구라도 과거의 전형이 되어버린 무협의 패턴을 벗어나기가 무척 힘들다는 사실을 알게 된다.

사실 그런 과거의 패턴을 벗어나면 이야기는 정말 지루하고 재미없어진다.

장랑행로는 과거의 패턴을 건드리지 않으려 노력할 것이다.

가벼운 마음으로 쉽게 읽을 수 있도록 하겠지만 결과는 미지수다. 자칫 어중간하며 쓸모없는 사생아가 탄생할지도 모른다.

모두에게 쓰레기 취급을 받을지도 모른다.

장랑이 사랑을 받지 못하면 내 마음은 찢어지게 아플지 모른다. 그러나 나는 장랑을 사랑한다. 그의 인생, 그의 걷는 길을 좋아한다.

序

망아곡(忘我谷).

"아함!"

다 쓰러져 가는 초막 앞 작은 평상에 누런 이빨을 다 보이도록 하품을 하면서 그 이빨만큼 누런 책을 노려보며 모로 누워 있는 노인이 보인다.

"젠장할~ 제엔~장할 서장!"

벌써 며칠째 서장(序章)을 어떻게 쓸까 고민을 하고 있다.

생각해 보니 벌써 십 년째다.

강호잡기총요(江湖雜技總要).

이 지긋지긋한 책을 써 내려가기 시작한 지가 십 년. 이제 서장과 졸다가 빠뜨린 검술편(劍術篇)을 조금만 더 써넣으면 대망의 완성이다. 그런데, 그런데 왜 아무리 머리를 쥐어짜도 저자인 나와 걸맞는 멋들어진 서장 구절이 떠오르지 않는 것이냐고…….

"그건 그렇고… 천뢰검법(天雷劍法) 마지막 초식이 어떻게 되더라?"

갑자기 그 부분도 생각나지 않는다.

'이래서 늙으면 어서 죽으라는 말이 생겼나 보다. 천뢰검법은 무림맹주 그놈의 절기였지?'

"제길! 무림맹주 뢰문기 그 애송이를 또 봐야겠네. 아아아! 귀찮아."

노인은 비스듬히 누웠던 몸을 억지로 일으켜 세웠다.

천뢰검법 따위 검법의 마지막 초식은 기억을 더듬을 필요 없이 생각나는 부분까지만 제대로 쓰고 나머지는 만들어내면 그만이다. 그 정도 초식쯤이야 만들어내면 그만이니까. 하지만 책을 써 내려갈 때, 아무리 허접한 검법일지라도 눈으로 직접 확인해 봐야 직성이 풀린다.

'에휴. 나는 너무 정직한 것이 탈이야.'

*   *   *

검성(劍聖) 뢰문기(雷文基).

누구라도 그를 당금의 천하제일검으로 인정한다. 그는 지난 사십 년 동안 비무를 포함, 팔백여 싸움에서 단 한 번도 패하지 않았다.

소림 전대 방장 혜광 선사, 화산파 역사상 유일하게 매화검법의 극의를 깨달은 화산제일검 조일평, 종남을 단번에 무림의 앞쪽 자리로 끌어올린 종남검왕 진옥상, 자타가 공인한 은거고인 최강 죽림칠검 형제, 무당의 청허 도인, 사도(邪道) 대종사 흑천부주 마달방…… 등등.

이름만 대면 누구라도 다 아는 강호의 내로라하는 초절정 고수와 명숙들 모두가 그에게 일백 초 이상을 버티지 못하였다.

그런 검성 뢰문기가 지금, 백발이 성성한 한 노인 앞에서 땀을 뻘뻘 흘려가면서 홀로 검술을 펼치고 있었다. 그런데 그뿐이 아니다.

"야, 임마. 똑바로 못해."

퍽! 퍽! 퍽!

노인이 비스듬히 앉아 있던 자세 그대로 떠올라 허공에 뜬 채 뢰문기의 엉덩짝을 연속으로 걷어찼다. 한걸음에 이십 장을 움직일 수 있다는 전설 속의 신법 표향승천(飄香昇天)과 허공에 몸을 둥둥 띄워 자유롭게 걸어다닌다는 허공답보를 거의 누운 채로 펼치는 것이다.

"하여간 요즘 것들은 안 돼. 조금만 풀어주면 꾀를 피우려고 한단 말이야. 쯧!"

노인은 그 한마디를 남기고 미끄러지듯 원래의 자리로 돌아갔다.

"다시 시작해."

"아, 알겠습니다."

뢰문기는 떨떠름한 표정으로 대답했다.

십삼 년 전 갑자기 눈앞에 불쑥 나타난 노인. 단지 반말을 했다는 이유 하나로, 복날 개 패듯 엄청 두들겨 맞았었다.

신나게 두들겨 맞고 난 다음 노인에게 들은 단 한 마디는 이랬다.

"임마, 내가 환갑일 때 너는 아직 세상에 태어나지 않았어. 어디서 대가리에 피도 안 마른 게."

믿기지 않지만 그때나 지금이나 노인의 주먹질 앞에서 뢰문기의 엄청난 무공과 천하제일인의 자부심은 아무짝에도 쓸모가 없었다. 적어도 노인 앞에서 뢰문기는 강호의 삼류무사일 수밖에 없었다.

"임마. 거기, 위에서 아래로 내려치는 부분, 거기는 왜 지난번과 다른 거야? 저러고도 천하제일검 소리를 들으니… 야, 너 혹시 사기 쳐서 천하제일검이 된 거 아냐?"

"사, 사기 친 게 아니고 강호동도들이……."

퍼억!

"시끄러, 임마. 어디서 말대꾸야."

　노인이 어느새 날아와 다시 한 번 뢰문기의 엉덩이를 걷어 찼다.

　"……."

　"그건 그렇고, 넌 뭔 놈의 검술을 그렇게 복잡하게 만들었어?"

　"제가 만든 게 아니고… 고금제일인으로 추앙받던 낙일무제의……."

　"고금제일인? 이놈이 어디서 또 사기를 치려고?"

　노인이 눈을 부라렸다.

　"……."

　"다시 해봐."

　이미 환갑을 넘긴 뢰문기. 그는 시뻘겋게 상기된 얼굴로 자신의 절기 천뢰검법을 처음 검을 배우는 어린아이처럼 천천히, 그리고 아주 느리게 시연하기 시작했다.

　"자식, 진작 그렇게 할 것이지."

　노인은 만족한 듯 고개를 끄덕이며 먼저 앉았던 자리로 날아가 대문짝(?)만 한 커다란 종이 위에 지렁이가 기어가는 글씨체로 마치 낙서를 하듯 글을 적어 내려갔다.

　잠시 후.

　"에잉! 이따위 허접한 검술 때문에 이 고생을 하다니. 아무튼 수고했다."

　천하제일검의 천뢰검법을 허접하다고 불평하던 노인. 그

는 엉덩이의 먼지를 툭툭 털고는 엄청나게 큰 종이 뭉치를 옆
구리에 끼고 일어섰다.

강호잡기총요(江湖雜技總要).

노인이 끼고 있는 종이 뭉치 가운데 한 장에서 언뜻 보이는
글자는 그것이었다.

第一章

입산(入山)

脯此散羔賜其福佑
迎請神真老君演此真妙經竟
降臨速得正一　道吉廣　奉
至大改元四月佛浴焉
日弟子趙孟順敬

감숙성 공동산으로 오르는 소로(小路) 한 켠 후덕한 인상의 중년인과 십여 세가량 소년이 다정한 모습으로 마주 앉아 땀을 식히고 있었다.

중년인은 섬서와 감숙의 경계 천양(千陽) 보계산장(補階山莊)의 장주 장만덕이었고, 엉덩이가 걸쳐진 돌멩이를 앞뒤로 끄덕이며 장난을 치고 있는 소년은 그의 아들 장랑이었다.

"아비가 한 말 잊지 않았지?"

"네, 아버지."

"흠… 그래, 하지만 듣고 싶구나. 우리 아들이 얼마나 이 아비의 말을 기억하는지."

장랑은 자신을 측은하게 내려다보는 아버지 얼굴을 뚫어지게 바라보았다. 왜 아버지가 자신을 못 미더워하는지 이유를 알 수 없었다.

천재 소리는 못 들었지만 한번 보거나 들었던 이야기, 상황을 잊은 적 없었고 그걸 모를 리 없는 아버지다. 그럼에도 몇 번을 확인하고 있었다.

사실 묻고 싶은 것이 많았다.

무공 때문일까? 아니면 다른 이유라도 있을까?

호신지기를 위한 무공은 다섯 살 때부터 익혀온 육합권과 청운검법(淸雲劍法)이면 충분했다.

수준 높은 무공을 익히려 한다면?

구태여 공동산일 필요가 없다. 강호에 대해 자세히 모르지만, 무공은 소림과 무당이 천하제일이라는 것 정도는 알고 있었다. 그럼에도 소림이나 무당을 제쳐 두고 외지고 외진 감숙 구석에 자리한 공동산으로 향하는 이유를 알고 싶었다.

단지 보계산장에서 가깝다는 해명만으로는 부족한 점이 너무 많다.

하지만 아버지의 말씀은 곧 천명이었다. 지금껏 그렇게 배워왔다.

"랑아, 이 아비는 너의 낭랑한 목소리를 듣고 싶구나."

부드러운 재촉이었다.

"스물둘이 될 때까지 절대 산을 내려오지 말라 하셨습니

다. 스물둘이 넘어도 되도록이면 공동산에서 생활하라 하셨
습니다. 도적(道籍)에 이름이 오르면 도사가 되어도 좋고, 도
적에 이름이 오르지 않으면 속가제자 신분에 만족하라 하셨
습니다. 사부는 곧 아버지와 같으니 늘 조심하고 또 조심하
며, 항상 공경하는 마음을 가지라 하셨습니다. 항상 몸과 마
음을 정결하게 할 것이며, 한시도 태만해서는 안 된다 하셨습
니… 다.”

갑자기 장랑의 말이 끊어지며 뒤로 넘어갈 듯 휘청거렸다.
끄덕거리며 장난을 치던 돌멩이가 뒤로 넘어갈 듯한 모습이
었다.

“조심하거라.”

장만덕의 동작은 말보다 빨리 장랑의 손을 잡아채 똑바로
세워주었다.

“네.”

장랑은 환하게 웃었다. 종종 허 집사를 놀려먹을 때 써먹던
방법이었다. 아버지도 여지없이 걸려들었다.

자신의 장난을 눈치 못 챈 아버지는 염려스런 눈길로 자신
을 바라보고는 먼 산을 응시하고 있었다.

진 형(陳兄).

더 이상 기댈 곳이 없소.

강호를 떠나 유유자적하는 진 형을 내 모르는 바 아니오.

그런데 이미 두 번이나 실패를 하고 말았소.

이풍과 단규가 실패한 이상 누가 나서겠소?

나의 고충을 이해하여 주시오.

육십 년을 이어온 비살문(秘殺門)의 명예가 달렸소.

내 대에서 비살문을 문 닫게 할 수 없소.

그건 진 형도 바라지 않을 줄 아오.

부탁하오.

두 번째로 연장받은 기한은 육 개월.

추가 청부금으로 황금 일천 냥을 받았소.

합계 황금 이천 냥, 모두 동봉하오.

청부 대상은 안휘에 있으니 쉽게 찾을 수 있을 게요.

내 아버님 얼굴을 봐서라도 부탁을 꼭 들어주시오.

우제(愚弟) 찬.

장만덕에게 봉서가 날아든 것은 두 달 전. 장주 장만덕은 십 년 전 타지에서 섬서와 감숙의 경계 천양(千陽)으로 이주해 와 추오강(樞奧江)을 앞에 둔 곳에 보계산장을 열었다.

늘 온화한 미소와 선한 눈매로 사람들을 맞이했고 어려운 이들에게 후덕한 인심과 많은 선행을 베풀어 존경과 공경의 대상이 되었다.

간혹 질시와 시기의 눈빛으로 그를 대하는 사람도 있었지만, 그와 더불어 일각 정도 이야기를 나누면 태도가 바뀌기

일쑤였다. 대개 정중하게 허리를 굽히거나 혹간(或間) 활짝 웃으며 자리를 뜨곤 했다.

"죽을 때 저승으로 짊어지고 가는 것도 아닌데 아낄 것이 뭐 있습니까? 그렇다고 무턱대고 퍼주진 않습니다. 저는 단지 더불어 사는 방법을 찾고자 할 뿐입니다."

도움을 청하러 오는 사람들에게 장만덕이 늘 하는 말이었다.

그렇게 평온한 나날을 보내고 있던 그에게 전해졌던 한 통의 전서가 그의 삶을 바꾸어놓았다.

"네가 훗날 비살문을 떠나더라도 찬이를 가끔 도와다오."

"네, 문주님. 꼭 그리하겠습니다."

"문주는 무슨… 우리끼리 있을 때는 그냥 사부라 불러도 된다."

'사부님.'

비살문 전대 문주였던 사부 필살쾌검(必殺快劍) 단초양(段初亮).

그분과의 약속이 하나 남은 핏줄인 아들을 외면하게 만들고 있었다.

'사부였다면 남궁세가는 무조건 피하려 하였을 텐데… 찬이 녀석.'

늘 그를 질시하던 현 비살문 문주이자 사부의 아들인 단모찬을 떠올리며 원망을 해보았다.

외가에서 자라던 아들 랑이를 데려와 산천을 벗 삼아 조용히 살고 싶었다. 그런데 다시 비살일호로 강호에 나선다면… 그렇다면 장만덕이라는 이름은 더 이상 존재하지 못한다.

걱정되는 것은 아비의 과거를 모르는 아들 랑이었다.

그 어린것이 받을 충격이 어떠할지… 더구나 성공 확률이 이 할에 못 미치니 랑이는 천애 고아가 될 가능성이 높았다. 어쩌면 그 정도에 그치는 것이 아니라 복수와 뿌리를 완전히 뽑아버린다는 명목으로 비살문은 물론 아들 랑이까지 제거하려 들지 모른다.

나서기가 두렵다. 하지만 의리와 사부 단초양의 유명을 생각하면 나서지 않을 수 없다.

방법을 찾아야 했다.

'랑아, 아비는 어쩔 수 없구나! 아비가 없어도 씩씩하게 잘 살아야 한다.'

장만덕은 한참의 고민 끝에 작은 탄식과 함께 조용히 일어서며 산장의 살림을 맡고 있는 허 노인을 불렀다.

"아버지."

"으응?"

뭔가 고민에 빠진 듯 먼 산을 바라보며 한숨을 쉬고 있던 아비의 얼굴을 바라보다 장랑은 아버지를 불렀다.

간혹 이런 장난이라도 쳐야 서로 간에 정이 끌리고, 그 정이 더욱 돈독해진다는 사실을 장랑은 알고 있었다.

'아버지, 저는 이 정도에 넘어지지 않아요. 아직도 제가 세 살 먹은 어린아이로 보이시나요? 저는 이미 열두 살이에요.'

그렇게 말하고 싶었다. 하나 그럴 기회가 없었다.

"계속해 봐라."

상념에서 깨어나 냉정한 본래 모습으로 돌아간 장만덕이 채근하였다. 장랑은 고개를 끄덕이고 다시금 목을 가다듬었다.

"되도록이면 말을 아끼라 말씀하셨고, 친우들 간에 다툼이 있으면 먼저 양보하는 마음을 가지라 했습니다. 싸울 일이 발생하면 일단 피하되, 상황이 여의치 못하면 반대로 철저하게 무너뜨리라 하였습니다. 이는 사내가 결단이 빨라야 하며, 내 주장이 옳더라도 먼저 상대의 생각을 이해하려 노력할 것이며…(중략)… 나라에 충성을 하여야 하는데, 백성을 늘 먼저 생각해야 하나니, 이는 민의(民意)가 곧 천심(天心)인 이치와 같으니……."

공동산은 위로 갈수록 숲이 더 빽빽하고 울창하다.

나뭇가지 사이로 보이는 태양의 위치로 짐작해 보면 신시(申時)가 가까웠다.

겨우 마차 한 대 지날 만한 좁은 산길이 갑자기 끝났다.

작은 공지(空地)였다. 그 중앙에 아름드리 통나무 기둥 네 개가 떠받치는 숫을대문이 있었다.

"여기가 일주문(一柱門)이다."

대문도 없는 특이한 구조였다. 장랑은 궁금증을 참지 못하였다.

"일주문? 아버지, 일주문이 무슨 뜻인가요?"

"일주문이란… 흠, 원래 불문에서 유래된 것이지만 지금은 도량(道場)에서도 널리 쓰이는데, 몇 가지 상징적 의미를 지니고 있단다. 간단히 말하면 지금 우리가 서 있는 이곳은 속계(俗界), 문 안쪽은 선계(仙界)라고 보면 된다."

"네, 아버지."

장랑은 확실한 뜻이 가슴에 들어오지 않았다. 다만 어렴풋하게 세상과의 단절을 의미한다는 정도로 이해했다.

장만덕 부자는 멈추어서 기둥 안쪽으로 구불구불 길게 이어지는 흙 계단을 바라보았다. 그 계단은 입구에서 도관까지 아직도 제법 많은 거리가 남았음을 알려주었다.

"두 분, 잠시 멈추어주시지요."

통나무 기둥 아래 정좌하고 앉았던 중년 도사와 청년 도사가 슬며시 일어서는데, 그중 입을 연 사람은 왼편 중년 도사였다.

"아, 도사님들! 그곳에 계셨군요."

장만덕이 환하게 웃었다. 누가 봐도 가식없는 웃음이었다.

중년 도사는 정중하게 목례로 답한 후 지극히 차분한 음성으로 말했다.

"어디서 오셨는지 모르나, 저희 공동은 사정상 당분간 외부 손님의 발길을 제한하고 있습니다. 험한 산길을 오르시느라 지치고 힘드실 줄 압니다. 도량으로서 깨끗한 물 한 잔이라도 대접해야 옳으나, 그리 못함을 용서 구합니다. 부디 저희의 무례를 탓하시고 이대로 돌아가 주시길 바랍니다."

나름대로 정중한 추객령(追客令)이었다.

"아! 그렇군요."

장만덕이 과장되게 고개를 끄덕였다. 그런데 하는 양은 진짜 아무것도 모르고 온 모습이 아니었다. 도리어 이미 잘 알고 왔다는 인상이 강했다.

"더 오르지 말라는 도장님의 말씀도 있고 하니 여기서 멈추겠습니다. 대신 한 가지 부탁을 드려도 되겠습니까?"

"네? 무슨……?"

중년 도사는 너무나 천연덕스러운 장만덕의 행동에 일순 당황한 듯 보였다. 그러나 침착함을 잃는 정도는 아니었다. 중년 도사는 할 말이 남았으면 더 해보라는 눈빛이었다.

"저희가 위로 오르지 못하니 대신 이것을 접객담당 도장님께 전해주셨으면 합니다."

장만덕이 품에서 두툼한 서찰 하나를 꺼내 내밀었다.

"이건?"

중년 도사는 마땅치 않은 표정이었다. 설마 심부름까지야… 하는 표정이었다. 이때 장만덕이 단호한 어조로 재촉했다.

"분명히 말씀드리는데, 결코 공동에 해가 되지 않습니다."

망설이던 중년 도사. 그는 장만덕의 눈빛을 똑바로 쳐다보다가 마지못해 서찰을 받아 들었다.

"잠시만 기다려 보십시오."

"저희는 시간이 충분합니다."

장만덕이 엷은 미소로 대답했다.

*　　　*　　　*

송진자(松秦子).

공동파의 현 장문인. 나이는 칠십에 가깝지만 이십대 청년 못지않게 정력적으로 활동하던 인물이었다. 그런 그가 거의 한 달째 자신의 방에 틀어박혀 두문불출, 바깥출입을 하지 않고 있었다.

한 달 하고 더 며칠 전, 무당에서 구대문파 비검회가 있었다. 강호에 알리지 않고 구대문파 수뇌부와 각 문파를 대표하는 제자 몇 명만 참석하는 비검회였다.

그 비검회에서 공동은 팔전팔패(八戰八敗)했다. 최선을 다

했으나 안타깝게도 참가한 문파 모두에게 패하고 말았다.

송진자는 수치심을 이기지 못하고 스스로 봉문을 선언했다. 그리고 눈물을 흘리며 돌아왔다.

자존심이 무척 강한 그로서, 스스로 봉문을 선언할 수밖에 없는 작금 공동파의 현실이 안타깝고 좌절할 정도로 슬펐다.

송진자는 스스로 자부해 왔다. 도문(道門)의 일원으로 세속의 명예나 지위에 연연하거나 탐하지 않았노라고.

그런데 한 달이 넘었음에도 치욕감과 분노는 좀처럼 수그러들지 않았다. 보다 더 큰 원인은 어쩌면 비검회에서의 승패보다, 구파일방 순위에서 말석도 모자라 은근히 탈퇴를 강요당하는 분위기 때문일지도 몰랐다.

소림, 무당, 화산까지는 인정한다. 그들의 자리는 예로부터 거의 부동이었다. 그런데 아미, 청성, 종남, 심지어 늘 말석을 차지하던 점창까지도 노골적으로 공동파를 무시했다는 점이었다.

송진자는 자신의 대에 이르러 벌어진, 그 어처구니없는 상황에 대하여 책임과 수치심에 고개를 들 수 없었다.

자신의 판단에 많은 기대를 걸었던 동문 사형제, 수많은 제자들, 그리고 사숙, 사백의 얼굴을 똑바로 바라볼 자신이 없었다.

무당에서 돌아오며 장문 자리에서 물러나야 한다고 몇 번이나 다짐한 그였지만 막상 장문 직을 물려줄 만한 마땅한 인물이 눈에 뜨이지 않았다.

이번에 비검회에 출전했던 명안(明安)과 명진(明璡)을 제외하고 다른 제자들에게 크게 신경을 쓰지 못했던 자신이 원망스러웠다.

자신의 독선과 고집, 그리고 넉넉지 않았던 재정(財政).

뒤늦게 알아낸 원인이지만 이미 엎질러진 물이었다.

다탁 위에 놓인 찻잔은 이미 차갑게 식어 있었다.

송진자는 식어버린 찻잔이 당금 공동의 처지와 같다고 생각했다.

누군가 새로이 팔팔 끓여주던가 아니면 뜨거운 물을 보충해 줘야 한다.

어떻게든 그 방법을 찾아야 한다.

정적을 깨고 화급히 달려오는 기척이 느껴졌다.

'누가 이렇게?

"장문 사형, 급히 뵈었으면 합니다."

멀리서 시작하여 방문 앞에서 멈추어지는 습성을 가지는 목소리.

직계 사형제 열두 명 중 유일하게 장로 자리에 오르지 못해 안타깝게 생각하던 막내 사제였다. 전빈전(典賓殿) 전주(殿主)로 비검회(比劍會) 후 장로 지위에 올려주마 약속했는데 그러질 못하였다.

"송허(松噓)인가?"

"네, 장문 사형. 접니다."

"사제, 전빈전에 관한 일이라면 자네가 알아서 처리하게."

"장문 사형, 아닙니다. 저도 예삿일 같으면 찾아뵙지 않았습니다. 이건 아무래도 사형께서 직접 결정하실 문제 같습니다."

목소리에 조급함과 절실함이 묻어 있었다.

"정히 급… 아니다, 들어오거라."

모두 출입을 금했지만, 오십이 넘어도 아들같이 생각되는 막내 사제인지라 어쩔 수 없었다.

안으로 들어선 송허 도장은 다짜고짜 한 손에 쥐고 있던 종이뭉치를 앞으로 내밀었다.

"산문에서 어떤 인물이 서찰과 함께 이것을 올려 보냈습니다."

"서찰?"

"아무 생각 없이 봉투를 열었는데… 글쎄……."

송허 도장은 난감한 표정이었다.

송진자는 사제가 내미는 물건에 처음부터 시선을 두지 않았다. 그저 난처해 보이는 사제의 얼굴만 바라보고 있었다.

"그게 뭔가?"

"중원각지 여러 전장에서 발행된 전표입니다. 더해보니 무려 삼천오백 냥이나 됩니다. 그자가 장문 사형을 한번 뵙고 싶다는군요."

"삼천오백 냥? 꽤 큰돈이로군! 그런데 돈을 내세워 나를 만나겠다는 발상인가? 얼빠진 인물이구나."

송진자는 아직도 자존심은 살아 있었다. 하지만 금전적으로 쪼들리고 궁핍한 공동의 입장에서 보면 삼천오백 냥은 결코 간단히 무시할 수 있는 금액은 아니었다.

"그자 이름이 뭔가? 잘 알려진 인물인가?"

"이름이 장만덕이라 하는데, 처음 들어보는 인물입니다."

"장만덕? 그자가 뭘 원해 돈을 보내왔는지 알 수 없지만, 생면부지 사람에게 돈을 받을 이유는 없다. 그러나 우리 공동이 지금 처한……."

송진자는 최대한 체면을 살려가면서 의문의 사내를 만나려 했다. 그런데 눈치없는 송허 도장이 그것을 방해하였다.

"장문 사형, 중간에 말을 잘라서 죄송합니다. 황금 삼천오백 냥은 그냥 무시하기에 결코 적은 액수가 아닙니다."

"황금? 그자가 보낸 전표가 황금과 바꿀 수 있는 전표더냐?"

"네, 그렇습니다."

어지간하면 놀라지 않는 송진자였지만 그도 눈을 크게 뜨고 말았다.

황금 삼천오백 냥이면 은자로 칠만 냥, 아무나 만질 수 있는 금액이 아니었다. 적어도 중원의 몇 안 되는 갑부이거나 황실과 깊이 연관된 사람일 가능성이 높았다.

“분명 황금이더냐?”

송진자는 재차 확인을 했다.

“네, 분명 황금입니다.”

송허는 전표 다발을 송진자의 코앞에 들이밀어 확인시키려 했다.

“으음…….”

직접 전표를 확인한 송진자는 생각을 바꾸었다.

은자 칠만 냥이면 아무리 봉문을 선언했더라도 만나야 한다. 설령 그 사람이 거절을 해도 자신이 찾아가 만나야 했다. 그것이 재정난에 허덕이는 공동파의 현실이었다.

“혼자 왔나? 일행은?”

“어린아이 하나를 데리고 왔다 합니다.”

“흠, 그 사람을 태황전으로 모셔오게.”

태황전은 최고 귀빈만을 상대하는 전각이었다.

황실도 왕부도 아니었다. 그렇다고 이름난 거부도 아니고 그들과 관련된 인물도 아니었다.

송진자는 장년의 사내부터 먼저 찬찬히 살폈다. 탈속의 풍모였다. 무림의 고수 같기도 하고 아닌 것 같기도 하다. 은연중 무공고수의 냄새가 나기는 나는데, 외형으로 드러난 모습만으로 판단하기 어려웠다.

‘내가 너무 예민해져 있구나.’

돈의 위력 앞에 상대를 너무 높게 본다는 생각이 언뜻 스쳐 지나갔다.

강호에서 활동하는 인물들을 모두 다 알 순 없지만 적어도 사십 초반 나이에 자신의 감각을 비켜 나갈 만한 위인은 없었다.

비검회에서 패해 수모를 당했지만 그건 어디까지나 비검(比劍)일 뿐이었다. 생사를 건 진검승부라면 소림이나 무당, 그 누구도 쉽게 승부를 장담하지 못한다. 그렇게 믿는 건 송진자의 자부심이요, 공동의 자존심이었다. 그리고 실제도 그랬다.

송진자는 시선을 소년에게 돌렸다.

평범했다.

흔히 말하는 기재(奇才)의 흔적이 없다. 혹시나 하여 촘촘히 살폈다. 역시 아니었다. 하다못해 어린아이다운 순수한 눈망울이라든가, 아니면 영악해 보이는 눈빛도 아니었다. 그렇다고 멍청해 보이거나 어수룩해 보이지도 않았다. 굳이 판단 내리라면 '평범' 정도의 아이였다.

"처음 뵙겠습니다. 천양에서 온 장만덕입니다. 이 아이는 부족한 저의 아들입니다. 인사드려라."

"안녕하세요, 노도장님. 장랑입니다."

두 사람은 첫인상과 달리 상당히 명랑한 성격 같았다.

"그래, 반갑구나."

송진자는 가벼운 대꾸로 인사를 대신했다. 겉으로 여유를 부리고 있지만 당장 중요한 건 눈앞 장년인의 진실한 의도와 정체를 알아내는 일이었다.

"빈도가 공동의 장문을 맡고 있는 송진입니다."

송진자는 뒤늦게 자신의 소개를 하였다.

"장문진인 같은 대도인(大道人)을 만나뵙게 되어 영광입니다."

장만덕은 지극히 공경스럽게 허리를 굽혔다.

"……."

허리를 펴고 일어서는 장만덕은 활짝 웃고 있지만 송진자는 그렇지 않았다. 보기보다 배짱이 없는 사람이란 생각이 들었다. 자신이 아무리 공동의 장문이라 하나 이렇게 연속으로 깊게 고개를 숙이는 인물은 드물었다.

"장 대인, 실례지……."

장만덕이 막무가내로 송진자의 말을 잘라먹었다.

"장문진인, 많이 바빠 보이시는군요. 그래서 용건만 간단히 하겠습니다. 랑아, 너는 잠시만 밖에 나가 있어라."

송진자는 자신의 말이 끊기자 눈살을 찌푸렸다. 이때 송허 도장이 장랑의 손을 잡고 급히 밖으로 나갔다.

문이 닫히자마자 장만덕은 서둘러 입을 열었다.

"장문진인, 거두절미하겠습니다. 제 아들놈을 십 년만 공동에서 거두어주십시오."

"흠, 그게……."

송진자는 당황스러웠다. 너무 노골적이었다. 보통은 강호의 정세라든가, 세상 돌아가는 이야기, 그도 아니면 날씨 이야기 정도를 먼저 주고받아야 했다. 그런 연후 천천히 본론으로 접근해 가야 맞았다. 그것이 일반적인 화법이었고, 송진자도 그런 방식에 익숙해 있었다.

"진산제자든 속가제자든 상관없습니다. 십 년 동안 받아주신다면 제가 죽어 저승에 가서라도 은혜를 잊지 않겠습니다."

'죽어서까지? 그토록 절박한 이유는 뭘까?'

송진자는 묘한 호기심과 반발이 생겼다.

"장 대인, 공동은 이제 명실상부한 도문입니다. 속가제자 제도가 유명무실하게 되어버린 지 십수 년이 흘렀습니다. 더구나 우리 공동은 아무 때나 제자를 들이지 않습니다."

"십 년을 주기로 제자를 거두신다는 점, 저도 잘 알고 있습니다. 그래서 부탁을 드립니다. 아들놈이 제 앞가림할 나이까지만 돌봐주십시오."

"으으음."

장만덕은 품에서 봉투 하나를 꺼내 탁자 위에 올려놓았다.

"지난해 장마로 인한 피해가 많았다고 들었습니다. 태황전(太皇殿) 뒷벽이 갈라지고, 건청전 기와도 일부 바람에 의해 망실되었다는 소문도 있고…… 모두가 공사다망하여 보수에 미처 신경 못 쓰신다는 말, 얼핏 들었습니다."

"장 대인, 듣기 거북하군요."

송진자는 자신도 모르게 벌떡 일어서며 언성을 높이고 말았다.

'아아! 청빈이 허물이 아니건만……. 송진자야.'

그리고 즉시 후회를 하였다.

"장문진인, 일단 이것부터 받아주십시오."

간곡한 권유의 목소리였다.

송진자는 눈살을 찌푸린 채 탁자 위에 놓인 물건을 바라보았다.

"금화 사천 냥에 해당되는 전표입니다. 저도 황망 중이라 미처 이것밖에 준비 못했습니다. 적으나마 전각을 보수하실 때 약간의 도움이 되었으면 합니다."

'금화 사천 냥?

돌부처도 황금 앞에서만큼은 활짝 미소를 짓는다 했던가?

차마 분노를 표출 못하고 차가운 냉기만 풀풀 날리던 송진자의 안색은 조금씩 풀어졌다.

송진자의 시선이 탁자 위에 놓인 물건에 잠시 머물다 거두어졌다.

금화 사천 냥!

은자로 팔 만 냥이었다. 너무나 거센 유혹이었다.

"장 대인, 보다 구체적으로 원하는 게 뭡니까?"

송진자의 말투는 여전히 퉁명스러웠다.

"십 년간 봉문. 적어도 봉문이 풀릴 때까지만이라도 제 아이를 공동파에서 맡아주십시오. 그것 이외 다른 건 없습니다."

"정말 그것이면 됩니까?"

"그렇습니다."

"십 년 동안 우리 공동의 울타리가 필요하다……."

송진자는 장만덕이라는 사내를 이해하기 어려웠다. 무언가 절박한 사정이 있으니 거금을 내놓았을 것이었다. 어쩌면 뭔지 모를 위험 부담이 있고 그것을 공동이 안아주기를 바라는 마음일 것이었다.

그럼에도 어마어마한 금액이었다. 자존심 강한 소림이나 무당이라 할지라도 은자 십오만 냥의 헌납이라면 절대 가볍게 생각하지 못한다. 그들에게도 이른바 최상급 귀빈 대우를 받을 수 있는 액수였다.

'나도, 우리 공동파도 이젠 돈의 노예로 전락하고 마는 것인가?'

송진자는 자괴감이 느껴졌다.

그러나 자신이 자존심 한번 꺾으면 십 년 동안 공동의 살림은 걱정할 필요 없고 숨통이 트인다. 적어도 몇 년 동안은 여기저기 손 벌리고 다닐 필요가 없어진다.

무엇보다 가장 절실한 소망, 자질있는 아이들을 제자로 받아들일 수 있는 바탕이 될는지 몰랐다. 송진자는 마침내 결심을 굳혔다.

"장 대인의 아들을 본파의 정식 제자로 받아들일지 아닐지, 그 문제는 조금 더 지켜본 후 결정하겠소. 대신 십 년 동안은 공동에서 보호해 주겠소. 그 정도면 되오?"

"감사합니다, 장문진인."

장만덕은 일어나서 길게 장읍을 한다.

마음속으로 찜찜하지만 거래는 성립되었다.

송진자는 장만덕을 바라보며 소년을 누구에게 맡길까 잠시 생각했다.

'명해? 흠… 명해가 좋겠군.'

무공을 주로 하지 않으면서, 소년을 은둔시키기 적당한 인물은 명해가 좋았다.

第二章

명해 도장의 제자

장랑은 삼 일간 접빈전에서 함께 지내던 아버지 장만덕의 배웅에 나왔다.

산 아래로 걸어 내려가는 아버지의 뒷모습을 하염없이 바라보았다.

조금 전 산문에서 몸을 돌리는 순간, 아버지 장만덕의 붉어진 눈시울을 발견하였다.

'아버지, 저를 왜 이곳에 남기십니까? 저는 도사가 되고 싶은 마음이 없습니다. 그냥 혼자이신 아버지가 새어머니를 맞이해 가족을 이뤄 오순도순 행복하게 살고 싶어요. 저를 이곳에 맡기고 이렇게 가슴 아픈 이별을 해야 할 만큼 중요한 일

이 도대체 무언가요? 말해주세요.'

소매를 붙잡고 매달려 그렇게 말하고 싶었다.

하지만 보계산장을 떠나올 때부터 이미 정해진 일이었다.

'아버지, 잘할게요. 아버지가 가슴으로 눈물 흘리는, 그 이별의 아픔을 감수하면서 제게 원하는 그 무언가를 이루도록 노력할게요. 그리고 늠름한 모습으로 찾아뵐게요. 그때까지 몸조심하세요.'

장만덕이 모퉁이를 돌아서며 시야에서 완전히 사라져 버렸다.

참았던 눈물이 기어코 뺨을 타고 흘러내렸다.

옆에 섰던 명해 도장이 장랑의 어깨에 손을 올려 다독였다.

"이제 그만 가자."

"네, 도장님."

장랑은 소매로 눈물을 훔치며 씩씩하게 대답했다.

명해 도장이 측은한 눈길로 장랑을 바라보며 말했다.

"랑아, 너는 이제 나를 도장님이라 부르면 안 된다. 아직 네 이름이 도적에 오르지 않았지만 너는 이제 공동의 식구란다. 송허 사숙께서 나에게 네 아버지를 배웅하라 하셨으므로 너는 내 제자가 된 게야. 이제부터 나를 사부라 부르거라."

"알겠습니다, 사부님."

장랑은 공손하게 허리를 굽혔다.

이미 알고 있었다. 아침에 갑자기 나타나 자신을 '명해' 라고 소개한 중년의 도사. 그가 아버지 배웅에 따라 나왔다. 그 정도면 굳이 입을 열어 말하지 않아도 충분하였다.

"올라가서 이야기하자꾸나."

명해 도장이 앞장서 흙 계단에 발을 올렸고 장랑은 조용히 그의 뒤를 따랐다.

반 시진 가까이 걸었다. 그동안 굵직굵직한 전각 여러 채를 지났다.

마침내 가장 안쪽에 자리한 전각인 옥황전(玉皇殿)에 도착했다.

그러나 그곳이 끝이 아니었다. 옥황전을 돌아 뒤편으로 다시 한참을 걸어 잡목 숲을 지나고 계단을 타고 작은 언덕에 올랐다. 그곳에 사방 백여 장 크기의 널찍한 공간이 나왔다. 산등성이를 깎아낸 자리에 제법 큰 전각 하나와 부속 건물 두 개가 나란히 서 있었다.

만약당(萬藥堂).

중앙 전각 편액의 이름이었다.

명해 도장이 입을 열었다.

"이곳이 만약당이다. 네가 앞으로 거처할 곳이란다."

"……."

“공동의 제자가 되었으니 장문 사백님을 비롯한 여러 어른들, 그리고 동문들에게 예를 갖추어 인사해야 정상이지만 지금은 사정이 있어 정식 절차를 갖추지 못하는구나. 이 점은 네가 이해하거라.”

“네.”

“도문에 발을 들여놓았으니 상제님과 태상노군께 먼저 인사드려야 한다. 자, 우선 몸부터 씻자. 따라오너라.”

명해 도장은 다시 앞장서 걸었다. 장랑은 명해 도장의 뒤를 따라 만약당 옆으로 이어진 소로에 들어섰다. 찾는 이가 별로 없는지 좁은 길은 잡초로 가득했고, 겨우 길의 흔적만 약간 남아 있었다. 반 각가량 걸었다.

“저 밑으로 내려가거라.”

명해 도장이 가리키는 곳은 계곡이라 부르기 너무 작고, 그렇다고 능선과 능선 사이라고 하기엔 너무 깊은 작은 골짜기였다.

측면의 돌계단은 급경사로 아래까지 이어져 있었다. 난간을 따라 십여 장 내려가자 밑에서 맹렬하게 솟구치는 돌풍을 만났는데 살을 에는 듯한 차가움이 느껴졌다.

계단 위는 완연한 봄인데 계곡 안쪽은 아직도 한겨울.

장랑은 거센 바람에 가슴을 감싸 안고 천천히 밑으로 내려갔다.

골짜기의 바닥 폭은 고작 오 장 남짓.

중앙에 일 장 너비의 작은 계류가 흘렀다. 깊이는 두 자 정도.

장랑은 망설이지 않고 옷을 훌훌 벗어 던졌다. 그리고 거침없이 물속으로 뛰어들었다.

그런데.

"으으으……."

장랑은 자신도 모르게 신음 소리를 내고 말았다. 예상을 뛰어넘어 너무나 차가웠다. 차가워도 너무 차가웠다.

보계산장 시절, 다섯 살 때부터 혹한의 날씨에도 꽁꽁 얼어붙은 후원 연못에 구멍을 내고 그 안에 들어가 냉수마찰을 해왔다. 때문에 추위에는 어지간히 단련된 몸이라 자신했다. 어떤 때는 추위를 타기는커녕 도리어 상쾌하고 기분이 좋았다.

그러나 지금, 계류의 차가움은 상상을 초월하였다. 차갑다 못해 아프기까지 하였다. 그건 마치 수만 개의 대못이 한꺼번에 전신을 마구 찔러대는 착각을 불러일으킬 정도였다.

"아아아… 으으으흐."

의지와 상관없이 이도 저절로 딱딱거렸다.

이상한 건 한기와 더불어 전신을 옥죄는 엄청난 중압감이었다.

숨이 턱턱 막혔다. 겨우 가슴 깊이까지 몸을 담갔을 뿐인데, 마치 수백 장 심연에 가라앉아 엄청난 수압을 받는 느낌이었다.

　손과 발, 심지어 물에 잠기지도 않은 목까지도 좌우로 움직이기 힘들었다. 장랑은 추위와 중압감을 이겨내기 위해 이를 악물었다.

　"으흡!"

　"이 계곡 이름은 빙곡(氷谷) 또는 중수곡(重水谷)이라 부른다. 공동의 삼대비역(三大秘域) 중 하나지. 여기 흐르는 물은 저쪽 빙동(氷洞) 입구에서 흘러나와 저쪽 빙소(氷沼)에서 사라진다."

　명해 도장이 물가에 앉아 설명을 해주었다.

　장랑은 설명을 따라 억지로 시선을 돌렸다. 십여 장 떨어진 조금 위쪽에 수직절벽이 보였다. 그 절벽 아래 사람 하나가 겨우 들어갈까 말까 한 작은 구멍이 있었다. 빙류(氷流)는 그곳서 흘러나왔다.

　다시 고개를 돌려 이십여 장 아래쪽을 보았다.

　너비가 겨우 삼 장이 될까 하는 작은 소(沼)가 있었다. 어쩌면 연못이라기보다 수욕조(水浴槽)라 불러도 무방한 크기였다.

　장랑이 둘러본 빙곡은 작고 빈약해 보였다. 비역은커녕 계곡이라 부르기조차 민망한 수준이었다.

　명해 도장의 설명이 계속 이어졌다.

　"여기 느리게 흐르는 물은 보기에 그냥 평범한 물 같아 보인다. 하지만 실제는 무쇠보다 더 무겁고 북해의 얼음덩이보다 차가운 음중수(陰重水)란다. 이곳은 천하에 몇 안 되는 극음지기(極陰之氣)와 극중지기(極重之氣)가 공존하는 곳이다. 때문에 음한지기를 바탕으로 하는 내공 수련자들에게 좋은 곳이지. 그런데 현재 우리 공동에 음한지기를 수련하는 도사는 아무도 없다. 우리 만약당에서나 가끔 이용하는데… 솔직하게 말하면 만약당 제자 이외 누구도 이곳에 들어오려 하지 않지.”

“그, 그럴 만도 하… 군요.”

장랑은 힘겹게 대답했다.

“너는 당분간 이곳에서 살 각오를 해야 한다.”

“네…….”

장랑은 왜냐고 묻지 않았다. 묻고 싶어도 고통이 너무 심해 입을 열어 대답하기도 힘들었다.

냉기가 골수에까지 파고들었는지 오한이 심해졌다. 도무지 참기 어려워 당장 뛰쳐나가고 싶은 마음이 굴뚝같았다. 그런데 오기가 생겼다. 사부 명해 도장이 고통받는 자신을 아무 감정 없는 사람처럼 물끄러미 바라보고 있기에 더욱 그랬다.

“나의 제자가 되려면, 아니, 만약당의 제자라면 적어도 일각은 버틸 정신력이 있어야 한다. 만약당은 화기(火氣)와 화기(火器)를 많이 다룬다. 화기 앞에 오래 노출되는 경우가 많다는 의미지. 화기와 당당히 맞서서 오래 버티려면 몸 안에 음기(陰氣)가 많이 축적되어 있어야 좋다."

"네… 네."

장랑은 시퍼렇다 못해 까맣게 변한 입술로 겨우 대답했다.

"이제 반 각 지났을 뿐이다. 지금은 태상노군과 원시천존께
너의 존재를 고하기 위해, 속세에서 딸려온 네 몸속 탁한 기운
을 정성껏 닦아내는 것에만 신경 쓰거라."

"네……."

장랑은 의식이 점점 희미해져 감을 느꼈다. 이대로 가다가
는 얼어 죽을 것 같았다. 그리고 손끝 발끝 일부는 벌써 감각
이 사라졌다.

장랑은 혹시 하는 마음에 태음진공 구결을 마음속으로 외
웠다.

(先者曰, 純陰之氣 能蓄丹田. 閉氣願者, 先必靜心 先正坐
也. 異通流氣息 以則相同…….)

선인께서 말씀하시길, 순음지기도 능히 단전에 모을 수 있
으니, 기의 유동을 막고 운기하려면 반드시 마음을 고요하게
가라앉혀야 하고, 올바른 자세를 유지해야 한다. 기가 흐르는
길과 호흡의 통로가 서로 다른 듯하지만 실은 같아…….

운기를 시작하는 순간 엄청난 기감이 느껴졌다. 음기의 양
이 너무 방대하였다. 장랑은 자신의 능력으로 도저히 감당하

지 못하고 또한 조절하기 힘들었다. 운기를 통한 축기를 시도하고 있음에도 극히 일부의 양만 단전으로 흘러가고 나머지는 그대로 전신을 꽁꽁 얼어붙게 만드는 데 쓰였다.

"으으음!"

일각가량 운기를 하며 버티던 장랑은 기어코 신음 소리와 함께 혼절을 하고 말았다.

명해 도장은 계류 옆 평평한 바위 위에 장랑을 눕혔다.

경험 많은 의원답게 능숙한 솜씨로 장랑의 전신을 주물렀는데, 그의 얼굴에는 근래 들어 좀처럼 보기 힘들었던 함박웃음이 매달려 있었다.

명해 도장은 정말 기분이 좋았다. 보통 사람은 반 각, 아니, 발도 담그기 전에 일단 줄행랑부터 치는 빙곡의 계류였다. 그런 곳을 열두 살 어린아이가 무려 이각을 버티었다. 기사(奇事)에 가까운 일이었다.

그뿐이 아니었다. 자신을 바라보는 눈길이 여느 사람과 달랐다. 보통 겁을 먹거나 꺼내달라고 애원하는 눈빛인 데 반해 장랑은 안색이 시커멓게 죽어가고 극심한 오한으로 부들부들 떨면서도, '누가 이기나 어디 죽을 때까지 한번 해보자!' 하는 독기 품은 눈빛을 보였다.

"독기. 그래, 사내라면 자고로 독기가 있어야 하지."

명해 도장은 장랑이 진정으로 마음에 들었다.

'너를 제자로 받아들인 이상, 나도 최선을 다하마.'

　장랑은 법례(法禮)대로 원시천존, 영보천군, 그리고 태상노군 등 삼존조상(三尊彫像) 앞에서 구구배(九九拜)를 드렸다.

　그리고 만약당으로 돌아오자마자 명해 도장에게까지 구배지례를 마쳤다.

　모두 이백쉰세 번의 절.

　마음이 어느 정도 정화되는 듯했다. 장랑은 명해 도장 앞에 무릎을 꿇고 앉았다.

　명해 도장은 조금 딱딱한, 그러나 차분하게 공동파와 각 전각별 역할, 그리고 각자의 맡은바 하는 일에 대해 자세한 설명을 시작했다.

　첫날부터 강행군이었다.

　"너는 짧게는 이 년, 길게는 삼 년 동안 도사라면 알아야 할 기본지식을 태을전, 건청전, 옥황전, 태황전 등을 돌아다니며 배워야 한다. 그리고 오 년가량 채약(採藥), 조약(造藥), 처방(處方), 침술(鍼術)을 배운다. 이후 다시 삼 년 동안 단약학(丹藥學), 선약(仙藥), 선단제조술(仙丹製造術) 등을 익혀야 한다. 우리 만약당은 당호(堂號) 그대로 만 가지 약재를 다루는 곳이다. 본시 선단(仙丹) 제조 연구하는 선단각(仙丹閣)이었지만, 지금은 본산 제자들이 사용할 약재까지 함께 연구하고 있다. 이해하기 쉽게 공동산의 작은 의원이라고 보면 된다. 당주님은 도호를 송담(松潭)이라 쓰신다. 나에게는 사부님이고, 네게는 사조님 되신다. 사형이 한 분 계시는데 도호는 명계(明桂)이시다. 명계 사형에게는 두 명의 제자가 있는데 옥청(玉靑), 옥정(玉定)이며 너는 그들을 사형이라 부르면 된다. 자 그럼, 우선 선단에 대해서 먼저 이야기해 보자. 선단이란……."

두 시진 가까이 쉴 새 없이 이어지는 지루한 설명이었다.

장랑은 온몸이 뻐근하였다. 이제 좀 쉬려나 하면 이야기가 이어지고, 쉬려나 하면 또 이어지고… 나중에는 머리가 핑핑 돌 지경이었다.

그런데 가만 들어보니 정작 듣고 싶었던 내용이 빠져 있었다. 그냥 지나칠 수 없는 문제였다.

"사부님, 하나 물어도 되겠습니까?"

"묻다고?"

"네?"

"물어라, 물어. 왕왕~ 그런데 안 아프게 살살 물어야 돼!"

전혀 예상치 못했던 뜻밖의 대답이었다.

장랑은 영문을 몰라 눈을 동그랗게 뜨고 잠시 어리벙벙하였다. 하지만 이윽고 자신도 모르게 웃음이 마구 터져 나왔다. 도저히 참을 수 없었다.

"하하하하. 아하하하하! 사부님! 아직도 그런, 철이 한참 지난 고릿적 유행어를 쓰십니까? 아이고, 배야……. 하하하하."

장랑은 바닥을 구르며 마구 웃었다. 그런데 명해 도장의 표정이 심상치 않았다.

"왜 불만이냐?"

"하하하하."

표정이 압권이라 다시 웃음이 터져 나왔다. 잠시 후 장랑은 억지로 웃음을 참아가며 말했다.

"불만이라기보다……. 크크크크큭."

또 웃음이 터져 나왔다.

장랑은 웃음 가득한 얼굴로 능청스럽게 고개를 저었다.

"좀 약해요. 아니, 많이 약해요. 요새 그런 농담하는 사람들이 어디 있어요? 요즘은 그런 농담 안 해요."

"얌마. 내 나이 돼보거라. 솔직히 이 주변에 그 정도 농담이라도 하는 작자들이 있느냐?"

명해 도장이 어린아이 투정부리듯 하였다. 장랑은 잠시 말문이 막혔다.

"그야……. 에이, 다들 수행에 전념하는 도사 분이잖아요."

겨우 생각해 낸 말이었다.

"도사는 무슨… 다 개코다! 아니, 말코로구나."

"큭큭큭큭."

장랑은 자꾸만 웃음이 흘러나왔다. 근엄하기만 할 줄 알았던 명해 도장이 약간의 농을 즐기며, 꽉 막히지 않은 사람이라는 점에서 놀랐다. 그리고 그런 인물이 스승이 되어 기분이 좋았다.

"참, 어디까지 이야기했지?"

"사부님, 방금 제가 질문하려고 했잖아요."

"아, 맞다. 배우는 자가 의문을 품는 것은 좋은 일이다. 더구나 궁금증이 가슴에 쌓이면 독이 되는 법이지. 말해보거라."

명해 도장이 근엄한 표정을 지으며 말했다.

장랑의 표정도 진지하게 바뀌었다.

"사부님, 공동파 하면 도문(道門)으로서 존경을 받고 있지만, 뛰어난 무공으로도 유명합니다. 그런데 지금까지 사부님 말씀 가운데 무공에 관련한 언급이 없으셨습니다."

명해 도장은 빙긋 웃으며 입을 열었다.

"무공에 관심이 많구나. 네 말대로 우리 공동은 무림의 문파다. 하지만 공동에서 실제로 중시하는 부분은 무공이 아니다. 우리들의 최종 목표는 선인(仙人)이고, 그 길을 걸을 뿐이다."

"……."

"만약당을 예로 들어보자. 우리의 수행 방법은 선단 제조에 있다. 단 한 알만으로 능히 신선으로 우화등선할 수 있는 단약, 그 단약을 만들고자 우리는 죽어라 노력을 한다. 마찬가지로 무공을 수련하는 도사들은 공력(功力)을 높이는 데 전력을 다한다. 그들은 공력이 높아져 극한의 단계에 이르면 신선이 된다고 믿는 사람들이다. 그에 파생되어 밖으로 알려진 무공이 공동의 무공이다."

"……."

"공동파의 인원은 팔백 명가량 된다. 그중 무공 수련으로 도를 쌓아 신선이 되고자 하는 사람은 삼백오십 명가량이다. 즉, 무공 수련하는 도인은 많지만 실제 무인이라고 부를 수 있는 도적인원(道籍人員)은 전체의 절반도 안 된다는 뜻이다."

"그, 그렇군요."

"무공 수련은 건청전과 태을전에서 주로 한다. 무공 수련을 하려면 건청전이나 태을전으로 가야겠지. 하지만 단지 체력을 보강하고 기력(氣力)을 높이기 위한 수련, 즉 호신술 정도라면 공동산 어느 곳이든 장소에 구애됨이 없다. 나도 젊은 도사 시절 체력 증진을 위해 육합권과 육양기공(六陽氣功)을 수련하였다. 그렇다고 누구를 가르칠 만한 실력은 되지 않는다. 그리고 네가 진정으로 무공을 배우기 원한다면 내 명일 사제에게 연통을 넣어주마. 누가 뭐라 해도 우리 명자 배분에서 최고의 실력자는 명일이니."

장랑은 풀이 죽어 말이 없었다.

강호에 나가 이름을 떨치는 협객이 되고자 하는 꿈은 없었다. 다만 언젠가 딱 한번 보았던, 그러나 그때 이후 다시는 볼 수 없었던 아버지 장만덕의 그 멋지고 화려한 검술은 꼭 따라 하고 싶었다.

며칠을 울고불고 떼쓰며 졸라도 '나의 검은 살검이기 때문에 절대로 배워선 안 된다' 그 말을 끝으로 더 이상 언급 못하게 했던 절정의 그 검술.

공동산 산문을 지나쳐 오르며 다짐하였다.

'이왕 공동산에 올랐으니 공동제일의 검술을 배울 것이다.'

장랑의 낙심 가득한 얼굴을 보며 명해 도장이 물었다.

"왜 실망했느냐?"

"실망은 아니고… 저는 공동파에 들어오면 누구나 다 열심히 무공을 배우고 죽어라 수련하는 줄 알았어요."

"하하하, 대개는 그렇게 생각하지. 하지만 도인 되는 길이 반드시 무공일 필요는 없다. 네 부친께서는 네가 도사가 되기를 바란다 하였다. 내가 잘못 안 거냐?"

"사부님 말씀이 맞아요."

"미련이 많이 남는 모양이구나."

"……."

명해 도장이 밝은 표정을 지었다.

"이놈! 걱정 마라. 무공 익힐 시간을 줄 테니. 나도 사실 조금 안타까웠다. 겉모습과 달리 근골이 무척 좋더구나. 보기 드문 통뼈인 데다 내공도 상당히 쌓여 있고."

"그걸 어떻게?"

"하하하, 이놈아, 산문을 나서면 나도 제법 의원 행세할 정도 실력은 된다. 손목 한번 잡아보면 다 아는걸……."

"에? 사부님께서 의원이세요?"

"허, 이놈 보게? 그사이 설명한 내용을 다 까먹은 게냐? 여기는 만약당이다. 열한 살에 입문해 내가 여기서 보낸 세월만 삼십팔 년이야."

"……."

"당장 시급하고 중요한 것은 빨리 이곳 분위기를 파악하는 일이다. 자, 다음 이야기로 넘어가 볼까?"

"네, 사부님."

"지금까지 조금 딱딱한 이야기를 했으니 이제부터는 재미있는 고사(古事)를 들려주도록 하마. 지금부터 삼백 년 전 사천(四川) 땅에 아주 유명한 소씨(蘇氏) 일가가 살았다. 가장이자 부친인 소순(蘇洵)과 그의 아들 소식(蘇軾)과 소철(蘇轍)이라는 아이들이 살았다. 소순이라는 사람은……."

해가 완전히 저물어 술시(戌時) 무렵이 되었다.

명해 도장이 자리를 털고 일어나 가볍게 몸을 풀었다.

허리, 다리, 어깨… 전신의 이곳저곳을 주무르거나 두들겼다.

"너도 어서 일어나 나처럼 몸을 풀어라."

"네."

장랑은 즉시 일어나 명해 도장이 하는 대로 따라 했다.

"내가 오늘 제자를 받았다고 흥분하여 말이 지나치게 많았구나. 저녁 먹을 시간도 놓치고……. 배고프지 않느냐?"

"아닙니다. 사부님 말씀이 너무 재미있어서 배고픈 줄도 모르고 있습니다."

"허허, 이놈아. 배가 고프면 배가 고프다고 말하거라."

장랑은 벌써 명해 도장의 습관을 파악했다. 그는 사심이 없고 소탈하며 속정이 깊은 사람이었다. 그리고 모든 사실을 가감없이 있는 그대로 표현하는 것을 좋아했다.

"네, 배가 고픕니다."

"흐음, 고놈!"

명해 도장은 귀여워 죽겠다는 듯 장랑의 머리를 쓰다듬었다.

"아껴두었던 건데, 오늘 한번 먹어봐?"

명해 도장은 혼잣말을 하며 약장(藥欌) 위에서 큼지막한 목함을 끄집어 내렸다. 목함 뚜껑을 열자, 달콤하면서 은은한 솔의 향기가 풍겨지며 금방 실내를 가득 채웠다. 냄새만으로도 머리가 맑아지고 상쾌한 기분이 들었다.

장랑은 신기하여 눈을 동그랗게 뜨고 향기의 정체가 뭔지 목함의 내용물을 살폈다. 목함 안에는 어린아이 주먹 크기의 검은색 환(丸) 수십 개가 가지런히 차곡차곡 쌓여 있었다.

손가락 굵기의 환약은 몇 번 본 적 있었다. 하지만 그처럼 큰 환단은 본 적 없었다. 장랑은 신기한 감정을 감추지 않았다.

"사부님, 냄새뿐 아니라 크기도 엄청나군요. 어디에, 무슨 용도로 사용하는 약인지 모르지만, 냄새만 맡아도 금방 병이 완치될 것 같아요."

"약은 무슨 약. 과장하지 않아도 된다. 이건 실패작이요, 남은 찌꺼기야. 하지만 아까운 생각이 들어서 모아놓았지."

"실패작이요? 게다가 무슨 찌꺼기가 이다지도 향기가……."

장랑은 질문하려다 그만 입을 다물었다.

명해 도장의 얼굴에서 어둡고 씁쓸한 표정을 발견한 것이다.

"찌꺼기라도 몸에는 아주 좋은 찌꺼기야. 이놈을 한입 베어 물면 아마도 열흘 동안 아무것도 안 먹어도 배고프지 않을 걸? 요상(療傷)에도 효과가 탁월하지! 내 오늘 특별히 인심 쓰는 게야."

"……."

"놈, 표정하고는. 요것의 정체가 궁금하더냐?"

"네에."

장랑은 얼른 대답했다.

"궁금해도 참아라. 내 입으로 말하면 가슴이 많이 아파. 시간이 지나고 나중에 자연스럽게 알게 될 테니, 그때까지 참아라."

장랑이 씨익 웃으며 대답한다.

"알겠습니다. 어서 주십시오."

"자, 받아라."

명해 도장은 크게 인심 쓰는 사람 같았다. 장랑도 일부러 과장된 동작으로 달려들어 건네주는 검은색 환단을 두 손으로 공손히 받아 들었다.

"욕심 부리지 말고 여러 번 나누어서 먹거라."

장랑은 명해 도장의 당부를 뒤로하고 지친 몸을 이끌고 옆의 건물에 위치한 자신의 숙소로 돌아왔다.

긴장이 풀리자 다리가 꼬이고 온몸이 욱씬 쑤셔왔다.

장랑은 그냥 푹 쓰러져 자고 싶었다. 따져 보니 다섯 시진이었다. 그 긴 시간 동안 단 일각 일촌도 긴장을 늦추지 않았다.

신기했다. 지금까지 집중력을 반 시진 이상 유지하기 어려웠다. 그런데 오늘 배웠다. 상황에 따라, 또 의지력에 따라 인간이 집중력의 정도가 얼마든지 늘어난다는 사실을……

장랑은 명해 도장이 건네준 검은색 환단을 네 조각으로 쪼갠 후 한 덩이를 입속에 털어 넣었다.

순간 느껴지는 그 청량함!

어떻게 표현할 방법이 없었다. 하늘을 날아다니고, 구름 위를 유유히 거닐고… 너무 황홀했다. 그뿐이 아니었다.

사르르르.

혀에 살짝 닿았을 뿐인데 '검은 환단'은 녹아 목구멍을 타고 안으로 흘러들고 있었다.

'햐! 입에 살살 녹는다는 표현이 바로 이런 것이구나.'

장랑은 감탄을 하면서 나머지도 입 안에 몽땅 털어 넣었다.

가부좌를 틀고 눈을 감았다. 허기를 면하라고 사부께서 주신 환단으로 온몸에 청량감을 느끼며 어릴 때부터 해오던 운공에 들어갔다.

태음진공(太陰眞功).

부친 장만덕이 어렵게 구해준 책자 속에 적혀 있던 것이다.

유난히 추위를 많이 타는 자신을 위해 기련 산골짜기 어느 노인에게 은자 삼백 냥의 거금을 주고 샀다는 얇은 운기토납 책자였다.

책 첫장 서문에 따르면, 본래 내공 수련을 위해 만들어진 심법이었는데, 세상에 널리 보급하고, 퍼뜨리기 위해 많은 연구 끝에 건강활술(健康活術)로 변경시켰으며 이름도 진공(眞功)으로 바꾸었다 하였다.

장랑은 처음에 그 노인이 대단한 사기꾼이라 생각했다.

무엇보다 건강활술 따위 책자를 은자 삼백 냥씩이나?

너무 비쌌다. 그러나 처음의 생각과는 달리 지속적으로 태음진공을 연마하자 피로를 풀어주고 추위를 이겨내는 데 있어 효과가 탁월했다. 그래서 책자 말미에 스스로 곤륜신선(崑崙神仙)이라는 과장된 이름을 적어놓은 그 사람이 완전 사기꾼은 아니라고 생각했다.

운공에 들어간 지 일각이나 지났을까?

마음이 안정되고 피로감이 사라져 갔다.

장랑은 어느 순간 그대로 잠이 들었다. 그러나 지금까지 단전에 차곡차곡 쌓여 있는 순음지기와 사부가 준 그 의문의 검은 환단의 기운이 몸속에서 용호상박, 서로 우위를 차지하기 위해 충돌하고 있는 줄은 몰랐다. 음과 양이 서로 충돌하는 경우 그 균형을 맞추기가 무척 어려운데 천만다행으로 빙곡에서 얻은 음한지기와 장랑의 몸속에 축적되어 있는 내공이 같아 검은 환단에서 흘러나온 양의 기운과 균형을 이루었다. 그것은 장랑에게 있어 천만다행이었다.

새근새근.

공동산에서의 첫 하루가 지났다.

도관의 하루 일과는 일반적으로 알려진 일상보다 무척 고단한 편이었다. 장랑은 산에 오르기 전 생각했던 바와 실제는 많은 차이가 있음을 금방 알아차렸다.

정식으로 도호를 받고 도적에 오르기까지 많은 지식과 경험을 축적해야 한다. 자질에 따라 짧게는 오 년, 길면 십 년이었다. 입문만 하면 당연히 도호와 도적을 얻을 수 있다는 기대는 착각이었다.

한 달 동안 도사가 갖춰야 할 기본 예절과 그에 관한 덕목을 배웠다. 이어 육 개월 동안 역법(易法)과 산법(算法)에 대한 기초도 공부했다. 단지 기초뿐이었다. 역법과 산법은 원래 끝이 없기에 이후 진도는 스스로 해결해야 한다. 동문 사형제끼리 모여 함께 공부하고 토론하는 것이 일반적이지만 장랑의 동문 사형제들은 모두 진작 도호를 받았고 나이도 이십대에서 삼십대였기에 나이 차도 많아 어울리기 쉽지 않았다.

산에서는 모든 것이 신선이 되기 위한 수련이자 선인의 길이었다.

정해진 공부와 별도로 매일 한 시진씩 도론회(道論會)에 참석해야 한다. 주로 도덕경(道德經)을 다루는데 그래서 참 어렵고도 힘든 모임이었다. 도론회를 가만히 들여다보면 실질적인 폭력만 오가지 않을 뿐 매일 목숨 걸고 결전을 벌이는 격전장 같았다.

누군가 한 명이 도덕경 속에 태상노군의 경구(警句) 하나를 두고 나름대로의 해석을 내놓는다. 그러면 다른 사람이 다른 해석을 던졌다.

또 다른 사람은 왜 그런 구절이 나오게 되었는지 배경과 그때 상황, 당시 태상노군의 심리 상태까지 추정하여 말을 하였다. 근거로 생전 듣지도 보지도 못했던 참고문헌까지 들이댄다.

즉시 편이 갈린다. 보통은 두 패로 나뉘는데 간혹 여러 의견이 나와 의견을 제출한 사람의 숫자 패로 갈리는 경우도 있었다.

한쪽의 의견에 대해 반대되는 의견을 가진 쪽에서는 태상 노군께서 그 경구를 설(說)하는 그날, 아침 음식으로 무얼 먹었을 것이고, 뒷간서 볼일을 보았는지 안 보았는지까지 따졌다.

태상노군의 말씀도 몸의 상태와 그날 기분에 좌우된다는 가설이었다. 그들은 직접 본 것도 아닌데 마치 옆에서 지켜본 사람처럼 말을 하였다.

늘 일 대 일의 입씨름이 아니었다. 일 대 이, 삼 대 삼, 이 대 오, 일 대 육……. 경우의 수가 많았다. 어느 날인가는 한 사람이 이십여 명과 다른 의견을 가지고 싸워 이기는 모습을 본 적도 있었다.

도론회가 끝나면 언제 그랬냐는 듯 둘도 없는 친구 사이요, 절친한 도반 관계로 돌아갔다. 그렇기에 도론회 참석자는 거의 다 달변이었다. 그들과 웬만한 사람이 말로 싸우면 절대 이길 수 없다.

장랑은 도론회에서 많을 걸 배웠다.

난상토론 중 상충되는 의견을 어떻게 견제하고 조절하는 법이라든가, 상대를 설득하려면 어떤 방식이 좋은가, 어떻게 하면 상대가 화를 많이 내고, 어떻게 하면 상대를 내 편으로 끌어들이는지 화술 등등…….

가장 큰 교훈은, 본질로 빨리 접근할수록 문제 해결이 빨라진다는 점이었다. 또 한 가지, 접근 방식은 하나가 아니고 무수히 많다는 부분이었다.

그렇기에 늘 관점과 사고가 자유로워야 한다.

이 전각, 저 전각 돌아다니며 도인이 되기 위한 기본 공부를 끝낼 때는, 장랑이 입산하고 일 년이 지난 다음해 봄이었다.

그 일 년 동안 공동산에는 몇 가지의 변화가 있었다.

장랑에게 옥하(玉河)라는 도호가 생겼다. 전례에 비해 무척 빨랐는데 이유가 있었다.

오 개월 전, 공동은 대대적으로 제자들을 받아들였다.

봉문 중이라 널리 공개하지 않았음에도 감숙, 청해, 사천 등지에서 도사가 되고자 찾아온 아이들이 삼백 명이 넘었다. 그중 특별히 하자(瑕疵)가 있는 몇 명을 제외하고는 전부가 정식제자로 받아들여졌다.

한 배분에 백여 명 안팎만 받아들이는 공동의 전통이 처음으로 깨졌다.

第三章
송진자의 자존심

열린 창밖으로 이백 년이 넘는 단풍 교목(喬木)이 보였다.

이리저리 갈라져 하늘로 오르고 싶어하는 굵은 나뭇가지들. 그 가지들에 겨울을 넘겨 색 바랜 단풍잎들이 잔뜩 웅크리고 붙어 있었다. 수분이 사라져 쪼글쪼글한 낙엽의 몸이 되었지만 미련을 버리지 못하고 지나는 바람에 온몸을 바들바들 떨며 끝끝내 가지에 매달려 있으려 하였다.

삼월이니 계절로 따져 봄이었다. 이제 막 물이 오르는 시기라 연푸른 새끼 단풍잎들이 하나둘 파릇한 그 얼굴을 내밀기 시작했다. 그들도 세상에 나왔으니 이제 한자리 차지해야만 한다. 그러기 위해서는 한 해를 살아온 자줏빛 늙은 단풍잎들이 자리를 비워줘야 한다. 하지만 메마른 단풍잎들은 쪼그라든 몸으로 아쉬움을 떨치지 못하고 그 자리에 붙박이로 있으려 하였다.

송진자는 오래된 단풍나무를 바라보면서 인생의 간단한 이치를 보고 깨달았다.

지난 가을에 받아들인 삼백여 명의 아이들이 제법 어린 도사 태들을 내고 있었다. 수년이 지나면 그들도 각자 한몫씩 해낼 것이고 장차 그 삼백여 제자가 주축이 되어 공동이 활발히 활동하는 시대도 올 것이었다.

송진자의 나이 칠십, 적은 숫자는 아니었다.

창밖 고목에 매달려 떨어지지 않으려 애쓰는 마른 낙엽과 같은 신세였다. 이쯤에서 고집과 미련을 버려야 옳았다.

그러기 위해서는 제자들을 이끌고 보살피며 공동의 새로운 역사를 개척해 나갈 신임 장문을 선정해 주는 것이 자신의 할 일이었다.

송진자는 솔직한 심정으로 명학에게 장문 직을 물려주고 싶었다.

삼십 년 세월을 한결같이 자신을 따라온 직전제자에 명자 배분의 대사형. 자격은 충분했다. 그러나 명학은 우유부단하고 멀리 넓게 보는 시야가 부족하였다. 사소한 부분에 집착이 강해 앞으로 나아가지 못하는 경우가 종종 있었다. 그건 장문인으로서의 커다란 결격사유가 되었다. 사부의 위치를 벗어나 공동을 위해 종합적으로 따져 보면 사질인 명공이 가장 합당한 인물이었다.

그래서 고민이었다. 공동파를 다시 강호에 우뚝 세우려면 명공이어야 하는데, 큰 제자인 명학이 자꾸만 애처롭게 보였다.

장로회의가 필요한 시점이라 생각되었다. 늙은이가 집착과 탐욕을 버리고 공정하고 합리적 선택을 하려면 그래야만 할 것 같았다.

"장문 사형, 안에 계십니까?"

송허의 목소리에 송진자의 상념은 깨져 버렸다.

"들어오게."

송허는 웬만한 일이면 스스로 해결해야 함에도 아직도 간혹 찾아와 괴롭히고 있었다.

"장문 사형, 이것 좀 보십시오."

무언가에 크게 흥분한 탓인지 얼굴이 붉어진 송허 도장이 서찰을 내밀었다. 이미 개봉한 흔적이 뚜렷하다.

송진자는 눈살을 찌푸렸다.

"자네가 왜?"

"뭐든 저보고 다 알아서 하라고 하신 탓에……."

송허가 민망해하였다.

송진자는 고개를 가로젓고 말았다. 송허와의 실랑이는 예전에 포기했다. 말을 하고 또 해도 변함이 없으니 괜히 입만 아플 따름이었다.

송진자는 겉봉을 살폈다.

공동파 장문인 친전(親展).
남궁창 배(拜).

"남궁창? 남궁창이 누구지?"

송진자의 질문에 송허 도장이 갑자기 목소리를 높였다.

"사형, 잊으셨습니까? 남궁창은 남궁가 창천일룡 남궁민, 그 싸가지 늙은이 둘째 아들입니다. 작년에 큰아들 남궁명이 급서(急逝)하는 바람에 갑자기 가주 자리에 오른 자입니다."

"아!"

송진자는 그제야 기억이 났다. 제법 총명하다는 소리를 듣던 남궁가의 둘째 아들. 어느 날 갑자기 시정잡배들과 어울리면서 망나니가 되더니, 사람들 뇌리에서 지워져 버렸던 바로 그 아이였다.

"그랬던가? 하긴 장남이 죽었으니……. 남궁 늙은이가 노년에 복이 터졌군."

송진자는 남궁민과의 악연으로 인해 남궁세가의 불행을 그런 식으로 표현하였다.

"남궁창이 남궁가의 새로운 가주란 말이지? 그런데 이상

하군. 이십 년 전 황산혈사 이후 남궁가와 교류는 끊어졌는
데?"

"일단 읽어보십시오."

송허 도장의 재촉에 송진자는 서찰을 펼쳐 들었다.

그런데.

부르르르…….

서신을 읽어 내려가던 송진자의 양팔이 부들부들 떨렸다.

"이, 이놈들이……."

송진자는 폭발하려는 분노를 억지로 참고 있었다. 그러다
마침내 일갈을 터뜨리고 말았다.

"괘씸한! 감히 남궁가 따위가? 우리 공동을 어떻게 보고!
내 이놈들을……!"

쾅!

송진자의 주먹을 얻어맞은 태사의 손잡이가 한 번에 산산
조각이 되어 사방으로 흩어져 날아갔다.

송허 도장은 송진자의 분노하는 모습을 처음 보았다. 그는
두려운 눈으로 송진자에게 물었다.

"장문 사형, 어찌해야 할지……."

"그전에, 이 서찰을 가져온 놈, 그놈은 지금 어디 있느냐?"

분노로 떨고 있는 송진자였기에 송허 도장은 괜스레 위축
이 되어 자신도 모르게 말을 더듬었다.

"그, 그게… 놈이 산문에 서찰만 남기고 그냥 돌아간 모양

입니다.”

“허! 이젠 하찮은 남궁가의 떨거지들조차 우리 공동을 능멸하려 드는구나. 이놈들! 내 절대 그냥 넘어가지 않겠다.”

“사형.”

송허 도장은 장문 사형의 심정을 충분히 이해하고 남았다. 그도 서찰을 읽으면서 피가 거꾸로 솟고, 노화가 끓어올라 금방이라도 가슴이 찢기고 터질 듯하였다. 자신이 그러할진대 하물며 대공동의 장문인인 송진자의 심정은 오죽하랴.

송허 도장은 송진자의 흐려지는 눈망울을 바라보았다. 분을 참지 못해 절로 흐르는 눈물이었다.

“사형!”

“남궁가 놈들이 그냥 헛소리를 할 리는 없고. 암향살(暗香殺), 옥하의 부친이 암향살이었어.”

“장문 사형……..”

송진자가 갑자기 자리를 박차고 일어섰다.

분노는 사라졌으나 무언가 굳은 결의를 다지는 눈빛이었다.

“사제, 명공, 명일, 명학 그 아이들을 부르게. 그리고 즉시 장로회의를 연다고 각 전각에 통보하게.”

“어, 어떻게 하시려고?”

“명공에게 장문 자리를 넘긴다. 그 후 남궁가는 내가 직접 간다.”

"그, 그럼, 혹시 남궁가 요구를 들어주시려는 겁니까?"

"사제, 잘 듣게. 우리 공동은 은원을 분명히 해야 되네."

"사형?"

"옥하가 암향살의 아들이든 아니든 중요치 않아. 아니, 그 누구라도 공동 문하에 들어온 이상, 무조건 공동의 제자인 게야. 감히 공동에게 제자를 내놓으라고 협박을 해? 나는 놈들을 용서할 수 없네."

"사형, 진정하시고……."

분노하는 송진자의 시퍼렇게 날이 선 눈빛에 송허 도장은 그만 안절부절못하고 말았다.

"이놈들!"

이를 꽉 깨물고 소리치는 송진자의 분노는 살기였다.

'옥하, 이놈아. 어쩌자고 우리에게 이런 수모를…….'

송진자의 살기 어린 분노 속에서 송허 도장은 붙임성 좋고 명랑한 옥하를 떠올리며 고개를 흔들고 말았다.

다음 날, 송경자의 큰 제자 명공 도장이 공동의 장문 대행으로 임명되었다.

송진자는 '미래의 공동제일검'으로 인정받은 막내 제자 명일과 당사자인 꼬마 도사 옥하를 앞세우고 길을 나섰다.

第四章

혼자만의 수련(修練)

두 달 만에 송진자 일행이 돌아왔다. 멀쩡한 두 다리로 산을 내려갔던 송진자였다. 그런 그가 중상을 입어 걷기조차 힘들어 명일 도장과 장랑의 부축을 받는 위중한 상태로 복귀했다. 모두가 무슨 일이 있었는지 궁금해하였다.

하루가 지나고 이틀이 지나도 송진자는 물론 명일 도장, 그리고 옥하까지 그 누구도 입을 열지 않았다.

공동의 제자들은 모두 답답해 죽을 지경이었다. 며칠이 지나자 명일 도장 입에서 간헐적으로 단편적 이야기가 흘러나왔다.

공동의 제자들은 짤막한 이야기를 하나하나 모아 내용을

추론할 뿐이었다. 내용은 대략 이러했다.

남궁세가에 당도한 송진자는 일파의 장문을 앞에 두고 안하무인의 망발을 한 남궁가의 떨거지들 몇을 벤 후 전대 가주 창천일룡 남궁민과 단독 비무를 벌였다. 무언가 조건이 걸린 듯했지만 내용은 알 길이 없다.

두 사람의 싸움은 표면적으로 비무의 형태를 띠었다. 그런데 실제로는 목숨을 걸고 싸운 생사투(生死鬪)였다.

두 노고수 모두 원정까지 크게 상할 정도로 전력을 몽땅 쏟아 부은 대혈투였다.

그 처절한 용호상박의 비무 결과는 아쉽게도 무승부.

밖으로 알려진 결과는 그랬다.

명일 도장이 조심스럽게 말하길 장문인과 창천일룡은 백중세가 분명하지만 냉정히 따지면 장문인이 반 수가량 위라 했다. 그렇지 않았다면 남궁세가에서 선뜻 육 년이라는 긴 시간 동안 치욕스런 봉문 선언을 하지 않았을 거라는 의견이었다.

단지, 자존심 강한 송진자가 이긴 승부를 왜 무승부라 발표하도록 하고 그 치욕을 스스로 짊어졌는지 이유는 밝혀지지 않았다.

옥하에게도 많은 질문이 쏟아졌다. 옥하는 명일 도장과 달리 단 한 번도 입을 열지 않았다. 심지어 사부인 명해 도장에게까지 입을 굳게 닫아걸었다.

그렇게 한 달이 지났다.

그날은 아침부터 만약당은 물론 공동산 전체에 비상이 걸렸다. 송진자의 내상이 크게 악화되었다는 소식이었다. 만약당의 의약도사들이 이리 뛰고 저리 뛰고 백방으로 손을 써보지만 소용없었다.

"이 한 몸 바쳐 공동의 위상이 높아지고 제자들이 편히 수행에 전념할 수 있었다면 무엇이 아까울까?"

유언처럼 그 말을 남기고 잠이 든 송진자는 끝내 깨어나지 못했다.

조용한 우화등선(羽化登仙).

송진자의 유체는 조사동(祖師洞)에 모셔졌다.

공동산 전체가 조문의 기간을 가지며 우울한 시간들을 흘려보냈다.

그리고 다시 보름이 지난 유월 중순 어느 날.

이른 새벽부터 태을전에서 확대장로회의가 열린다는 소식이 공동산 전체에 알려졌다. 몇 년에 한번 열릴까 말까 하는 확대장로회의는 중대한 문제가 있을 때만 열렸다.

송자 배분 및 명자 배분에서 주요직함(主要職衛)을 가진 도사들은 모두 모였다.

진시(辰時)가 지난 시각.

태을전 앞.

부름을 받은 장랑은 문 앞에서 크게 심호흡을 하였다. 지난 보름 동안 수없이 다짐하고 또 다짐하였건만 막상 태을전 앞에 서게 되니 많이 떨렸다.

장랑은 남궁세가 정문에서 송진자가 들려주던 이야기를 다시 한 번 떠올렸다.

"너는 공동의 제자다. 네 아버지가 어떤 인물이던 그건 중요하지 않아. 입산 동기가 남들과 다르다 해도 공동에 일단 발을 들여놓았기에 그걸로 족해. 훗날 만에 하나 네가 공동의 품을 떠나 세상으로 나갔을 때, 네가 공동의 제자였음을 결코 잊으면 안 된다."

송진자는 그것으로 아버지께 진 빚을 상쇄한다고 했다.

장랑은 조심스럽게 태을전 문을 열었다. 모두의 시선이 일시에 그에게 쏠렸다. 장랑은 정면을 바라보았다.

그곳에 늘 보아오던 삼존의 커다란 조상(彫像)이 서 있었다.

그 삼존의 조상을 등 뒤로 하고 장문인 명공 도장이 앉아 있었고, 명공 도장 앞으로 가운데 공간을 두고 좌우로 길게 늘어선 수십 명 도사들이 보였다.

사오십대, 비교적 젊은 축에 속하는 도인들은 뒤편에 서 있었으며 머리카락이 희끗희끗한 백발의 노도인들은 앞줄에 한 자리씩 차지해 앉아 있었다.

문을 닫고 돌아선 장랑은 정면을 향해 깊게 고개를 숙였다.

"옥하, 장문인의 부르심을 받고 왔습니다."

"이쪽으로 오너라."

명공 도장의 지시에 따라 장랑은 앞으로 나아가 그의 앞에 삼배 후 무릎을 꿇고 앉았다.

심상치가 않았다. 모두의 표정이 딱딱하게 굳어 있었다. 실내 공기는 무겁게 내려앉아 있었고, 일부 도인들의 눈빛에서는 비분강개함도 느껴졌다.

열세 살 소년으로서는 감당하기 힘든 분위기였다.

"시간이 많이 지났습니다. 본인도 왔으니 이제 결론을 내리고 그 결과를 알려줘야 합니다."

장문인 명공 도장이 나직하면서 또렷한 음성으로 말했다.

입을 여는 사람은 아무도 없었다. 실내는 쥐 죽은 듯 조용하다. 많은 사람들이 있지만 그들의 숨소리조차 들리지 않았다.

문득 부스럭 하는 소리와 함께 한 인물이 침묵을 깨뜨렸다.

"나는… 파문이 옳다 생각합니다, 장문인."

송진자의 장제자(長弟子)인 명학 도장이었다.

모여 있던 도사들의 대다수는 명학이라면 그렇게 말할 자격이 있다고 생각하였다. 송진자의 유체 앞에서 누구보다 많이 통곡하고, 누구보다 많이 울부짖었다. 때문에 눈물을 곱씹

어내며 내뱉는 그의 한마디는 당연한 진리처럼 느껴졌다.

"명학 사질 말대로… 파, 파문이 옳은 것 같네."

송허 도장이 주변 눈치를 살피면서 조심스럽게 입을 열어 동조하였다. 그러나 그 두 사람뿐이었다. 더 나서는 이가 없었다.

실내는 다시 침묵 속에 빠져들었다.

명공 도장은 알고 있었다. 말을 하지 않아도 분위기가 말해주었다.

모두 말을 아끼고 있지만 암묵적으로 명학 사형과 송허 사숙 의견에 동의하고 있었다. 만일 이 자리에 명해 도장이 없었더라면 진작 너도나도 한마디씩 했을 테고 분위기도 이토록 무겁지 않았을 것이었다.

그건 이 자리에 모인 사람치고 명해 도장에게 한두 번쯤 신세 안 진 사람이 없었기에 말을 아낄 뿐이었다.

명공 도장은 함구로 일관하는 송자 배분 노도사들과 명자 배분 동문들의 얼굴을 일일이 살폈다. 대개가 눈빛은 모두 동의하는데 말은 않으려 했다.

'장문인 자리가 참으로 힘에 겹구나.'

첫 공식 회의가 나이 어린 사질을 파문하는 자리가 될 줄 몰랐다. 공동파가 수백 년을 이어 내려오는 동안 파문된 제자가 열 명이 넘지 않으니 부담스러울 수밖에 없었다. 또한 장문이로서 주관한 첫 회의가 어린 제자를 파문한 것이었다는 기억을 남기기는 더욱 싫었다.

하지만 어떻게 할 방법이 없었다. 더구나 최종 결정과 선언은 장문인 고유의 몫이었다. 명공 도장은 나름대로 많은 시간을 끌어주었다.

결론을 낼 시간이 되었다.

"그럼 의견이 더 없는 것으로 알고 최종 결정을 내리겠습니다. 만약당 소속 도사 옥하를 공동파의 분란을 일으킨 죄와 선대 장문인을 죽음으로 몰아넣은 책임을 물어 오늘부로 파……."

"자, 잠깐만!"

장랑이 들어서는 순간부터 내내 고개를 들지 못하고 바닥만 내려다보았던 명해 도장이었다. 그는 명공 도장에게 달려갔다.

명해 도장은 지금까지 계속 기다렸다.

혹시 누군가 한 명이라도 변명에 나서줄 줄 알았다. 그렇게 생각하고 기다렸건만, 최종 결정이 내려지는 이 순간까지 나서주는 사람이 없었다. 이로써 명해 도장의 공동에 대한 기대는 완전히 무너지고 말았다. 공동산에서의 삼십구년 세월이 무상하기만 했다.

명공 도장은 달려드는 명해 도장을 향해 고개를 저었다.

"명해 사형, 결정은 이미……."

"아니, 장문인. 아니오. 불가, 불가하오."

"사형!"

"저 아이가 무슨 죄가 있소? 굳이 잘못을 따지면 부친의 잘못이요 어른들 잘못일 뿐, 저 아이 몫이 아니오. 공동은 저 아이를 최소 십 년 동안 보살펴 주기로 약조하였고 또 그 약속을 지켜야 하오."

명해 도장은 울부짖고 있었다.

"약속은 소중합니다. 제가 왜 그걸 모르겠습니까? 하지만 우리 공동은 그걸 파기할 만큼의 피해를 보았습니다. 남궁가와 생사대적이 되었으며, 장문 사백이 유명을 달리하셨습니다."

명공 도장은 장문의 입장에서 그렇게 말할 수밖에 없었다.

"아오. 하지만……."

명공 도장은 명해 도장을 안쓰럽게 바라보았다. 사람 좋기로 소문난 명해 도장이었다. 만약당을 찾아가 아무리 귀찮게 굴어도 전혀 싫어하는 기색 없이 늘 '허허' 웃어넘기던 명해 도장이었다.

"좋습니다. 명해 사형, 하실 말씀 있으면 해보세요."

명공 도장은 선언을 잠시 늦추었다. 결정이 번복될 수는 없겠지만 할 말은 실컷 하도록 해줄 작정이었다.

그런데 명해 도장이라고 뾰족한 수가 있을 리 없었다.

"파문 불가! 파문은 무조건 불가합니다!"

명해 도장은 우선 급한 불부터 끄고 보자는 심정으로 그 소리만 되풀이하였다. 그리고 그의 두 눈에는 초로의 노인답지 않게 눈물이 그렁그렁 맺혀 있었다.

"명해, 너무 억지스럽다고 생각하지 않나?"

명학 도장이었다. 그가 나서자 실내는 갑자기 술렁이기 시작했다. 두 사람이 설전을 벌여서는 안 된다. 명학 도장과 명해 도장은 이해 당사자였다. 그리고 그 두 사람의 설전은 돌이킬 수 없을 정도로 일을 크게 키울 염려가 있었다.

"모두 잠시만 기다려 보십시오."

그때 태을전이 쩌렁쩌렁 울릴 정도로 큰 소리가 울렸다.

"장문 사형, 그리고 두 분 사형. 제가 한마디 하겠습니다."

목소리의 주인공이 앞으로 한 걸음 쑥 나섰다. 그는 시종일관 침묵만 지키고 있었던 명일 도장이었다.

명일 도장을 발견한 명해 도장과 명공 도장의 얼굴에 화색이 돌았다.

공동제일검 명일 도장.

현재 강호에서 전대 장문인 송진자를 제외하고 공동파를 대표하는 인물이 누구냐고 묻는다면 열이면 열, 백이면 백, 모두가 명일 도장이라고 대답하였다. 공동파 내부에서도 마찬가지였다. 모두가 명일 도장을 인정하고 있었다. 때문에 명일 도장의 한마디는 상당한 무게감을 지니고 있었다.

더구나 그는 송진자와 함께 남궁세가를 다녀온 인물로 누구보다 사건 내용을 잘 아는 인물이었다.

"저는 약속은 반드시 지켜져야 한다고 생각합니다. 여러 사백님, 사숙님, 사형, 동문 형제 분들. 제 사부님께서 목숨까지 버려가면서 지키시려 했던 약속입니다. 여기서 옥하를 내친다는 것은 저의 사부님을 모독하는 일이고, 우리 스스로 공동을 신의없는 문파로 전락시키는 모습일 수 있습니다. 때문에 저는 좀 더 심사숙고하여야 한다고 생각합니다."

조용했다.

쉽게 입을 여는 사람이 없었다.

명공 도장 옆에 앉아 있던 송경 도장이 자리를 털고 일어섰다. 현 장문인 명공 도장의 사부였다.

"이보게, 명일. 여기 그런 사실을 모르는 사람은 아무도 없다네. 문제는 옥자 항렬 제자들과 새로이 들어온 현자배 제자들에게 그런 이유가 통하지 않는다는 사실이야. 도론회에서조차 연일 옥하의 문제로 열띤 토론 중일세. 차후 남궁가나 우리 공동이 봉문을 풀고 밖으로 나갈 때, 옥하로 인해 다시 분쟁이 생긴다면 그때는 어떻게 할 것인가? 옥하에게는 미안한 말이지만 분쟁의 불씨를 미리 없애자는 옥자 배분과 현자 배분 제자들의 의견도 무시할 수 없다네."

"……."

"특히 현자 배분 제자들이 같은 경우 봉문이 풀리는 시기가 되면 한참 혈기 왕성한 나이가 되네. 십 년 가까이 산속에만 갇혀 있던 그들에게 하산하는 그 시간부터 분쟁에 휘말리게 둘 수는 없다네.”

명일 도장은 고개를 끄덕였다.

“송경 사숙님의 말씀은 잘 알겠습니다. 옳은 말씀입니다. 저도 그런 생각을 해보았습니다. 하지만 약속은 무슨 일이 있어도 지켜져야 한다고 생각합니다. 적어도 십 년의 약속은 꼭 지켜져야 합니다. 여기 계신 분들은 제 사부님께서 무엇 때문에 남궁가에 직접 가셨는가를 생각하셔야 합니다.”

명일 도장의 그 말 한마디로 인해 어수선하던 실내가 갑자기 숙연해졌다.

“사부님께서는 분명 옥하의 문제로 남궁가에 가셨습니다. 하지만 그건 표면에 드러난 작은 이유일 뿐입니다. 사부님께서는 우리 공동파의 명예와 자존심 때문에 직접 움직이신 겁니다. 원칙이 무너지면 문파의 존립이 흔들린다는 사실을 기억해야 합니다. 분쟁이 두려워 제자를 내친다면 어떤 제자가 사문에 충성을 할 것이며, 사문을 자랑스러워하겠습니까?”

“명일, 이 문제는 심사숙고해야 한다네.”

“저는 제안합니다. 봉문이 풀리기 전까지, 옥하가 성인이 되는 시점까지, 아니, 적어도 약속한 십 년 동안만이라도 공동의 하늘 아래 옥하가 머물도록 해주시기 바랍니다.”

명일 도장의 설득력있는 이야기는 반 각이 넘게 지속되었다. 모든 사람들은 명일이 제시하는 방안에 공감을 하고 고개를 끄덕였다.

장문인 명공 도장의 명이 떨어졌다.

옥하는 별도의 지시가 있을 때까지 주거를 만약당에 한(限)
한다.

꽝!

청천벽력 같은 선언이었다. 머릿속을 계속 울리는 송진자
의 음성 속에서 이건 아니지 싶었다. 억울한 생각도 들었다.
부당함을 항변하고 싶은데 생각이 뒤엉켜 머릿속이 온통 뒤
죽박죽이었다.

장랑은 벌떡 일어섰다.

"저는……."

그런데 입을 열 수 없었다.

현실처럼 눈앞에 아른거리는 남궁가에서의 송진자의 모습
때문이었다.

"저 아이의 하찮은 목숨이 자네와 공동파의 안위보다 중요한
가?"

남궁가의 전대 가주 남궁민이 한심하다는 표정으로 말했다.

"때에 따라서는……. 사람의 목숨, 설령 한낱 미물이라 해도 생
명은 소중하다 할 수 있겠지."

"궤변이로군. 그렇다면 우리 아이의 목숨은 중하지 않은가?"

"중하지 않을 리 없지. 억울하겠지. 그러나 저 아이는 자네 아들 죽음과 아무런 상관이 없을뿐더러 그 사건 이전부터 우리 공동의 제자일세. 나는 공동의 장문인으로서 제자의 안위를 책임질 의무가 있어."

나지막했지만 힘있는 목소리로 송진자가 말했다.

"살수의 아들, 이 하찮은 아이 하나로 일을 복잡하게 만들 필요가 있을까? 송진자, 오랜 우정을 생각해 자네에게 심사숙고할 시간을 더 주겠네."

"더 이상 말은 필요가 없네. 저 아이 옥하는 분명한 공동 문하. 나는 공동의 장문인으로서 공동의 문하와 명예를 지킬 뿐."

그 말을 마지막으로 송진자는 신중하게 검을 빼어 들었었다.

장랑은 사부를 돌아보았다. 제자를 위해 울먹이며 억울함을 호소하는 사부의 슬프고 안타까운 모습. 그 눈빛과 송진자의 모습이 뒤섞여 가슴을 헤집고 들어왔다.

'사부님! 사백조님!'

장랑은 목이 메어왔다. 그 아릿한 감정에 자신도 모르게 울컥하고 말았다. 까닭 모를 서러움… 그건 부정(父情)과 같은 느낌이었다.

자신이 입을 열면 사부와 돌아가신 사백조를 바보로 만드는 꼴이 될지도 몰랐다.

'젠장, 왜 자꾸 눈물이 나오는 거야……'

참으려 했지만 눈물이 두 볼을 타고 흘러내렸다.

장랑은 결국 아무 말도 하지 못했다.

장랑은 빙곡의 계류에 몸을 담그고 있었다.

잠시 단전에 머물다 빠져나간 얼음장처럼 차가운 기운이 도도한 물결처럼 장랑의 전신을 천천히 일주하였다. 그 차가운 기운은 늘 심장 부근에서 두 갈래로 갈라져 한 갈래는 임맥(任脈)을 타고 흐르고, 다른 한 갈래는 독맥(督脈)을 따라 움직였다. 그 기운을 느끼고 난 후 더 이상 빙곡은 장랑에게 한기를 느끼게 하지 못했다. 또한 그 차가운 기운들이 전신을 일주하고 나면 전신의 곳곳에 활력이 샘솟아나고 몸이 날 듯이 가벼워졌으며 간혹 짜릿한 전율도 느껴졌다.

음한지기는 수련하는 사람의 심성을 차갑고 예민한 감성을 가진 사람으로 만드는 것이 일반적인데 장랑에게 있어 그러한 징후는 보이지 않았다.

"엇! 벌써 두 시진이 지났나?"

장랑은 서둘러 내기를 갈무리하고 물속에서 몸을 일으켜 세웠다.

오늘도 어김없이 만약당 건약대에 화기를 조절하고 널어 놓은 약초를 걷을 시간이 돌아왔기 때문이었다.

*   *   *

장랑의 하루는 참 단순했다.

새벽에 일어나 두 시진, 점심나절 두 시진, 잠자기 전까지 두 시진. 하루의 절반을 빙곡에서 지낸다. 나머지는 사부를 도와 단약을 달이거나 지난 팔 년 동안 유일한 친구가 되어준 한 권의 책, 그놈을 벗 삼아 보냈다.

강호잡기총요(江湖雜技總要).

책을 처음 발견한 건 송진자가 등선하기 며칠 전이었다. 처방전(處方箋) 후기(後記)를 가져오라는 심부름으로 서고 옆 창고를 뒤지다가 발견한 책이었다.

가로 한 자, 세로 한 자 반, 두께 네 치, 무게 다섯 근 한 냥.

흔히 보는 규격화된 책자가 아니었다. 책이라 부르기조차 민망한 엄청난 크기였다.

책장을 넘기면 더 기가 찼다. 깨알처럼 작은 글자, 그 잔글씨들이 넓은 책장에 빈 공간이 거의 없을 정도로 빼곡히 쓰여 있었다. 그리고 무엇보다 황당한 건 천하의 악필(惡筆)이라는 점이었다. 악필도 그런 악필이 없었다.

책 내용이 좋고 나쁘고를 떠나서 그 글씨체를 대하는 순간 보통 사람이라면 감히 읽어볼 엄두조차 나지 않아 그냥 덮어 버릴 정도였다. 장랑이 봐도 그 정도이니 반듯반듯하고 규격화된 정형(定型)을 선호하는 공동의 도사들에게 관심을 받을 만한 이유가 없었다. 불쏘시개로 쓰이지 않고 골방에 처박혀 있는 것이 다행일 정도였다.

내용은 강호에 떠도는 오만 가지 잡동사니가 총망라되어 있었다.

전설, 설화, 풍습, 무공, 천문, 지리, 기관, 진법, 마병, 투술, 악기, 화술, 가무, 의약, 필법, 사교술, 남녀방중술 등등…….

별의별 희한한 것들이 다 있었다. 특이하기에 방으로 가져다 놓기는 했으되 처음부터 읽거나 배우려는 의도는 없었다. 알아보기 힘든 글씨도 글씨지만 내용이 너무 방대한 양이었다.

하지만 금제 아닌 금제를 받고 난 이후 특별히 할 일이 없어졌다.

당장 쫓겨나는 것은 아니지만 십 년이 지나면 공동을 떠나야 했다. 그때까지 시간을 때워줄 무언가가 필요하였다. 그래서 읽기 시작했다. 시간을 때워줄 심심풀이용으로…….

한 면에 쓰인 분량은 웬만한 책 반 권에 담긴 내용과 맞먹었다. 앞뒤로 두 면을 읽으면 어지간한 책자 한 권 읽는 것과 분량이 비슷하다는 말이었다. 익숙해지기 전에는 아무리 빨리 읽어도 한 면 읽는 데 이틀에서 삼 일이 걸렸으니 시간 보내기에 그만한 책도 없었다.

장랑은 강호잡기총요를 읽을 때면 늘 심호흡과 함께 먼저 운기를 하여 정신을 맑게 하였다. 그렇지 않으면 몇 줄 읽지도 못하고 눈알이 빙빙 돌고 정신이 산란해졌으며 짜증으로 화가 치밀어 오르곤 했기 때문이었다.

처음 글자를 제대로 판독하여 읽게 되기까지 거의 열흘이나 걸렸다. 그것도 장랑이 아주 필사적으로 매달린 결과였기에 그 정도였지 필사적이 아니었으면 한 달, 아니, 일 년이 지나도 글자 판독조차 하지 못했을지도 몰랐다.

후학들아 보아라.

많은 선학(先學)들께서 오랫동안 깊은 연구와 다양한 시도 끝에 많은 기록을 남기셨다. 그리고 그 기록은 무슨 비급(秘級)이니 보록(寶錄) 또는 실록(實錄), 보감(寶鑑) 등의 이름이 붙여졌다.

무공에 미쳐 정신없이 살다 보니 어느덧 내 나이 육십. 생각해 보니 나도 세상에 다녀갔다는 기념으로 멋진 이름이 붙은 책 한 권을 남기고 싶어졌다. 하지만 흔하디흔한 무공비급을 남기는 일은 식상한 것 같았다.

뭘 남길까 하루를 꼬박 고민하고는 가벼운 마음으로 결정하였다.

강호에 떠도는 모든 잡다한 지식들, 그것을 모두 집대성한다는 생각이었다. 아직까지 그런 책자를 본 적이 없었다. 그런데 한순간의 판단 잘못이 나로 하여금 오랫동안 방랑자로 살게 만들었다.

중원, 남해, 요동, 대막, 서장 등등 가보지 않은 곳이 거의 없었다. 더구나 막상 자료 수집에 나서보니 자료의 양이 너무나 방대하였다. 그러나 왠지 모를 공허함이 남아 그것을 채우려 다시 발바닥이 부르트도록 자료 수집을 위해 돌아다닌 햇수만 사십 년.

십 년의 세월 동안 자료를 분류하고 분석하는 데 썼다. 그리고 내 나름대로의 체계를 세워 정리하였고 책을 써 내려가는 동안에 다시 십 년의 세월이 흘렀다.

모두 육십 년이 걸렸다.

제기랄!

내 나이 이제 백이십. 삼 년을 예정하고 덤벼들었는데 결국 인생의 절반을 바친 꼴이 되었다. 그러나 후회하지 않는다.

이건 순전히 내 생각인데, 내 책이 나오기를 눈이 빠지게 기다리는 인간이 이 세상 어디쯤엔가 있을 것 같은 예감이 든다.

인심 쓰는 기분으로 우선 이놈부터 세상에 내보낸다.

후학들아.

부디 읽어라. 열심히 읽어라. 그리고 훗날, 한 분야의 대가(大家)로 성장하게 되면 노부를 위해 북쪽에 대고 크게 절 한 번 하기 바란다.

망아곡(忘我谷)에서 광선(狂仙).

서장을 읽고 난 느낌은, 광선 노인이 정말 미친 사람이 아닌가 하였다. 그럴싸하게 포장하려 노력했으나 실은 이것저것 끌어다 모아놓은 영양가없는 잡서일 가능성이 높다는 판단을 하였다. 하지만 제작 기간이 육십 년이 걸렸다 하니 읽어볼 만한 동기는 충분할 듯했다.

'강호잡기총요라…….'

장랑은 처음에는 무작위로 책장을 펼쳐 보곤 하였다.

육합권(六合拳).

공동의 대표적 절기(絶技)다. 강호에 널리 퍼져 흔히 삼류무공으로 잘못 알고 있다. 그러나 아는 사람은 안다. 육합권을 삼류무공으로 취급하는 그런 안목 낮은 놈들은 대가리 싸매고 공부를 더 해야 한다.

육합권을 초식 수가 적고 연마 기간이 짧아 만만히 본다. 그것이 삼류 놈들이 흔히 범하는 우다.

내가 분석한 육합권은 경(勁)과 력(力)을 가장 적절하고 절묘하게 배합한 박투무공의 최고봉이었다.

…(중략)…….

무공을 배우는 사람들 중에 흔히 잘못 알고 있는 상식이 있다.

초식 수가 적으면 저급한 무공이고, 초식 수가 복잡하고 많으

면 상급으로 안다는 점이다. 그러나 물어보라. 최고 경지를 이
룬 고수들은 하나같이 자신이 가진 초식 숫자가 너무 많다고 고
민한다.

그저 그런 무인으로 남고 싶다면 육합권에 손도 대지 마라.
진정한 달인의 경지, 무의 끝을 보려 한다면 반드시 육합권을 익
혀라.

이것은 나의 진심 어린 충고다.

자, 이제부터 초식에 대한 설명을 하겠다. 제일식, 비룡승천(飛
龍昇天). 여기서 비룡이라 함은…….

생각보다 설명이 잘되어 있었다. 몇 장을 넘겨보았다.

마룡십팔수(魔龍十八手).

산동 철기문의 대표 무공이다.

철기문은 삼십 년 전에 멸문하였으나, 마룡십팔수는 뛰어난
절기에 속하는지라 살아남아 있다. 철기문 이외의 많은 사람들
이 배웠지만, 불행인지 초대 철기문주를 제외하고 아직 대성한
인물은 없다. 많은 인간들이 마룡십팔수를 배우려는 이유로 장
법(掌法)과 금나수(擒拿手)의 뛰어남을 말한다. 하나 그놈들은
모두 바보라고 나는 단언한다. 내가 살펴본 바에 의하면 마룡십
팔수의 진정한 효용은 점혈에 있다. 간단한 네 가지 동작의 조합
으로 주요 혈도 서른여섯 군데를 점혈할 수 있는 것이 마룡십팔

수다. 특히 마룡십팔수에서 노리는 혈도들은 인체에 있어 가장 중요하고 치명적인 곳이었다.

즉, 두 곳의 마혈(痲穴), 네 곳의 아혈(啞穴), 그리고 열두 곳의 사혈(死穴)을 집중적으로 공략한다. 그래서 십팔수다. 나는 자신한다. 마룡십팔수 점혈은 감히 소림의 대력금강지(大力金剛指), 일지선(一指禪)과 대등하고, 어쩌면 더 뛰어난 부분도 있다.

…(하략)…….

잘은 모르지만 제대로 된 설명 같았다. 널리 알려지지 않은 무명무공(無名武功)을 소림 무공과 비교하는 행위 자체가 어불성설이다. 그러나 편견을 버리고 광선 노인의 주장을 그대로 받아들이면 어딘지 설득력도 있어 보였다.

장랑은 한 가지 더 확인해 보기로 하였다.

진법개요(陣法槪要).

각종 진법의 대한 분석을 하기 전에 우선 진법에 대해 간단히 짚고 가겠다. 진법이란 기본적으로 구궁(九宮), 구간(九干), 구성(九星), 팔문(八門), 팔신(八神) 등을 기초로 하고 음양, 오행의 원리에 따라 배치하고 나아가 이를 씨줄, 날줄로 조합하는 방위학이다.

진법은 목적에 따라 구분을 하는데 현재까지 잘 알려진 진법의 종류만 해도 총 일천육백여 개가 넘는다. 때문에 모든 진법을 일일이 열거하기란 사실상 불가능에 가깝다. 따라서 나는 무림 또는 일상생활에 필수적이며 효과적으로 사용 가능한 백스물한 종의 진법만 엄선하여 다루기로 하겠다.

특수한 기능과 역할의 진법으로 팔상진(八相陣), 팔괘진(八卦陣) 등등 오십여 개.

군사용 병진으로 이합진(二合陣), 어린진(魚鱗陣), 학익진(鶴翼陣) 등 사십여 개.

검진으로는 오행진(五行陣), 칠성검진(七星劍陣), 삼재진(三才陣) 등 이십여 개.

그 밖에 나한진(羅漢陣), 육합진(六合陣), 오호쌍륜진(五虎雙侖陣) 등의 차륜진 분류에 들어가는 십여 개.

자, 우선 팔상진이 무언지 그것부터 살펴보자.

팔상진이란 여덟 가지의……

장랑은 광선 노인을 무척 광오(狂傲)하다 여겼다. 그런데 책을 읽어 내려가면 갈수록, 시간이 지나면 지날수록 광선 노인에 대한 평가가 조금씩 달라지기 시작했다.

하루, 이틀, 사흘…… 한 달이 지나자, 광선 노인이 꼭 미친 사람만은 아니라는 느낌을 받았다.

두 달이 지나자, 괜찮은 노인이로군! 하면서 생각을 바꾸었다.

삼 개월 후에는 대단한 사람이구나! 하고 감탄을 하게 되었다.

육 개월이 지난 뒤, 존경스럽다 하는 단계로 발전하고 말았다.

그리고 일 년이 지난 후, 책을 좌탁 위에 조심스럽게 올려놓고 광선 노인을 공경하는 마음으로 정성껏 구배를 올리고 말았다.

강호잡기총요에서 장랑에게 대단한 발견으로 기억되는 부분은 '내공편' 맨 마지막에 기술된 내용이었다.

태음진기(太陰眞氣).

장랑은 처음 제목에서부터 기묘한 느낌을 받았다. 어릴 때부터 익혀오던 태음진공과 이름도 흡사하였고 묘한 끌림을 느꼈기 때문이다. 예상은 빗나가지 않았다. 아니, 내용의 흐름이 완벽하다 싶을 정도로 비슷했다.

태음진기는 총 육백팔십 글자인 데 비해, 태음진공은 전부가 육백칠십두 자라는 점이었다. 그리고 두 구결 각각에서 상이한 부분은 여덟 글자뿐. 결론적으로 스물네 글자의 차이였다.

장랑은 떨리는 가슴을 달래며 두 개의 구결을 하나로 합쳐보았다.

스물네 글자가 보강되자, 두 개의 심법은 하나의 새로운 내공심법으로 바뀌었다. 문제라면 너무 훌륭하다는 점이었다. 지금까지 익혔던 태음진공은 쓰레기로 취급해도 될 정도로 좋아 보였다.

장랑은 하나로 합쳐진 구결을 태음진결(太陰眞訣)로 이름을 붙였다.

그리고 깊이 심호흡을 한 후 조심스럽게 만들어진 구결대로 운기를 해보았다.

단전에 머물고 있던 반 갑자가량의 극음지기가 자연스럽게 일어나 평소보다 호호탕탕하게 혈도를 따라 달리기 시작했다.

'그래, 내 생각이 맞았어!'

그러나 그런 기쁨도 잠시, 평소보다 빠르고 시원하게 운행하던 극음지기가 점점 속도를 더하더니 급기야 성난 말처럼 미친 듯 날뛰기 시작했다. 장랑은 깜짝 놀라 운기를 중지하려고 했다. 하지만 이미 통제하기 어려운 지경에 이르러 있었다.

'설마? 주화입마?'

장랑은 가슴이 덜컥하고 내려앉았다.

'침착하자. 침착해야 돼.'

장랑은 스스로에게 다짐을 하며 이를 악물고 혈도 이곳저곳을 휘젓고 다니며 날뛰는 극음지기를 다스리려 하였다.

그러던 순간.

꿈틀!

혈맥 속에서 무언가가 꿈틀하며 움직였다. 그건 극음지기에게 단전의 자리를 내주고 밖으로 나와 혈맥 속에 녹아든 채 잠들고 있었던 반선단의 약효, 즉 양강지기가 반응을 한 것이었다.

투투투툭—!

극음지기가 지나간 길을 따라 양강지기가 연쇄적으로 반응하며 일어섰다. 극음지기의 달리는 속도가 급격히 빨라짐에 따라 양강지기의 반응 속도도 덩달아 빨라졌다.

"으으음—!"

장랑은 자신도 모르게 작은 신음 소리를 내고 말았다. 극음지기가 평소보다 몇 배나 빠르게 미친 듯 날뛰며 이동하기에 그것을 통제하기조차 어려운 상황인데 양강지기까지 반응하여 움직이니 혈맥이 터져 나갈 것 같은 기분과 함께 참기 어려운 엄청난 고통스러움까지 느껴졌다.

'치, 침착해야 한다.'

장랑은 스스로 다짐을 하였다. 그런데 이상한 것은 극음지기와 양강지기가 쫓고 쫓기는 추격전만 벌일 뿐 서로 충돌하지 않는다는 점이었다.

극음지기는 연속 열두 번의 소주천을 하고 나서야 그 이동 속도가 조금씩 느려졌다.

이때 장랑의 머릿속에 번개처럼 스쳐 지나가는 하나의 구절이 있었다.

이원기화합(二元氣和合)!

'양(陽)은 천지인 가운데 천에 해당되니 백회(百會)요, 음(陰)은 지(地)에 해당되니 회음(會陰)이며, 인은 인간의 몸에 해당되니 생명의 요체라 할 수 있는 명문(命門)이라…….'

장랑은 극음지기를 몰아 회음 부근에 머물게 하였으며 양강지기는 백회혈에 가두었다. 뜻밖에 어렵지 않았다.

'임맥(任脈)은 회음에서 승장(承獎)에 이르니 음이요, 독맥은 장강(長强), 백회, 태단(兌端)에 이르니 양이라…….'

장랑은 두 개의 기운을 임독양맥을 통해 천천히 움직여 보았다. 각기 다른 길을 통해 이동한 음과 양의 기운이 명문혈에서 서로 만났다.

쿠― 쿵!

커어억!

묵직한 통증이었다. 숨이 턱 하고 막히면서 호흡이 곤란해졌다. 전신의 기력이 일시에 쑥 빠져나가는 느낌이 들었고, 심장 박동은 평소보다 서너 배나 빨라졌으며 가슴이 두근두근하는데 이상하게도 정신까지 혼미해졌다. 그건 상식적으로 납득이 되지 않는 상반된 신체적 반응이었다.

'뭐지?'

이때 기해혈에 미세하고 작은 꿈틀거림 같은 반응이 있었다. 그 반응은 장랑으로서는 처음 느끼는, 하지만 무척 익숙한 느낌의 기운이었다. 그 미세한 꿈틀거리는 기운이 모래 속에 물이 스미듯 부드럽고 흔적도 없이 단전에 스며드는 기분이었다.

그건 정말이지 무척이나 놀라운 현상이었다.

음과 양의 상반된 두 개의 기운은 조금씩 조금씩 서로 어우러졌다. 그리고 익숙하면서도 새로운 형태의 진기로 탈바꿈하여 장랑의 기해혈을 통해 자연스럽게 단전에 흘러들어 차곡차곡 쌓이고 있었다.

그런데 기이한 일은 그것뿐이 아니었다. 이때의 장랑 얼굴은 잘 익은 사과처럼 붉게 물들어 있었다. 가부좌를 튼 몸뚱이도 앞뒤로 심하게 흔들렸다. 이마와 콧잔등에서 땀방울이 솟아났다. 그리고 땀방울이 하나로 뭉쳐져 바닥에 떨어지는 순간 장랑은 전신의 모공이 활짝 열리는 느낌을 받았다.

열려진 전신의 모공에서 퀴퀴한 냄새를 풍기는 거무튀튀한 액체들이 조금씩 밀려 나왔다. 인간이라면 누구나 태어날 때부터 간직되어진 선천적 탁기였다.

이때 고통의 세기가 점점 강해졌다.

"으으으……"

장랑의 두 눈에 핏발이 서고 전신의 근육이 마구 뒤틀리는 듯하였다. 이를 악물고 고통을 참아내려 했지만, 어느 순간 장랑은 너무나 극심한 그 고통을 이기지 못하고 잠시 정신의 끈을 놓고 말았다.

그건 장랑에게 있어 정말이지 안타까운 일이었다. 정신을 잃어 느끼지 못하지만 환골탈태를 바로 코앞에 둔 상태에서 그만 그 기회를 놓치고 만 것이다. 만일 장랑이 정신을 놓지 않고 반 각, 아니, 반 각의 반만이라도 더 버티었더라면 완전하게 환골탈태 지경에 돌입하였을 것이다. 그랬다면 비록 정신을 놓았더라도 그 이후의 과정은 물 흐르듯이 자연스럽게 진행되어 환골탈태를 이루었을 것이다.

하지만 장랑에게 행운도 있었다. 그건 오랫동안 중수의 압력에 길들어진 신체였다. 중수의 압력에 길들어지지 않았다면 이원기화합은커녕 음한지기와 양강지기의 폭발적 운행만으로도 전신의 혈맥이 터져 나가며 운기 즉시 즉사했을는지도 몰랐다.

장랑이 눈을 뜬 건 축시(丑時)에 가까운 깊은 밤이었다.

그의 머리맡에 명해 도장 앉아 있었는데 무척 근심스런 표정으로 내려다보고 있었다.

"어찌 된 일이냐? 어디가 아픈 것이냐?"

장랑이 눈을 뜨자 명해 도장이 걱정스런 얼굴로 물었다.

장랑은 자리를 털고 일어나 앉았다. 그리고 낮에 있었던 일을 자세히 설명하였다.

"아아, 이럴 수가! 정말이지 너무나 안타깝구나."

명해 도장은 크게 탄식을 하고 말았다.

"사부님."

"옥하야, 정말 미안하구나. 내가 곁에 있어주어야 함에
도……. 나는 네게 힘이 되어주지 못하는 무능한 사부로구
나."

명해 도장의 눈에는 물기가 고여들었고 눈가 주위는 어느
새 붉게 물들어 있었다.

장랑은 깜짝 놀라 물었다.

"사부님, 어찌하여 그러십니까?"

명해 도장은 장랑이 겪었던 일이 환골탈태의 앞선 과정이
었으며 또한 그로 인한 생사지경의 위험한 과정을 겪었다는
설명을 하였다. 만일 일이 잘못되었다면 두고두고 가슴에 한
이 되었을 것이라는 말도 하였다.

장랑은 이야기를 듣는 그 순간 가슴에서 뜨거운 무언가가
치밀어 올랐다. 그건 다름 아닌 감격과 고마움이었다.

명해 도장은 제자가 생사지경에 놓여 혼자 외롭게 싸우고
있었음에도 힘이 되어주지 못한 것에 진심으로 부끄러움과
안타까움, 그리고 미안해하고 있었다.

'사부님.'

장랑도 자신이 겪은 일이 어떤 일이었는지 정도는 알고 있
었다. 그러나 그건 단지 아주 우연히 일어난 일이었다. 명해
도장이 자책할 만한 문제는 절대 아니었다. 자신이 죽든지 살
든지 그건 자신의 몫이었다. 장랑은 오히려 자신의 일로 인해
사부에게 심려를 끼치게 하였으며, 자책까지 하게 만든 일이

미안할 뿐이었다.

　명해 도장이 돌아간 후 장랑은 가부좌를 틀고 운기를 해보았다. 단전에는 늘 머물고 있던 극음지기 대신에 낯설면서 익숙한 새로운 진기가 자리 잡고 있었다. 빙곡에서 얻은 극음지기와 반선단에서 취한 양강지기가 하나로 합쳐진 것이다.
　장랑은 서두르지 않고 진기를 움직여 보았다. 그리고 네 번의 소주천과 두 번의 대주천을 끝낸 후 눈을 떴다.
　이전과 전혀 다르게 마치 몸이 날아갈 듯 가벼워졌고 전신에 활력이 충만해진 느낌이 들었다. 무엇보다 중요한 것은 반 갑자를 조금 상회하던 내공이 어느 사이에 한 갑자를 넘어섰다는 것이다.
　장랑은 태음진결의 신묘함이 떠올랐다.
　'단전이란 하나의 소우주이다. 비록 인간의 몸 안에 있지만 그 묘하고 신비로움은 어떻게 말로 표현할 수 없으니 늘 두려워하고 공경하며 조심스럽게 다루어야 한다. 단전은 명문과 기해라는 두 개의 통로가 있어 서로 교통하며 보완하고 서로 이용하는바…….'
　태음진결의 구결을 떠올리는 그 순간 갑자기 이상한 일이 벌어졌다. 단전에 얌전히 자리하고 있어야 할 진기가 스스로 단전을 빠져나가 전신으로 퍼져 나가는 것이었다. 구태여 소주천, 대주천을 유도할 필요가 없었다. 알아서 자연스럽게 물

흐르듯이 전신을 운행해 갔다.

'심즉동(心則動)? 으음!'

분명 진정한 의미의 심즉동은 아니었다. 하지만 아무 생각 없이 내공구결을 떠올리는 것만으로 진기가 움직인다는 것은 작은 의미로써의 심즉동이라 볼 수 있었다.

"반선단의 효과가 이토록 대단하다니… 내 스스로도 믿기지 않는구나."

장랑은 명해 도장이 너무도 고마웠다. 반선단으로 인해 순식간에 내공이 반 갑자나 증진되었다. 반선단은 명해 도장이 처음 장랑을 제자로 맞이하던 날, 허기나 때우라고 내밀었던 의문의 검은 환단, 바로 그것이었다.

선단을 만들다 실패한 부산물이 바로 반선단. 비록 선단의 제조에 실패한 것이라 해도 워낙 좋은 재료 수백 가지를 엄선하여 제련한 것이라 선단에 비할 바 못 되지만 그 약효는 상당 부분 남아 있었다.

그런 반선단을 한 개만 먹은 것이 아니었다. 보기만 해도 안쓰러운 제자에게 먹이기 위해 명해 도장은 자신이 아끼며 모아놓은 것뿐만 아니라 송담자와 명계 도장이 보관하고 있던 반선단까지 몰래 가져다가 먹였기에 장랑의 몸에 잠재된 약성은 상상을 초월할 만큼 엄청나다 할 수 있었다.

태음진결을 얻은 후 혈맥에 녹아 있는 반선단의 양강지기는 운기를 할 때마다 매번 조금씩 흘러나왔다. 그날 이후 장

랑의 내공이 쌓이는 속도는 가히 폭발적이라 해도 무방할 정
도로 빨라졌다.

　장랑의 나이 열여섯에 겪은 일이었다.

＊　　　＊　　　＊

　빙곡의 아래쪽 작은 소(沼) 옆으로 사방 오 장 남짓의 빈 공
지가 있다.

　원래 잡목 몇 그루와 크고 작은 돌덩이들이 무수히 쌓여 있
는 쓸모없는 공간이었으나 만약당을 벗어날 수 없는 장랑이
연무할 공간이 필요하여 나무를 뽑아내고 큰 돌 작은 돌을 골
라 삼 일 만에 개인 연무장으로 만들어 사용했다.

　장랑은 처음에는 복마대력수와 복마권법, 그리고 복마장
법을 수련하였다.

　그 세 가지의 무공은 공동파의 도사라면 누구라도 배우는
무공이지만 누구나 배우기 때문에 수련한 것은 아니었다. 명
해 도장이 이르기를 의원이 되기 위해서 가장 중요한 것은 병
의 명칭을 알고 약초의 종류를 배우고 치료법을 배우는 것이
아니라 가장 기초가 되는 인체에 대한 공부가 먼저라고 하였
다. 인체를 구성하고 있는 혈과 혈도, 뼈와 근육, 그리고 각
장기(臟器)들의 역할과 상호 작용 관계를 파악하는 하는 것이
우선이라고 하였다.

장랑은 무공도 마찬가지라는 생각을 하였다.

공동파의 도사가 되려면 누구나 배워야 한다는 말의 의미는 곧 그 세 가지 무공이 공동 무공의 기초라는 말과 같았다. 기초가 튼튼해야 높고 큰 전각을 무리없이 지을 수 있듯, 기초가 튼튼해야 보다 높은 수준의 무공으로 옮겨가는 데 지장이 없을 것 같았다.

때문에 장랑은 틈나는 대로 복마대력수와 복마권법, 그리고 복마장법을 수련하였다. 그런데 참으로 우스운 것이 이원기화합을 이루기 전에는 그토록 까다롭고 변화무쌍해 보이던 그 세 가지 무공이 너무나 수월하게 펼쳐지고 날이 갈수록 일취월장하여 어렵지 않게 느껴지는 것이었다.

그 세 가지 무공은 보통 오 년 이상 수련해야 한다. 그래야만 육성가량의 성취를 이루게 되고, 그 정도 수준이 되어야 실전에서 제대로 써먹을 정도가 된다. 그런데 장랑은 이원기화합 이후 불과 삼 개월 만에 육성의 경지를 훌쩍 뛰어넘어 십이성의 대성을 이루었다.

이상한 생각이 들어 무언가 빠진 부분이나 놓친 것이 없나 하여 초식의 하나하나에 정성을 기울이고, 각 초식에 따른 변화를 세세하게 살펴가면서 펼쳐 보았지만 이상이 없었다.

소양지, 개천풍운장, 음양미종보…….

장랑은 열여덟 살이 되면서 공동파의 무공 대부분을 모두 익숙하게 펼치게 되었다. 이원기화합으로 인해 그렇게 된 것이라 생각했지만 그건 그때까지 장랑이 스스로도 깨닫지 못하는 다른 요인이 있었다.

강호잡기총요.

그 방대하고 놀라운 책을 읽고 외우면서 깊은 통찰력과 많은 무공에 대한 높은 이해를 가지게 되어 난해한 무공을 난해하다고 여기지 못했으며 나아가 공동파의 무공도 그리 어렵지 않게 익힐 수 있게 만든 것이었다.

그러나 혼자 책을 보고 스스로 깨우치는지라 모든 것에 완벽할 수는 없었다.

가장 큰 문제는 격공장이었다. 내력을 장심에 모아 발출하는 단계까지는 성공했고 팔뚝 굵기의 나무를 크게 휘청거리게 하는 수준에는 이르렀다. 그러나 그 이상의 발전이 없었고, 또한 거리가 두 자를 넘기지 못한다는 한계가 있었다.

더욱이 격공장을 펼치거나 지력(指力)을 쏘아낼 때, 기의 흐름이 꾸준히 유지되지 못하고 중간에 끊기는 현상도 발생하였다.

'역시 임독양맥의 타통이 문제인가?'

환골탈태의 완벽한 과정을 거쳤더라면 임독양맥의 타통 같은 문제에 봉착하여 고민할 필요가 없었다.

장랑은 아쉬움이 남았다.

'그런 것은 인력으로 해결되지 않는 문제다.'

스스로 그렇게 생각하며 때가 되면, 아니, 단계를 밟아 차

근차근 앞으로 전진하다 보면 언젠가 이루어질 것이라 믿었
다.

　어느 날이었다.
　"옥하야, 그만 하고 잠시 이리 올라오너라."
　장랑은 명해 도장의 부름을 받아 수련을 멈추고 만약당으
로 향했다.
　무언가 할 말이 있어 부른 줄 알았지만 아니었다.
　"사부님."
　'이것 때문이었습니까? 이것 때문에 밖으로, 그토록 쉬지
않고 밖으로만 돌아다니셨습니까?
　장랑은 눈물이 핑 돌았다.
　명해 도장 앞에 놓여진 어린아이 주먹만 한 크기의 반선단
한 개.
　색과 향, 그리고 모양은 분명 반선단이었다. 그러나 알 수
있었다. 그것은 반선단이 아니라 공령환이었다. 이른바 선단
이라 불리는 공동파 최고의 영약이었다.
　공령환을 만들기 위해서는 무려 칠백팔십네 가지의 약초
가 필요하였다.
　칠백팔십네 가지.
　입으로 숫자를 말하기는 쉽다. 하지만 그것이 모두 구하기
어려운 희귀한 약재이고 한 지역에서는 절대로 구할 수 없는

약재라면 말이 달라진다.

사부는 공령환을 만들기 위해 지난 칠 년 동안 감숙, 사천, 섬서, 운남, 귀주, 그리고 내몽고에 이르기까지 중원 대륙 각 지역의 명산을 찾아다녔던 것이었다.

"내가 옥하 너를 위해 해줄 수 있는 것은 이런 것밖에 없구나."

"사부님께서 그동안 제게 베풀어주신 은혜가 얼마인데, 저는 도저히 받을 수가 없습니다."

장랑은 눈물을 떨구면서 거센 도리질을 하였다.

"옥하 이놈. 너는 이 사부의 말을 듣지 않겠다는 것이냐?"

명해 도장이 붉어진 얼굴과 함께 언성을 높였다.

그건 명해 도장에게 있어 좀처럼 볼 수 없는 화가 난 모습이었다.

장랑은 물러서지 않았다.

"싫습니다."

지난 팔 년 동안 사부가 수십 년 동안 모아놓은 반선단을 몽땅 먹어치우고 그것도 모자라 사백인 명계 도장과 사조인 송담 도장께서 애지중지하던 일부까지 자신의 뱃속에 털어넣었다.

"네가 임독양맥의 타통이 되지 않아 고생하는 거 내 다 안다. 웬 고집을 그리 피우는 게야. 아무 소리 말고 받아라."

"사부님께서도 잘 아시지 않습니까? 저는 나이에 비해 성취가 빠른 편입니다. 이미 사십 줄에 접어든 옥자 배분의 사형들은 물론이요, 명자 배분의 사숙이나 사백님 중에서도 임독양맥이 타통된 분은 손가락으로 꼽을 정도입니다. 그런데 어찌 이제 약관의 나이에 불과한 제가 그토록 과한 욕심을 부리겠습니까? 불가합니다."

"이놈아, 너는 내 마음을 이리도 몰라준단 말이냐. 너의 사형제들이나, 사숙들은 평생 공동의 울타리 안에서 공동의 보호 아래 살아간다만, 너는 아니지 않느냐. 언젠가는 산을 내려가야 하는 몸, 호신술에 불과한 어쭙잖은 무공 몇 수 배웠다고 세상 무서울 것 없다는 식으로 생각하면 그건 네놈의 큰 오산이야."

"사부님."

"네놈이 정히 이것을 받지 않겠다면 나는 오늘부로 네놈과 의절을 하고 말겠다. 사부가 죽을 고생을 하면서 힘들게 만들어주면 감사하는 마음으로 냉큼 받아먹을 것이지……."

명해 도장은 진짜로 화가 난 사람처럼 등을 돌리고 앉아버렸다.

장랑은 잠시 생각에 잠겼다.

무턱대고 받지 않겠다고 고집을 피울 수도 없는 일이었다. 어쩌면 임독양맥이 타통되고 무공이 지금보다 일취월장하게 되면 그것이 사부 명해 도장의 마음을 가볍게 하는 일이 될 것이라는 생각도 들었다.

　장랑은 조용히 일어나 명해 도장의 등을 향해 구배(九拜)를 하였다. 그리고 공령환을 두 손으로 소중히 받들어 문을 나섰다.

　명해 도장은 장랑이 물러서자 그제야 몸을 돌려 빙곡으로 향하는 장랑의 뒷모습을 흐뭇하면서도 복잡한 시선으로 바라보았다. 그는 나지막이 가슴속의 말을 뱉어냈다.

　"이 녀석 옥하야! 어리고 착하기만 한 너에게는 앞으로 험난한 세월이 기다리고 있다. 이 못난 사부가 그런 너를 위해 해줄 수 있는 것이란 겨우 이런 것 하나밖에 없구나!"

*　　　*　　　*

　임독양맥이 타통된 지 벌써 일 년 육 개월이 지났다. 그동안 빙곡 안 장랑만의 연무장 주변은 온통 난장판이 되어 있었다. 장심에 내력을 모아 손을 앞으로 쭉 뻗는 것만으로도 오 장 앞의 석벽이 요란한 굉음과 함께 돌가루가 펄펄 날리게 만들 수준이 되었다.

　수없이 내지른 격공장으로 인해 들쑥날쑥해진 석벽이 보기에 처참했지만 깎이고 또 깎여 원래의 모습과 비슷하게 되기를 여러 차례.

　그렇게 시간이 흘러갔고, 그와 함께 장랑의 모습은 건장한 청년으로 바뀌어 있었다.

한 달 전, 만약당의 모든 제자들은 봉문 해제를 대비하여 보다 많은 상비약을 준비하기 위해서 두 무리로 나뉘어 감숙 북부 기련산 방면과 사천의 중부 지방 아미산으로 각기 채약에 나섰다.

그날 이후 장랑은 낮 시간의 대부분을 혼자서 텅 빈 만약당을 지키고 있어야만 했다.

강호잡기총요는 통째로 암기해 버린 지 오래되었고 만약당을 지키는 지난 한 달 동안 낮에는 의약(醫藥)이나 선단 관련 책자를 읽었고, 밤에는 내공 수련과 복마검법, 그리고 소양검법을 익혔다.

그리고 어제부턴 선인지약심론(仙人持藥深論) 수생목편(水生木篇)을 읽고 있었다.

향포(香蒲)는 호숫가에 주로 자란다. 수명은 삼사 년이었다. 뿌리를 포함, 키가 녁 자에서 녁 자 반에 이른다. 입은 가늘고 길며, 여름철에 노란 꽃을 피운다. 꽃가루를 모아 말리면 그것이 포황(蒲黃)이었다. 민간에서 산후조리, 지혈에 많이 쓰인다.

선단 제조에 향포는 뿌리 부분이 약간 쓰인다. 채취는 사월과 오월 사이에 하며 채취 후 햇볕에 잘 말린다. 솥에 넣고 네 시진 가량 중탕으로 찌게 되면 거무스름한 진액이 나오는데 이를 그늘에서 맥석분(脈石粉)과 일 대 일로 섞는다. 여기서 주의할 점은 반드시 그늘에서 섞어야 한다는 것이다.

이를 백탄(白炭)으로 한 시진가량 졸이면 암갈색 고형체를 얻을 수 있는데 이는 수기(水氣)와 목기(木氣), 그리고 토기(土氣)와 화기(火氣) 등 이 네 가지 기운의 어우러짐의 전형이었다. 이렇게 해서 나온 결과물이 바로 맥포(脈蒲)다.

향포는 파양호(鄱陽湖) 인근에서 자라는 것을 최상품으로 치는데 이는 호변(湖邊)의 흙이…….

이미 알고 있는 내용이었다.

'응?

멀리서 반가운 사람의 기척이 느껴졌다.

거리는 백여 장 정도.

'사부님께서 돌아오시나?

사부를 방 안에서 맞이할 수 없는 일이기에 장랑은 자리를 털고 일어나 기지개를 켰다. 그런데 느낌이 조금 이상했다. 들리는 발자국 소리가 평소와 달리 무척 가볍고 경쾌하면서 빨랐다.

'누굴까?

만약당 제자들은 뛰지 않았다. 뛰더라도 빠르지 않았다. 그런데 지금 다가오는 사람의 움직임은 매우 빠르고 표홀하였다. 상당한 수준에 오른 고수의 느낌이었다.

"안에 누가 있느냐?"

익숙하면서도 어딘지 약간은 낯선 목소리였다. 장랑은 서둘러 조약실(造藥室)을 향해 움직였다.

오십대 중반의 청수한 인상을 풍기는 도사. 장랑은 그를 발견하곤 가슴이 덜컥 내려앉았다.

명일 도장.

장랑은 허리를 굽혔다.

"명일 사숙님을 뵈옵니다."

"옥하더냐?"

장랑을 바라보는 명일 도장의 눈빛은 예전보다 더욱 날카로워졌다.

"예, 사숙 오랜만에 뵙습니다."

"흠, 당당한 청년으로 자랐구나. 어릴 때 모습이 거의 남아 있지 않구나."

"……"

마지막으로 얼굴을 마주한 때가 장랑이 열세 살 무렵이었다. 그 후 팔 년이 넘는 시간이 흘렀다. 오 척에도 못 미치던 키가 육 척에 이르렀으니 명일 도장이 못 알아보는 것은 당연하였다. 그러나 장랑으로서는 절대로 잊을 수 없는 사람이었다. 남궁가에서 생사를 함께하였고 파문이라는 극단적 방법을 피해갈 수 있도록 도와준 사람이었다. 그러고 보니 명일 도장도 사십 중반의 장년인에서 쉰이 넘은 초로의 노인이 되었다.

"우리 어디 앉아서 이야기 좀 나눌까?"

"예. 사숙, 이리로……."

장랑은 당혹스러웠다. 이야기를 하자고 찾아왔다면 일상적인 것이 아닐 터. 명일 도장의 위치라면 사람을 보내 자신을 부를 수도 있었다. 그런데 직접 찾아왔다는 것은 함부로 말 못할 중대한 이야기가 있다는 의미였다.

장랑과 명일 도장은 본산 도관들이 잘 내려다보이는 커다란 바위 위에 나란히 앉았다. 멀리 연푸른색 도복임에도 하얀색으로 보이는 도인들이 전각을 오가는 모습이 보였는데 머리 부위만 확연하게 구분되어 마치 개미들의 움직임 같았다.

명일 도장이 입을 열었다.

"기억하고 있는지 모르지만 공동은 네 부친에게 많은 은혜를 입었다."

"……."

"하지만 공동은 그 은혜를 뛰어넘고도 남을 만한 충분한 대가를 치렀다."

"……."

송진자의 죽음.

"원래 이런 이야기는 명해 사형께서 해야 하는데, 장문인께서는 내게 명을 내리시는구나."

장랑은 명해 도장이 찾아오는 순간, 벌써 느꼈다.

"하기 힘든 말씀이라면 굳이 안 하셔도 됩니다."

"아니다. 장문 사형 말씀대로 누군가 해야겠지. 그리고 네 사부가 아닌 내가 말해야 너도 부담이 없을 거야."

"……."

"무림에서 세가로 불려지는 남궁가는 집요한 사람들이야. 섣불리 복수하려 들지 말거라. 어지간하면 피하는 것이 상수다. 그러다 보면 놈들도 결국 제풀에 지쳐 너를 포기하고 말겠지."

"무슨 말씀이신지 알겠습니다."

"봉문 해제가 얼마 남지 않았다. 그간 아주 긴 시간이었지."

장랑은 침울한 표정으로 명일 사숙의 옆얼굴을 바라보았다.

'봉문 십 년도 길지만, 저에게도 만약당에 갇혀 있던 십 년은 그 몇 배에 해당되는 무척 긴 시간이었습니다.'

장랑은 그렇게 말하고 싶었다. 하지만 원인을 제공한 사람은 부친 장만덕이었다.

"사부님께서 돌아오시면 인사를 하고 떠났으면 합니다."

명일 도장은 고개를 저었다.

"내 생각에는 그냥 떠나는 것이 서로 가슴이 덜 아플 것 같구나."

장랑은 동의할 수 없었다. 사부에게 말도 없이 떠나는 제자가 어디에 있단 말인가.

"꼭 그래야만……."

"명해 사형은 알다시피 마음이 무척 여린 분이지 않더냐."

그 말을 듣는 순간 가슴 한 켠으로 저미는 아픔이 밀려왔다. 장랑은 솟아오르려는 눈물을 꾹 참으며 조용히 일어섰다.

"오늘 중으로 공동을 나서도록 하겠습니다."

장랑은 만약당을 향해 천천히 발걸음을 옮겼다. 언젠가 산을 내려가야 한다는 생각을 해왔다. 그리고 원래 그렇게 예정되어 있었다. 그런데 그날이 바로 오늘이 될 줄 몰랐다.

자신이 떠나면 팔백 명 공동의 제자들이 부담을 덜 수 있었다. 자신 때문에 공동이 봉문을 해제하는 순간부터 남궁세가와 충돌하면 안 된다.

"옥하야."

명일 도장이 뒤늦게 따라오면서 장랑을 불렀다. 장랑은 걸음을 멈추고 눈물을 삼키며 명일 도장을 향했다.

"달리 하교하실 말씀이라도?"

"듣기에 너는 기본공 이외에 공동의 무공을 익히지 않았다면서?"

맞다. 공식적으로 공동의 무공을 배우지 않은 것으로 되어 있었다.

사부 명해 도장의 생각이었다. 가뜩이나 안 좋게 보는 시선이 많은지라 조금이라도 피해보려는 한 방편이었다.

"제자가 우둔하여 본 문의 절기를 깨우칠 능력이 되지 않았습니다. 지난 시간, 본 문의 절기에 손을 못 대고 오로지 강호에 떠도는 잡스런 것들과 씨름만 하고 말았습니다."

순간 명일 도장의 얼굴에 안타까움이 스쳤다.

지난 시절 남궁세가를 오가며 마치 친숙부처럼 잘 따르던 옥하였다.

"옥하야, 공동의 문하라면 적어도 복마검법과 복마권 정도는 알고 있어야 한다."

무슨 뜻인가?

장랑은 잠시 혼란스러웠다.

"복마검법과 복마권은……."

"나는 명해 사형을 진심으로 존경한다. 옥하야, 내 마음을 더 아프게 하지 말거라."

"사숙."

"나까지 속이려 하지 말라는 뜻이다."

"사숙."

"공령단(空靈丹)에 쓰일 재료들이 본래 목적 이외에 다른 곳에 많이 소모되었다는 이야기를 들었다."

"그걸 어떻게?"

"그만. 그 이야기는 그만 하자."

"……."

"명해 사형의 방법이 나쁜 건 아니다. 하지만 내공이 무공의 전부는 아니란다."

"네, 알겠습니다."

장랑은 명일 도장의 말뜻을 알아들었다. 사부 명해 도장은 명일 도장에게까지 말하지 않은 모양이었다.

"공동의 제자가 복마검법과 복마장법, 복마권법 등을 모른다면 공동의 문하라고 떳떳이 말할 수 없는 법이다."

"……."

"간단하게라도 배우고 가겠느냐?"

장랑은 명일 사숙의 배려가 고마웠다. 팔 년 전 남궁세가로 가는 길에 다정하게 손을 잡아주고, 사소한 부분까지 챙겨주던 분이었다. 송진자 사백조가 부상을 당해 기식(氣息)을 잃었을 때 들쳐 업고 함께 뛰던 기억도 있었다. 파문의 위기에서 구해준 분이기도 했다. 그때 차분하면서도 힘이 느껴지는 말투로 여러 장로들 앞에서 당당하게 말하던 기억도 새로웠다.

지금까지 그걸 왜 잊고 있었는지.

'장랑아, 너는 원래 이리도 배은망덕한 놈이었더냐?'

장랑은 사부 이외에도 은혜를 베푼 명일 사숙을 잊고 지낸 스스로의 무신경함을 꾸짖었다.

그럼에도 명일 사숙은 자신이 사부 없이 홀로 무공을 익힌 것을 가엾게 여겨 떠나는 마지막 순간까지 도움을 주려는 것이었다.

'명일 사숙, 정말 고맙습니다.'

그러나 명일 도장의 생각처럼 공동파의 무공을 전혀 익히지 않은 것은 아니었다. 어린 도사 시절 기초권법을 익혔으며, 이후에 사부 명해 도장이 구해준 태을전 교본으로 공동파 무공도 익혔다. 그것을 공공연하게 떠버릴 수가 없을 뿐이었다.

"어린 시절 기초를 비롯해 몇 가지 무공을 익히기는 했습니다."

"기초를 배웠다? 그럼 어디 한번 펼쳐 보아라."

명일 도장은 홍미롭다는 표정이었다.

"그럼 복마검법을 펼쳐 보도록 하겠습니다."

장랑은 가볍게 읍하고는 주변을 둘러보았다.

길게 자라 바람에 휘청거리고 있는 나무가 보였다. 장랑은 그중 가지 하나를 꺾어 들어 목검을 대신했다.

명일 도장은 여전히 홍미로운 눈빛으로 장랑을 바라보고 있었다.

장랑은 어느 순간 별다른 예비 동작 없이 나뭇가지를 일직선으로 앞으로 쭉 내뻗었다. 뒤이어 나뭇가지의 궤적을 쫓아 발이 두 걸음 따라 움직였다. 그리고 몸을 반쯤 틀면서 나뭇가지를 상중세(上中勢)로 힘차게 그어 내렸다. 지극히 평범한 동작인데 무척이나 자연스럽고 신속하며 빨랐다.

피— 이잉!

공기를 가르는 예리한 파공성이 뒤늦게 터져 나왔다. 투박한 나뭇가지가 만들어내는 소리라 믿기지 않을 정도로 날카롭고 강렬한 음향이었다.

다음 동작은 인체의 안면 주변에 노출된 요혈을 한 번에 노리는 초식인 복마멸세(伏魔滅說)였다.

핏! 핏! 핏!

언뜻 보기에 목젖 주위를 노리고 들어가는 듯 보이나, 실제로는 엄지손가락의 강약 조절로 인해 얼굴, 좌우 어깨, 가슴 등에 산재한 여섯 혈도를 노리는 초식이었다. 그렇기 때문에 단순한 찌르기가 아니었다. 노리는 부위가 사혈(死穴)이기에 살짝 스치기만 해도 중상이요, 적중되면 바로 사망으로 이어지는 무서운 살초였다.

그리고 이어지는 초식은 하체 공격의 기본초식 요퇴지선(搖腿之旋).

단전, 허벅지, 무릎으로 끊이지 않고 이어지는 공격이었다. 상대를 죽이지 않고 항거불능 상태로 만들 때 사용하는 초식이었다.

장랑은 눈 깜짝할 사이에 복마검법 전반부 열여덟 초식을 선보였다.

"합!"

장랑은 짧은 기합과 함께 나뭇가지를 사선으로 세웠다.

순간, 나뭇가지 끝에 은은한 청광(靑光)의 아지랑이 같은 것이 피었다가 사라졌다.

'응? 설마 검사? 아니면 검기?'

명일 도장은 혹시 자신이 잘못 본 것이 아닌가 하였다.

"방금 전 그것이 무엇이더냐? 다시 한 번 펼쳐 보일 수 있겠느냐?"

장랑은 동작을 멈추고 의아한 눈빛으로 명일 도장을 바라보았다. 몸 풀기로 기초에 해당되는 초식들을 가볍게 펼쳤다. 그리고 이제 본격적인 검식을 펼치려 하는 순간이었다.

"방금 기수식을 펼칠 때 잠깐 선보였던 그것 말이다."

장랑은 다시금 내력을 이끌어 나뭇가지에 불어넣으며 기수식을 펼쳤다.

그러자 검을 대신한 나뭇가지 끝에 아지랑이처럼 검기가 맺혔다.

명일 도장은 믿기지 않는 듯 미간에 주름을 만들며 몇 번이나 장랑이 펼쳐 낸 검기를 바라보았다.

"으음. 되었다. 그만 하거라. 검기를 운용할 줄 아는데 굳이 초식의 활용까지 확인할 필요는 없겠지. 명해 사형의 은근한 자부심이 과장인 줄 알았더니 아니었구나."

감정을 억누르는 듯한 명일 도장의 목소리에는 기쁨과 허탈함이 함께 담겨 있었다.

자신도 검기를 자유롭게 구사하기 시작한 지 십 년 남짓이었다. 그 정도만으로도 공동제일검이라는 칭호를 얻었다. 그런데 옥하는 갓 약관을 넘긴 나이에 자신의 수준에 근접하고 있었다. 아니, 아직 모든 실력을 다 본 것은 아니기에 어느 정도라 정확히 말할 수 없었다.

'공동은 저런 인재를 무엇 때문에 내쳐야 하는가?

불현듯 그러한 생각에 미치자 장랑의 능력과 실력이 너무 아깝게 느껴졌다.

구대문파 비검회에 공동의 대표로 출전하기로 예정된 옥자 항렬 중 옥평과 옥인의 성취가 제일 높았다. 그러나 옥하는 그들 사형제보다 월등히 높은 수준이었다.

공동파의 미래를 위해 옥하를 잡아두고 싶었다. 당장 장문인에게 달려가 사정하고 싶은 충동도 일어났다. 하지만 장로회의에서 결정된 사항이었다. 장로회의 결정 사항은 장문인이라 할지라도 번복하기가 어려웠다.

"휴우~"

고민 끝에 한숨을 내쉬며 마음의 결심을 굳혔다.

당장 자신이 할 수 있는 일이라고는 옥하에게 영원히 공동파의 제자라는 생각을 마음속 깊게 새겨놓는 것밖에 없었다.

"옥하야."

"예, 사숙."

"네가 산문을 나서더라도 돌아가신 송진자 사백님이 베풀어주신 은혜와 네 사부가 명해 사형임을 절대 잊으면 안 된다."

"예, 절대 잊지 않겠습니다."

"그리고 또 하나, 지금 너는 산을 내려가지만 넌 영원히 공동의 문하이니라."

명일 도장의 말투에서 어딘지 모르게 애처로운 느낌이 들어 장랑은 잠시 머뭇거렸지만 곧 고개를 끄덕이며 대답했다.

“네, 잊지 않겠습니다.”

“고맙구나. 그래, 갈 곳은 생각해 두었느냐?”

“아직 특별히 생각해 놓은 곳은 없습니다.”

“그럼 당분간 난주표국에서 지내는 것이 어떻겠느냐?”

“……?”

“그렇게 의아하게 쳐다볼 필요는 없다. 난주표국은 우리 공동과 아주 밀접한 관계가 있는 곳이다.”

“저도 들어 알고 있습니다.”

“너는 십 년 가까이 세상과 단절된 생활을 했다. 내 생각에는 난주표국에 몇 달 머물며 세상 물정을 파악하고 적응하는 것도 나쁘지 않을 것 같구나.”

“…….”

“왜? 내키지 않느냐?”

장랑은 잠시 고민을 했다. 산을 내려가면 보계산장도 가봐야 하고, 아버지의 흔적도 찾고 싶었다. 더 힘을 키워 당당하게 남궁세가를 찾아가 지난날의 치욕을 씻고 싶기도 했다. 하지만 당장은 명일 사숙의 제안도 그리 나쁘지 않았다.

“말씀에 따르겠습니다.”

장랑은 멀어져 가는 명일 도장을 바라보았다. 늘 당당하고 자신감이 넘쳐 보이던 모습이 아니었다.

공동은 자신을 세상 밖으로 내놓았으나 버리지는 않았다. 사부가 있었고 명일 사숙도 있었다. 자신 때문에 목숨을 잃은 송진자 사백조도 있었다.

그건 분명한 빚이었다. 언제가 될지는 모르지만, 적어도 베풀어준 만큼 갚으리라. 장랑은 그렇게 생각하며 짐을 챙겼다.

도덕경 주해(註解) 두 권, 불진, 산대.

그것이 전부였다.

여벌로 낡은 도복 한 벌을 집었다가 그냥 내려놓았다. 산을 내려가면 도복이 필요없을 텐데 왜 그랬는지…….

간단한 짐을 다 꾸린 후 천천히 만약당 앞에 섰다.

그리고는 전각을 향해 천천히 허리를 굽혔다.

"두 분 천존님. 노군님, 상제님. 사부님과 만약당 식구, 그리고 공동의 식구들을 잘 굽어 살펴주십시오. 무량수불!"

처음이자 마지막으로 도호를 외쳤다.

第五章
세상 밖으로

朓岫最羑賜其福佑　迎請神真老君演此真妙経竟　降臨速滑正一　道言廣奉　至大改元四月佛浴為　日弟子趙孟頫敬

　장랑이 짐을 꾸리는 그 즈음.

　감숙의 북부 영창(永昌) 땅이자 난주(蘭州)를 통과해 돈황(敦煌)과 옥문관(玉門關)으로 향하는 유일한 길목인 하서주랑에서는 가장 악명이 높은 마적단인 흑운대와 감숙 최대의 표국인 난주표국에서 파견한 토벌대 사이의 연일 쫓고 쫓기는 추격전이 벌어지고 있었다.

　난주를 벗어나 북으로 천산 방면과 세외, 나아가 서역을 향하기 위해서는 반드시 수천 리에 달하는 거대한 협곡, 하서주랑을 지나야 한다.

　하서주랑은 예로부터 마적들의 천국이었으나 근래에는 그

들의 준동이 더 심해졌다.

수년 전부터 크고 작은 반란에 휩싸인 조정.

변방에까지 큰 영향력을 발휘하기 어려웠고 또 그럴 의지
도 가지고 있지 않았다.

마적들은 적게는 십여 명, 많게는 수백 명씩 무리를 지어
활개치고 다니는데 그들은 대개가 무척 잔학하고 흉포하여
흔히 알고 있는 녹림도적과는 질적으로 많이 달랐다.

하서주랑에서 가장 잔인하고 악명 높은 마적단을 꼽으라
면 반드시 이름이 거론되는 마적단이 있었다.

흑운대(黑雲隊), 적사단(赤蛇團), 파혈랑(破血狼).

특히 흑운대의 잔학함은 그 도가 너무나 지나쳐 잔혹, 잔
학, 악독의 표현은 오히려 가볍다 할 정도였다.

이십대 중반의 미청년이 흑운대 선봉에 서서 독려하거나,
직접 지휘하는 경우엔 더 그랬다. 그는 신분과 지위 고하를
막론하고 마음에 들지 않으면 그 자리에서 죽이기로 유명하
였다. 그것도 아주 잔인한 방법으로…….

그는 죽이는 대상에 있어서도 남녀노소 구분이 없었다. 그
렇기에 순하고 착하며 잘생긴 외모에도 불구하고 지옥야차(地
獄夜叉)라 불렸다.

*　　　　*　　　　*

끝도 없이 펼쳐진 황토 사막의 한가운데 불쑥 숫아 있는 거대한 둔덕.

멀리서 보면 둔덕이지만 가까이에 가보면 고원처럼 평평한 바위산이었다.

해가 떨어지고 어둑어둑해지자 바위산 정상 이곳저곳에서 모닥불이 밝혀졌다. 그중 가장 크게 불꽃으로 타오르는 모닥불 주변으로 건장한 청년들이 모여들었다. 그들은 모두 이십대 초반에서 이십대 후반까지의 나이였다.

"대주, 다 모였습니다."

정좌를 하고 그 중심에 앉아 대주라 불린 차가운 인상의 미청년은 악명 높은 마적단 흑운대의 대주 지옥야차 고패랑이었다. 그는 휘하 열 명의 조장들을 바라보았다. 거친 사막과 황량한 고원 지대에서 주먹으로 제법 이름을 날리던 놈들을 모아 흑운대의 총대주이자 고패랑의 사부인 전비가 몇 가지 무공을 가르치고 훈련시켜 진정한 일당백의 용사로 만들어낸 자들이었다.

"이번 출행은 기존의 것들과 상황이 조금 다르다. 그들은 모두 무림인이다. 그것도 일류고수 소리를 듣는 무림인이다."

열 명의 조장들은 조금은 긴장된 기색을 보였다.

"이번에는 다소의 희생도 따를지 모른다는 말이다. 알겠나?"

"옛."

열 명 조장 사내들이 거의 동시에 대답을 했다.

고패랑은 그들 하나하나와 눈을 마주쳤다. 누구 하나 흔들림을 보이지 않았다.

"좋군. 오늘도 평소 하던 대로 한다. 질문있나?"

"없습니다."

"그럼, 출발은 자시(子時)다. 해산."

열 명의 조장 사내들은 각자의 조원들이 머물고 있는 모닥불로 돌아갔다.

지옥야차라 불리는 흑운대의 대주는 세인들에게 악의 화신쯤으로 알려져 있었다. 잔인한 것에 있어서는 상당 부분 맞았다. 그러나 틀린 점도 많았다.

지옥야차 대주는 한번 신임한 수하는 끝까지 믿어주었다. 또한 자신의 수하가 된 자는 목숨을 걸고 보호해 주려 노력하였다.

때문에 세인들의 온갖 비난을 받는 대주였지만 자신을 비롯한 수하들은 그를 충심으로 따르고 있었다.

밤이 깊어 자시가 되었다.

"준비는?"

미청년 지옥야차 고패랑이 물었다.

"네. 전원 안장을 제거했으며, 일조는 모두 늑대가죽으로 말발굽을 감싸놓았습니다. 병기는 모두 진흙을 발라 작은 불빛에도 반사되지 않도록 했으며, 속도를 높이기 위해 불필요한 것들은 전부······."

고패랑은 고개를 끄덕였다.

"알았다."

"······."

"나곤."

"네, 대주님."

"오늘은 네가 궁수조를 지휘해라."

"네."

"현장에서 도망치는 놈은 적아를 구분 말고 몽땅 벌집을 만들어 버려라. 지금, 출발한다."

먼저 말을 탄 인원은 오십 명이었다. 그들은 남쪽으로 방향을 잡고 속도를 높였다. 오십 명이면 적지 않은 인원인데 들리는 소리는 전혀 없었다. 달빛 사이로 뭉글뭉글 솟아나는 먼지구름만 그들의 뒤를 따라 피어날 뿐이었다. 그리고 그 뒤를 오십여 명의 궁수대가 뒤따랐다.

잠시 후, 또 다른 오십 명이 말에 올랐다. 그들은 앞서 출발한 인원들과 달리 요란한 말발굽 소리를 내면서 움직였다.

*　　　*　　　*

난주표국에서 파견한 마적토벌대는 영창 아래 고산(孤山) 부근에 야영을 하고 있었다.

강호에 뇌룡철필(雷龍鐵筆)로 잘 알려진 마욱.

그는 운기조식을 막 끝냈다.

달이 기울어진 위치로 보아 대략 인시(寅時) 무렵이었다.

자신의 번초(番哨) 시간이었다.

마욱은 삼십여 장 앞쪽의 큰 바위로 걸어갔다.

바위 위에는 삼십대 후반가량의 장년인이 가부좌를 틀고 앉아 있었다.

"풍 대협, 교대합시다."

"응? 벌써 시간이 그리되었소?"

섬전비룡(閃電飛龍) 풍천곡(馮天穀)이 일어나 힘껏 기지개를 켰다.

"그럼 수고하시오."

풍천곡은 자신의 잠자리로 돌아갔다.

마욱은 풍천곡이 앉았던 자리에 섰다.

마적토벌대가 허허벌판에서 노숙하면서 기다린 지 삼 일째.

하루나 이틀 후면 정탐조들이 악명 높은 흑운대의 본거지를 알아낼 것이다. 그러면 몸을 푼다는 생각으로 동료 몇 명과 가볍게 손질 몇 번 하고 약속된 나머지 잔금 은자 이백 냥을 받고 조용히 돌아가면 된다.

까짓 마적 무리가 수백 명이면 어떻고, 수천 명이면 어떠랴.

지금 토벌대로 구성된 삼십 명이면 마적이 수만 명이라 해도 충분히 상대해 낼 자신이 있었다. 산서 제일의 현상금 사냥꾼인 그조차 지금 번초 서는 일이 전혀 부끄럽지 않을 정도의 구성원이었다.

방금 교대한 풍천곡만 해도 한 자루 박도로 이십 년 가까이 강호를 종횡하였던, 현재 태백산 인근에서 존경받는 무림인이었다. 그런 풍천곡 또한 자존심을 내세우지 않고 번초를 자청할 정도였으니, 마적토벌대 삼십 명의 면면을 짐작할 수 있었다.

벽력참(霹靂斬) 이굉, 옥면선풍(玉面旋風) 서관지, 벽파탄(霹波彈) 송등경, 동박춘, 현초명, 복명박, 천모영…….

섬서와 산서, 그리고 감숙 일대의 내로라하는 무인들이 모였다.

자신처럼 돈을 노리고 온 사람도 있지만 대부분은 친분 관계로 모여든 사람들이었고 또 그런 관계가 아니라면 함부로 움직일 사람들도 아니었다. 그만큼 난주표국의 표국주 용호권(龍虎拳) 막금상(莫錦祥)의 인맥이 두텁고 훌륭하단 소리였다.

'응? 저건 뭐지?'

구름에 가려졌던 반달이 다시 제 모습을 드러내자 마욱은 눈앞에서 벌어지는 이상한 현상을 목격했다.

전방 오백여 장 떨어진 곳에서 뿌연 흙먼지가 피어오르는

가 싶더니 그 먼지구름이 빠르게 달려왔다. 소리는 들리지 않는다. 하지만 그건 분명 수십 마리 말들이 빠르게 질주할 때 나타나는 현상이었다.

마욱은 순간적으로 설마하였다. 그러나 그냥 넋 놓고 보고 있을 수는 없었다. 마욱은 망설임없이 자신의 애도를 뽑아 들면서 뒤쪽을 향해 크게 소리치며 앞으로 달려나가려 했다.

"기습! 놈들의 기습이다! 커억!"

그러나 마욱은 앞으로 달려가지 못했다. 그저 답답한 신음소리를 토해내며 앞으로 꼬꾸라지고 말았다. 무언가가 빠르게 날아와 그의 목에 구멍을 뚫고 지나간 것이다.

"유, 유령전(幽靈箭)? 마 대협이 유령전에 맞았소! 모두 조심하시오!"

'제길! 유령전이었군…….'

마욱은 그 소리를 들은 직후 의식의 끈을 놓았다.

한편.

고패랑은 번초로 보이는 건장한 체격을 가진 자가 자신이 날려 보낸 유령전에 목이 꿰뚫려 쓰러진 것을 확인한 후 삼모도(三矛刀)를 뽑아 들었다.

"가자!"

그는 수하들을 독려한 후 삼모도를 휘두르며 제일 앞에서 치달렸다.

대주가 선두에서 서서 질주하자 다섯 명 조장들도 각자 수하들을 독려하며 달리는 말의 옆구리를 세차게 걷어차 속도를 더욱 높였다.

"돌격! 모조리 죽여라!"

속도에 탄력을 받은 오십 명 선발대는 무서운 기세로 토벌대의 진영을 파고들었다.

"크악!"

"아악!"

미처 정신을 차리지 못한 토벌대원들이 우왕좌왕하다 그들의 칼을 맞고 쓰러져 갔다.

흑운대 선발 오십 명이 토벌대 진영을 빠져나가는 순간.

커다란 함성과 엄청난 말밥굽 소리와 함께 후발 오십 명이 들이닥쳤다.

이히히히힝—

선발대 오십여 명이 지나간 경로를 후발대 오십 명이 그대로 따라 토벌대 진영을 휩쓸고 빠져나갔다.

그리고 어둠 속에서 단말마의 비명을 만들며 날아드는 화살.

"헉! 커억!"

선발대가 최대한 소리를 죽이고 조용히 움직이다 갑자기 돌격하고 선발대에 의해 상대 진영이 혼란해지면 후발대가 그 혼란을 더 심하게 만들어 모두가 정신을 차리지 못하게 만들었다. 그사이 자리를 잡은 궁수대 오십 명이 다섯 명씩 조를 짜서 각 조당 한 명씩의 적을 목표로 화살을 날려 보냈다. 그것이 고패랑의 기본 전술이었다.

"선발대!"

고패랑이 고함을 쳤다. 그러자 토벌대 본진을 한번 훑고 지났던 오십 명이 일제히 말 머리를 돌려 반대 방향에서 돌진해 들어왔다.

갑작스런 비명 소리를 듣고 바위틈에서 급히 달려나오던 중년 사내는 감숙무림에서 제법 이름이 알려진 철담신부 천모영이었다.

그는 마적토벌을 구경하겠다고 고집을 피우며 억지로 동행한 막소미의 잠자리를 봐주던 중이었다.

천모영은 이십여 장 떨어진 곳에서 벌어지는 상황이 현실로 느껴지지 않았다.

"단순한 마적 패거리인 줄 알았더니……."

정탐에 나간 토벌대 대장 탁천비가 기습에 대비하라는 당부를 하고 떠났다. 하지만 그는 마적 나부랭이 정도쯤이야 하며 무시해 버렸었다.

그런데 세 패로 나뉘어 공격해 오는 마적 무리의 움직임은 옥문관 수비대의 병진(兵陣)보다 훨씬 조직적이었으며, 마적 개개인 모두가 몽고의 기마병보다 더 뛰어난 기마술을 구사하였다. 수십 명씩 무리를 지어 삼십여 장 가까이를 전력질주하여 달려들면서 병기를 위협적으로 휘둘렀다.

그렇다고 그 자리에 머무는 것도 아니었다. 그저 말을 타고 지나면서 병기를 두어 번 휘두를 뿐이었다. 한 무리가 빠져나가면, 다른 무리가 같은 방식으로 달려들었다. 두 무리가 좌우로 빠르게 교차하는데 그 시간 차가 참으로 절묘하고 능수능란하여 서로 충돌하는 일이 없었다. 그리고 정작 큰 피해는 궁수대에 의해서였다. 궁수대가 사용하는 활은 일반 활 열 배의 파괴력을 가지는 강궁이었다. 그런 강궁 여러 대가 한 명을 노리고 날아들어 희생자의 대부분은 강전에 의해 발생했다. 또한 한쪽에서 열심히 삼모도를 휘두르며 두 패를 정확하게 지휘하고 궁수대에게까지 지시를 내리는 인물의 지휘 능력은 흔히 볼 수 없는 탁월한 실력을 가지고 있었다.

반 각 사이에 토벌대의 무인 대부분이 크고 작은 부상을 입었고 몇몇은 부상의 정도가 심해 그 자리에 주저앉기까지 하였다. 일 대 일 대결이라면 절대 패하지 않을 토벌대의 무림인들이, 오히려 장난처럼 가지고 놀 만한 수준의 마적들에게 속수무책 당하고 있었다.

어느 순간 마적들의 공격 방식이 갑자기 바뀌었다. 십여 명이 한 떼가 되어 토벌대 무인 한 명만을 상대로 달려들었다. 이른바 각개격파 전술이었다.

크고 작은 부상을 당한 몸으로 죽기 살기로 달려드는 십여 명의 마적 무리를 혼자서 감당해 내기는 쉽지 않은 일이다.

일각도 지나지 않아 토벌대 가운데 온전히 서 있는 사람은 서너 명뿐이었다.

천모영은 치밀어 오르는 분노로 노호성을 터뜨렸다.

"네 이놈 지옥야차야! 사내라면 사내답게 굴어라!"

천모영의 고함 소리가 들렸는지 고패랑의 시선이 천모영을 향했다.

"어떤 놈이 고함을 지르는 거야? 너냐?"

"이런 쳐 죽일 놈의 자식이!"

천모영의 입에서는 저절로 욕설이 튀어나왔다.

"하하하. 저 늙은이가 열을 받아 미친 모양이군."

천모영을 바라보는 고패랑의 모습에서 여유로움이 느껴졌다.

"그만두지 못하겠느냐!"

천모영은 다시 한 번 노호성을 터뜨렸다.

고패랑이 손을 들어 수하들을 뒤로 물렀다.

"위종, 호대."

"네."

"넵."

"위종, 빨리 상황을 파악해."

"네."

"호대, 괜스레 죽은 척하는 놈을 찾아 완전히 숨통을 끊도록 해."

“넵.”

그렇게 지시를 내린 후 고패랑은 말에서 내려 천모영이 서 있는 곳으로 걸어갔다.

“아악!”

“크윽!”

“어헉!”

고패랑이 천모영을 향해 움직이는 동안에도 부상당해 쓰러져 있던 토벌대 무인들이 한 명씩 죽어갔다. 무리에서 뒤처져 있던 궁수대 오십 명도 무리를 지어 몰려다니며 숨통을 끊는 작업에 동참하고 있었다.

천모영은 정신이 멍해졌다.

자신의 주변으로 몰려든 토벌대의 남은 무인은 고작 세 명.

아무리 생각을 해도 말도 안 되는 상황이었다.

기습을 받았다 하여도 토벌대의 삼십 명이면 어중간한 무인 수백 명과 싸워도 털끝 하나 다치지 않고 모두 처리할 능력이 있다고 생각했었다.

“당신이 천가, 그 늙은이인가?”

“뭐라? 이 대가리에 피도 안 마른 놈의 자식이.”

아들뻘도 안 되는 놈의 반말짓거리에 천모영은 열불이 터졌다.

“왜? 문제있어?”

이때, 위종과 호대가 거의 동시에 달려왔다.

“저희 쪽 피해는 사망 아홉, 중상 열둘, 경상 열하나입니다.”

“생각보다 피해가 많구나.”

“모두 처리했습니다. 살아남은 놈들이 여기 이놈들밖에 없습니다.”

“호대, 너 지금 나랑 장난치나?”

고패랑의 음성이 날카로워졌다.

“네? 무슨?”

“이 새끼.”

퍼억!

고패랑의 발끝이 호대의 아랫배에 꽂혔다.

뒤로 벌렁 넘어졌던 호대가 벌떡 일어나 고패랑 앞에 부동자세로 섰다.

“대, 대주님.”

호대는 영문을 모르겠다는 눈빛이었다.

“정신 똑바로 차려. 저쪽은 뭐야?”

고패랑이 가리키는 곳은 이십여 장 떨어져 있는 바위 군락이었다.

조금 전 천모영이 슬금슬금 기어나오던 바로 그곳이었다.

호대는 고개를 끄덕이더니 수하들을 이끌고 그쪽으로 달려갔다.

＊　　　＊　　　＊

공동산 아래 북쪽, 삼십여 리 올라가면 신성현(新城縣)이 있었다.

장랑이 신성현에 도착했을 때는 마을이 어둠에 잠기고 인적도 끊어진 시각이었다.

장랑은 사방을 둘러보았다. 그런데 워낙 한적하고 작은 마을이라 그런지 변변한 객잔조차 없게 보였다.

노숙을 할까 하는데 저쪽 멀리 마을 끄트머리 부근에 허공에 매달려 바람 방향에 따라 이리저리 흔들리는 노란 유등이 보였다.

열래각(悅來閣).

장랑은 문을 밀치고 안으로 들어섰다. 크지 않은 객잔은 주루를 겸하고 있는 모양이었다. 밖의 한산함과 달리 객잔 내부는 사람들이 제법 많았다. 하지만 그들의 대부분은 중원인이 아니었다.

강족(羌族)과 장족(藏族)이었다.

장랑은 그들에게서 낯선 생소함을 느꼈다. 말씨는 중원의 그것과 동일했다. 하지만 사천 특유의 강렬한 억양과 서장어의 특성이라 할 수 있는 느끼함이 섞여 있어 알아듣기 힘들었다.

장랑은 머릿속에서 강호잡기총요 풍속편 한 구절을 끄집

어냈다.

　전통적으로 검은색 바탕에 화려한 띠무늬 장식을 덧댄 옷을
입는다. 장족보다 강족 의상이 더 화려하다. 간단히 구분하는
방법은 허리 장식의 유무와 두께다. 장식이 얇거나 아예 없는 쪽
이 강족이다. 흑백하(黑白河)에서 설보령(雪寶嶺)까지는 강족의
영역이고, 흑백하 동남쪽에서 서장에 이르기까지 넓은 지역은
장족이 위세를 떨친다.

　객잔 안의 손님들은 인근의 주민이 아니었다. 주인으로 보
이는 오십대 초반의 뚱보사내가 다가왔다. 그는 뭐가 불만인
지 눈살부터 찌푸렸다.
　"어서 오시오."
　"식사가 가능합니까?"
　"혹시 도사시오?"
　객잔 주인은 예상치 못한 질문을 하였다. 장랑은 선뜻 대답
하지 못했다. 마땅한 옷이 없어 도복을 그대로 입고 있었지만
도사 신분은 아니었다. 산문을 나서며 도관(道冠)을 벗은 이
유도 그 때문이었다.
　"네."
　장랑은 그렇게 대답할 수밖에 없었다.
　객잔 주인의 얼굴이 대번에 밝아졌다.

"공동산에서 오셨습니까?"

태도가 갑자기 친절하게 바뀌었다.

"그렇습니다."

"하긴 이 근처에 도복 차림이라면 공동파밖에 없지요. 공동파는 봉문 중이라 하던데……."

객잔 주인 뚱보사내가 갸웃거렸다.

"봉문 중에 있습니다. 다만 저는 사정이 있어서."

"무얼 드시겠습니까?"

뚱보사내는 장사꾼다웠다. 긴 대화를 원하지 않는지 재빨리 장랑의 말을 끊으면서 주문을 받았다.

장랑은 어색한 표정으로 무얼 먹을까 생각해 보았다. 그런데 특별히 떠오르는 음식이 없었다.

"간단한 것 아무거나 주십시오. 참, 여기 객잔도 겸하는 것 맞습니까?"

배는 고프지 않았다. 그러나 무언가 속이 허한 느낌이 들어 음식을 주문했다.

"어이, 주인장. 여기 술 좀 더 주시오."

구석 쪽 큰 탁자를 점령하고 있던 사내 무리 가운데 한 명이 소리쳤다.

"알았소. 잠시만 기다리슈."

뚱보사내는 대답 후 곧장 주방으로 달려갔다.

장랑은 자리를 잡고 앉았다.

혼자서 이런저런 생각에 잠겨 있다가 문득 정신을 차렸는데 그때까지 물 한 잔 나오지 않았다.

이때 잘 익은 고기 냄새가 퍼져 실내를 메우기 시작하였다. 그리고 주인인 뚱보사내가 비파압(琵琶鴨)과 산매장(酸梅醬), 소매장(蘇梅醬)이 담긴 큰 접시를 들고 나타났다.

장랑의 탁자 위에 비파압이 놓였다. 비파압은 오리의 털과 내장을 제거한 후 열여섯 가지의 양념을 섞어 만든 특유의 향료를 바르며 구워낸 오리 고기다. 접시 위에는 큼직한 오리가 양팔을 활짝 벌리고 납작 엎어져 있었는데 표면에서 전체적으로 구릿빛으로 약간의 광채가 났다. 언뜻 봐도 노릇노릇하게 참 잘 구워졌다는 생각이 들었고 은은한 향기도 무척 좋았는데 꽤나 값이 나가는 음식 같았다(비파압은 원래 매실을 발효시켜 만든 새콤한 맛의 산매장과 달콤한 맛을 내는 소매장을 곁들여 먹어야 제 맛으로 한 접시에 은자 한 냥을 호가하는 꽤나 비싼 요리였다).

장랑은 오리 고기를 먹고 싶은 마음은 없었다.

"어서 드시오. 내 딴에는 신경 좀 썼으니."

주인 뚱보사내는 재촉을 하였다. 장랑은 영문을 몰라 주인 사내를 바라보았다.

"헤헤헤, 원래는 제 아들놈을 주려고 준비했던 거요. 들키면 큰일 나는 일이지만 제 아들놈이 가끔 야밤에 나타나곤 해서 준비해 둔답니다."

하면서 뚱보사내가 장랑 맞은편에 앉았다.

"네?"

"혹시 현법이라고 아십니까?"

"현법?"

장랑은 고개를 저었다.

활짝 웃던 뚱보사내의 얼굴이 실망한 표정으로 바뀌었다.

"공동에서 오셨다면서 어찌 현법을 모르십니까?"

주인 사내는 섭섭함을 그대로 표현하였다.

장랑은 그제야 빙긋 웃었다. 현법이 도명(道名)이라면 짐작 가는 바가 있었다.

"아드님께서 공동산에 계십니까?"

"그렇수."

뚱보사내가 태도를 누그러뜨렸다.

"보아하니 우리 아들과 같은 또래로 보이는데… 어찌 우리 아들을 모르슈? 혹시 도명을 물어봐도 되겠수?"

"옥하라는 도호를 썼습니다."

"예엣! 옥하요?"

우당탕!

깜짝 놀란 주인 뚱보사내가 의자를 밀쳐 내며 벌떡 일어섰다. 그의 얼굴은 순식간에 벌겋게 달아올랐으며 허둥대고 당황한 모습을 보였다.

"……."

주인 사내가 조심스럽게 물었다.

"저… 옥무 도장님과 어떤 사이십니까?"

장랑은 옥무 도장의 모습을 떠올렸다. 그가 알고 있는 옥자 배분의 도사들은 대개 삼십대 중후반에서 사십 초반까지였다. 그중 옥무 도장은 덩치가 크고 선한 눈매를 가진 인물이었다. 장랑과 나이 차가 이십 년 넘게 나는 중년의 도사로 그다지 친하지 않으나 옥정 사형과 가까운 사이라 몇 번 얼굴을 마주친 적 있었다.

그의 특기는 강짜였다. 간혹 막무가내로 만약당에 쳐들어왔는데 제자들의 허약한 기를 북돋게 해준다며 이런저런 보약재를 내놓으라고 억지를 부리곤 했었다. 장랑은 그런 기억을 떠올리며 빙긋 웃으며 말했다.

"그분은 저에게 사형 되는데 인자한 성품을 가진 참 훌륭한 분입니다."

"정말 죄송합니다. 제가 모르고 그만, 실수를 하였습니다."

뚱보사내는 고개를 들지 못했다.

"아드님의 도호가 현법입니까?"

"네. 그, 그렇습니다."

주인 뚱보사내는 어쩔 줄 몰라 했다.

"아드님은 참 좋은 분을 사부로 두었군요. 옥무 사형께서는 제자를 애지중지하시기로 소문난 분이랍니다."

장랑은 잠시 자신이 아는 옥무 도장에 대해 이야기를 해주었다.

"네. 저도 아들놈을 통해 들어 잘 알고 있습니다."

뚱보 주인사내는 어린아이처럼 천진난만하게 웃었다. 그는 장랑과 이야기를 나누면서 계속해서 오리 고기를 잘게 찢어 먹기 좋게 만들고 있었다.

장랑은 뚱보사내의 눈빛에서 어서 먹으라는 재촉을 읽었다.

"음, 고기를 먹어본 지 오래라……."

주인 사내의 성의는 알겠지만 선뜻 손이 가지 않았다. 장랑이 몇 번을 사양했음에도 주인 사내는 막무가내였다.

"어이, 주인장. 싫다는 사람 억지로 먹이지 말고 우리나 주시오."

귀청이 따가울 정도로 큰 목소리였다. 그는 구석 탁자를 차지하여 술을 마시던 여섯 명 강족 사내 중 한 명이었다.

"이보시오. 거 우리도 구경 좀 합시다. 아까부터 그 냄새가 회를 동하게 만들고 있소."

중앙의 장족 사내들 탁자에서 들린 음성이었다. 가운데 탁자에서 천천히 일어서는 사내는 처음 소리친 강족 장한과 비교해 덩치에서 전혀 밀리지 않았다. 구석 쪽 강족 장한이 눈을 부라렸다.

"너희들 뭐야? 이쪽이 먼저야."

강족 장한은 험악한 표정으로 장족 사내에게 눈을 부라

렸다.

끼이이!

중앙의 장족 사내가 천천히 의자를 뒤로 밀어내며 공간을 만들었다.

장랑은 술에 취한 두 무리의 의도가 뭔지 살폈다. 강족과 장족 사이에는 원래 묘한 경쟁심이 있음을 알고 있었다. 그런데 이곳은 타 지방이었다. 강족과 장족은 타지에서 싸움을 하지 않는다는 정보도 있었다.

'무얼까?'

장랑은 그들 탁자를 한 번씩 훑어보았다.

술이 떨어진 모양이었다. 그들이 서로 술로 경쟁 중이라는 느낌이 들었다. 탁자 위에 적지 않은 술병들이 널브러져 있었고, 바닥에 나뒹구는 술독도 양측 탁자 주위에 꽤 많았다. 어린아이 키만 한 크기의 술독 숫자만 헤아려도 열 개가 넘었다. 그 정도라면 아무리 술귀신들이라 해도 한나절 만에 마실 수 있는 양이 절대 아니었다.

그들은 승부가 가려지지 않자 이제 다른 유흥거리를 찾는 듯 보였다. 장랑은 주인에게 양해를 구했다.

"저는 배가 고프지 않습니다. 이것을 저분들에게 나누어 드리면 어떨까요? 저는 다른 것 아무거나, 아니, 물이나 한 잔 주십시오."

주인 뚱보사내는 장랑을 섭섭한 눈빛으로 바라보았다.

"정 그러시다면 마음대로 하십시오."

주인 사내는 몸을 돌려 주방으로 향했다.

장랑은 요리가 담긴 커다란 접시를 들고 가까운 장족 사내들 탁자로 다가갔다.

"이봐! 이쪽이야, 이쪽!"

구석의 강족 장한이 소리쳤다.

"무슨 소리? 이 청년은 우리가 마음에 든다잖아."

하며 장족 사내가 장랑의 접시를 빼앗으려 했다.

잠시 머뭇하던 장랑이 뒤로 한 걸음 물러섰다. 그 때문에 장족 사내는 접시에 손도 못 대고 중심을 잃고 그만 앞으로 꼬꾸라져 버렸다.

"이 자식이?"

비틀거리며 일어선 장족 사내가 뒤로 물러선 장랑을 노려보았다. 그는 꽤 취한 모양이었다.

"줄려면 똑바로 줘야지. 어서 이리 내."

장족 사내는 달려들면서 접시를 빼앗으려 했다. 장랑은 자신의 호의가 무시당하자 기분이 좋지 않았다.

그때였다.

"이건 우리 차지야."

구석에 있던 강족 장한이 어느 틈에 다가와 다른 방향에서 접시를 빼앗으려 시도하였다.

장랑은 기분이 나빠졌다. 자신의 호의가 술 취한 사내들에 의해 철저하게 무시당한다는 생각이 들었다.

"술들이 과했군."

장랑이 할 수 있는 말은 고작 그 정도였다. 이때 두 패로 양쪽 탁자에 앉아 있던 그들의 동료들이 재미있는 구경거리를 보는 듯 낄낄거렸다. 더구나 어떤 이는 어서 빼앗으라고 재촉까지 하였다.

이때 장랑의 옷깃조차 스치지 못한 두 장한이 거의 동시에 장랑에게 욕설을 내뱉으며 주먹질을 하였다.

"그만들 두시오."

장랑은 화를 억누르며 소리쳤다. 그러나 만취한 그들 귀에 장랑의 화난 음성이 들어갈 리 없었다. 장랑은 더 이상 그들과 상대하기 싫었다. 장랑은 접시를 어깨 높이로 올렸다 내리면서 다른 한 손을 좌우 바깥쪽으로 한 번씩 휘저었다.

순간, 장랑을 덮쳐들던 두 명의 장한이 갑자기 좌우로 흩어지는가 싶더니 각기 허공에 몸을 붕 띄웠다. 그리고는 마치 누가 세게 집어 던진 것처럼 날아가 등으로 주루 벽면을 들이받고 아래로 주르르 미끄러져 내리며 주저앉았다.

사람들은 자신의 눈을 의심했다. 한덩치 하는 사내들이 갑자기 허공으로 떠올라 삼 장 넘게 날아간 것도 신기한 마당에, 그들 입에 오리 고기가 턱턱 물려 있는 모습은 마치 꿈을 꾸고 있는 듯하게 만들었다. 그런데 그뿐이 아니었다.

"당신들도 먹고 싶다 했겠다?"

장랑이 양쪽 탁자를 한 번씩 바라본 후 접시를 좌로 한번, 우로 한번 흔들었다. 순간, 먹기 좋게 잘려진 접시 위 오리 고기 조각들이 두 개의 무더기로 나뉘면서 좌우로 흩어져 날아갔다.

허공을 가로지르며 빠르게 날아간 오리 고기 조각들은 떨어지는 모습은 생각보다 우아하였다.

후투투투툭!

후투투투툭!

고기 조각들이 중앙 탁자와 구석 탁자 위에, 그것도 정확히 아래에서 위로 차곡차곡 내려앉으며 산처럼 쌓였다.

신기했다. 난생처음 보는 광경에 실내는 갑자기 조용해졌다.

모든 사람들의 동작이 그대로 멈추어졌다.

짝짝짝짝―!

"정말 대단한 복마대력수(伏魔大力手)요."

입구 쪽에 앉아 있던 두 명의 청년 가운데 한 명이 박수를 치며 자리에서 일어났다.

"……."

'이곳에 복마대력수를 알아보는 사람이?'

이십대 중후반으로 보이는 청년이 다가오면서 가볍게 포권으로 인사를 건네며 자신을 소개하였다.

"소생은 난주표국의 표두 서무탁입니다. 그리고 이쪽은 용호권 막금상 대협의 아드님, 막진영 소협입니다!"

함께 자리했던 청년이 일어나 가볍게 읍했다. 갓 스물을 넘긴 나이.

장랑과 비슷한 또래거나 조금 아래로 보였다.

"어이, 너희들. 계속 술이나 마셔."

서무탁은 멍한 눈으로 장랑을 바라보는 두 패거리에게 일갈을 내질렀다. 강족과 장족 두 패거리는 끽소리 못하고 각자의 자리에 주저앉았다. 그리고는 술을 더 달라고 주인장을 닦달하였다.

장랑은 서무탁의 한마디에 순한 양처럼 변하는 그들의 모습이 다소 놀라웠다.

"하하하, 그렇게 놀란 눈으로 보지 마십시오. 저놈들은 우리 난주표국에서 새로 뽑은 표사들입니다. 저래 보여도 제법 날랜 놈들이죠."

서무탁은 의외로 호탕한 사람 같았다. 말투가 시원시원하고 거침이 없었다. 장랑은 난주표국이라는 소리에 흥미가 생겨났다.

서무탁이 장랑에게 다가왔다.

"괜찮으시다면 저희와 합석을 하심이?"

"좋습니다. 그렇게 하시죠."

장랑은 흔쾌히 허락했다. 당분간 난주표국에 의탁하기로 마음먹은 이상, 미리 얼굴을 익혀두는 것도 나쁘지 않은 일이었다.

"장랑입니다."

장랑은 자신을 소개한 후 두 명 청년과 합석하였다.

쪼르르―

장랑 앞에 놓인 손바닥보다 작은 술잔에 투명한 액체가 부어졌다. 향기가 무척 좋았다. 마시지 않았음에도, 향내만으로도 금방 취기가 느껴졌다.

"사천의 명주 검남춘(劍南春)이 아닌지요?"

장랑은 강호잡기총요의 한 구절을 기억해 내며 서문탁에게 조심스럽게 물었다.

"오호. 이런! 단번에 검남춘을 알아보시는군요. 술에 대해 조예가 깊으십니다. 정말 반갑습니다."

장랑의 한마디에 서무탁은 호들갑스럽게 떠들었다. 장랑은 그냥 예의상 한번 아는 척해본 것뿐인데, 졸지에 애주가 대열에 합류하고 말았다. 그런데 막진영은 아까부터 무덤덤한 표정으로 장랑만 바라보고 있었다. 어딘지 약간 껄끄러워하는 기색도 있었다.

"막 소협. 아, 아니, 막 공자님. 그러지 말고 이분 장 소협께 한잔 따라 드리시오. 장 소협, 어서 드시오."

장랑은 술을 처음 접했다.

가까이 하니 코끝을 더 자극하는 주향.

장랑은 향기에 속아 술을 단번에 입속에 털어 넣었다.

"크— 으."

장랑은 자신도 모르게 그런 소리를 내고 말았다. 혓바닥, 입천장, 목구멍 등등 술을 접한 신체 어디에서나 가릴 것 없이 짜르르한 느낌이 들었다. 그리고 이내 뱃속에서 후끈후끈한 열기가 요동쳐 올라왔다. 장랑은 그 독함에 인상까지 쓰고 말았다.

"하하하하, 역시! 대단한 애주가셨군."

서무탁은 무엇이 그리 좋은지 마구 웃었다.

검남춘은 당(唐) 시절부터 유명한 술이었다. 오량액과 더불어 사천을 대표하는 명주다. 도수로 따지자면 육십 도가 넘어 돈 많은 부잣집에서는 백탄(白炭) 대신 검남춘을 연료로 사용하여 음식을 데워 먹을 정도로 독한 술이었다. 그 정도로 독한 술이니 웬만한 사람은 한 번에 털어 마시지 않고 여러 번에 걸쳐 나누어 마셨다.

"요놈은 사실 이번에 사천 다녀오면서 혼자 몰래 먹으려 숨겨온 겁니다. 그런데 장 소협 같은 젊은 영웅을 만나니 아낄 수가 없군요. 하하하하."

서무탁이 술병을 가리키며 너스레를 떨었다.

"저, 제 술도 한잔 받으시죠."

침묵만 지키고 있던 막진영이 술병을 들어 장랑을 향했다.

장랑은 막진영에게 관심이 갔다. 한참 말이 많을 나이인데 나서지 않고 진중한 모습이 괜찮아 보였다. 가만 보니 남들과 다른 어딘지 돋보이는 구석도 있었다. 그것이 특이한 매력이라면 매력이었다. 하지만 장랑에게 있어 더 큰 관심은 용호권의 아들이라는 점이었다. 막진영을 통해 막금상이라는 인물을 짐작할 수 있기 때문이었다.

장랑이 둘째 잔을 막 입속에 털어 넣으려는 순간.

"아까 언뜻 들으니 도호로 옥하를 쓰셨다 하시던데… 무척 젊으십니다. 혹여 실례가 되지 않으시면 사부님의 존호를 여쭈어봐도 되겠습니까?"

막진영이 조심스럽게 부탁을 하듯 물었다. 장랑은 막진영을 바라보았다. 막진영의 불편해 보이는 눈빛의 이유를 알 것 같았다.

장랑은 잠시 망설였다. 난주표국의 표국주 용호권 막금상은 공동의 속가제자다. 배분을 따지자면 장랑과 동배이고, 공동파가 마지막으로 배출한 이름난 속가제자였다.

용호권은 명학 대사백의 제자이지만 그와 비슷한 또래인 옥화 대사형에게 무공을 사사받았다. 장랑이 입문하기 십칠 팔 년 전이니 지금으로 따지면 거의 삼십 년에 가까운 옛이야 기다.

배분으로 따지면 막진영은 사질뻘이었다. 그러나 그건 진산제자 사이에서나 통하는 계산법이었다. 속가는 조금 달랐다. 배분이 중요한 요인이지만, 연배와 강호에서의 명성도 무시 못했다. 때문에 속가제자는 대를 물려가면서 종종 복잡한 관계를 나타냈다.

장랑은 생각 끝에 간단히 생각하기로 마음먹었다.

"막 소협! 흠, 이렇게 불러도 되는지 모르지만, 우리 비슷한 또래이니 그냥 친구처럼 지냅시다. 괜히 사부님 따지고, 배분 따지고, 그러면 서로 골치 아프지 않겠소?"

장랑은 그렇게 말하고 술을 톡 털어 넣었다.

"크으! 이 술, 정말 독하군. 자, 내 술 한잔 받으시오."

막진영은 얼떨결에 장랑의 잔을 받아 들었다. 그의 얼굴은 한결 밝아졌다. 장랑이 정곡을 찔렀던 것이었다.

그는 장랑에게 대번에 호감을 느꼈다. 대부분의 도사들과 달리 고루하게 앞뒤가 꽉 막힌 사람 같지 않았다.

'생각보다 속이 깊은 사람이군.'

막진영은 평소에 술을 즐기지 않았다. 단지 분위기를 좋아할 뿐이었다. 표두와 표사들과 어울릴 때도 한잔 받아놓고 이야기만 하면서 밤을 새우는 편이 허다했다. 하나 지금은 다르다. 막진영은 장랑처럼 검남춘을 단번에 꿀꺽 삼키며 가식없는 표정으로 크게 인상도 썼다.

"캬—아! 독하군요. 이 잔은 장 소협의 깊은 배려에 대한 감사 표시입니다."

일어서서 포권으로 인사를 한 후 재차 장랑에게 한잔 따른다.

"뭐야 이거? 재자가인(才子佳人)이 아닌가! 재자가인이 남녀 사이에만 존재하는 줄 알았더니만, 이제 보니 남자끼리도 통하네. 하하하하."

서무탁이 공연히 심통스런 표정을 짓더니 혼자 너털웃음으로 마구 웃는다.

"서 표두님, 책 좀 더 읽으셔야겠어요. 이런 경우, 재자가인이 아니고 의기투합, 아! 아니다. 지음지득(知音知得)이 옳은 표현 아닌가요?"

술로 얼굴이 시뻘게진 막진영이 서무탁에게 장난스레 핀잔을 던졌다.

"그게 열자(列子) 탕문편(湯問篇)에 나오는 말이던가? 뭐 그거나, 그거나! 암튼 반갑습니다. 이렇게 장 소협 같은 분을 만나게 돼서."

서무탁이 나름대로는 식자(識者)인 척 거드름을 피우며 아는 체를 한다. 물론 장난이 많이 섞인 얼굴로……

"아닙니다. 오히려 제가 감사를 드려야겠지요."

장랑이 빙긋 웃으며 사례를 했다. 이런저런 이야기를 주고받다가 장랑이 난주표국을 향한다는 부분에서 서무탁과 막진영은 동시에 깜짝 놀랐다.

"정말이십니까?"

"거 듣던 중 정말 반가운 말씀입니다."

"제가 가면 혹여 난주표국에서 불편해하지 않을까요?"

장랑은 조심스럽게 물었다. 명일 도장의 소개라는 말은 하지 않았다.

"당연하죠."

"아마도 대환영일 겁니다."

두 사람은 이구동성이었다.

"거참 잘되었군요. 그렇지 않아도 일손이 모자라 국주님께서 고민이 많으셨는데. 장 소협께서 난주표국에 와주기만 한다면 큰 힘이 될 듯합니다. 사실 말이 나와 말이지, 올해 초부터 겁을 상실한 마적 패거리가 나타나는 바람에 골치가 아픈 상황입니다. 툭하면 표물을……."

"서 표두님."

막진영이 급히 서무탁의 말을 끊었다. 서무탁이 빙긋 웃으며 알았다는 듯이 막진영의 어깨를 가볍게 한번 툭 쳤다.

"하하, 괜찮아요, 괜찮아. 나는 공동 출신이 아니지만, 국주님께서 공동파에 가지는 애정을 잘 알아. 그리고 솔직히 흑운대 놈들 때문에 일손이 달리는 것도 사실이잖소. 여기 장 소협께서 난주로 가지 않는다면 모를까, 이미 결정하신 것 같은데 굳이 비밀로 하거나 속일 필요가 뭐 있겠소?"

"아무리 그래도… 장 대형께서는 귀빈이신데 어찌 그런 사소한 부분까지 일일이……."

막진영이 난감한 표정을 지어 보였다.

"장 대형? 장 대형은 또 뭐냐? 허! 이거, 우리 막 공자께서 장 소협께 단단히 빠지신 모양일세그려."

"그, 그게 아니라, 저보다 연상이신 듯해서……."

"괜찮아요. 원래 다 그런 거요."

서무탁이 장랑에게 눈을 꿈쩍거렸다.

장랑도 그 부분에서 난감하기는 마찬가지였다. 그래서 얼른 화제를 바꾸었다.

"그런데 방금 말씀하신 중에 흑운대가 뭐 하는 곳입니까?"

서무탁이 갑자기 치를 떨었다.

"에이, 그놈의 흑운대 놈들. 그 패거리 이야기만 나오면 머리가 지끈지끈 아프군."

"도적 떼인가요?"

장랑의 느낌은 그랬다.

"네. 도적 무리죠. 만들어진 지는 오래되었지만 본격적으로 활동을 개시한 것은 얼마 되지 않아요. 한 일 년쯤? 아무튼 지금 기련산 일대에서 가장 악명이 높은 마적 패거리입니다."

서무탁이 돌연 장랑 가까이 머리를 들이밀며 목소리까지 작게 하여 소곤거렸다.

"사실 그놈들 때문에 우리 난주표국의 피해가 이만저만이 아닙니다. 보세요. 명색이 표두인 내가 표행은 안 하고 멀리 사천과 청해 지역 돌면서 표사들을 모집해 오지 않습니까?"

"무슨 뜻이죠?"

"그게……."

서무탁이 언성을 더 낮추었다.

"원래 우리 난주표국의 주수입원 중 하나가 옥문관하고 돈황 주변에 군표물(軍鏢物)입니다. 그런데 근래 들어 흑운대 놈들이 마구 설치고 다니는 바람에 고생이 여간 심하지 않습니다. 길도 안 좋은 데다가 한번 표행에 나갈 때마다 절반 이상 다치거나 죽는 바람에 표국에 남아나는 표사가 없어요."

"설마요? 아무리 도적들이라고 해도 군표물까지 노린다는 것은 납득되지 않는군요."

장랑의 생각은 그랬다.

"그러게 말입니다. 국주님께서 여기저기 수소문해서 이름난 무인들을 초청하여 토벌에 나서긴 하셨는데… 지금쯤 토벌이 되었을지도 모르고……. 암튼 상황이 좋지는 않아요."

말을 끝내고 고개를 쳐드는 서무탁의 표정은 어두웠다. 곁에서 같이 귀를 기울이던 막진영의 얼굴도 비슷했다.

"장 대형, 장 대형께서 우리 표국에 오신다면 정말 큰 도움이 될 것 같습니다."

막진영은 어느덧 기대에 찬 눈빛이었다.

"그러게. 참, 막 공자. 우리 이러는 게 어떻겠습니까?"

"네? 무슨?"

"어차피 우리는 저놈들 표국에 데려다 주고 다시 섬서 쪽을 한 바퀴 돌아야 하잖아요?"

"네. 그야……. 그래서요?"

"그럼, 저놈들 인솔을 장 소협께 맡기고 우리는 곧바로 섬서로 넘어가는 것은 어떨까요?"

"그건 좀……."

막진영은 난처한 표정을 지었다.

"에이. 막 공자도 봤잖수. 조금 전 여기 장 소협의 그 멋진 복마대력수! 막 공자도 알겠지만 그거 아무나 그렇게 할 수 있는 거 아니우."

서무탁이 괜스레 장랑을 칭찬하였다.

"장 대형에게 난주는 초행길이신데, 무공 실력하고 사람 통솔하는 문제는 별개라 생각합니다."

"아니야. 어차피 장 소협께서 표국에 머무실 거라면 하루라도 빨리 사람 다루는 법을 배워야지. 흐음, 아무래도 내 생각이 맞는 것 같아."

서무탁은 혼자 말하고 혼자 고개를 끄덕였다.

장랑은 당황스러웠다.

난주표국에 가는 것은 그곳에 몸담고 뿌리를 내리려는 의도가 아니었다. 사실 할 일은 태산같이 많았다. 단지 강호 경험이 전무하기에 아무것도 모르고 강호에 나가 낭패를 당하느니, 얼마간 경험을 쌓기 위한 목적일 뿐이었다.

　　그런데 서무탁은 마치 자신이 난주표국의 일원이나 되는 것처럼 말하고 있었다. 더구나 표국주 용호권 막금상이 자신을 받아줄지 말지 그 부분도 미지수였다.

第六章
첫 번째 싸움

洞脈山蕭臺賜其福佑
命迎請神真老君演此真妙經竟
音降臨速得正一
　道言廣奉
至大改元四月佛浴為
日弟子趙孟順敬

"놔! 놓으란 말이야!"

호대 손에 머리채를 잡혀 질질 끌려오는 소녀가 발악을 하였다.

"소미야!"

"백부님…… . 으아아앙."

막소미는 기어코 울음을 터뜨리고 말았다. 무섭거나 겁나서가 아니었다. 아무리 마적이라 해도 기본적 예절은 있을 줄 알았다. 그런데 착각이었다.

어떻게 여인의 머리채를 잡아끌 수 있을까? 막소미로서는 전혀 상상도 해본 적 없는 일이었다. 억울하고 분해 절로 눈물이 앞을 가렸다.

질질 끌려 나오는 막소미를 바라보는 천모영의 가슴은 찢어질 듯 아팠다. 행여 무슨 일이 생길까 하여 애가 타고 입술이 바싹바싹 말랐다.

"내가 어쩌자고……."

너무 안이하게 생각했다.

후회막급이었다. 왜 끝까지 말리지 못했는지…….

당장 구해낼 방도가 없으니 그저 발만 동동 구를 수밖에 없는 처지였다.

"호대, 너 앞으로 한 번만 더 그런 식이면 그땐 정말 가만 안 둬."

고패랑의 한마디, 한마디는 모두가 매섭게 느껴졌다.

"네, 대주님."

호대가 급히 한쪽 무릎을 꿇었다.

"일어서. 그리고 그 계집 얼굴이나 좀 들어봐."

호대가 서럽게 흐느끼는 막소미의 머리채를 잡아 뒤로 확 젖혔다.

"아악! 이 나쁜, 놈들……."

"음, 제법 인물이 반반한 계집이로구나. 이름이 뭐냐?"

"몰라, 몰라. 이 나쁜 놈들아. 흑흑흑……."

"대주님, 이 계집은 막금상 그놈의 딸년 같습니다."

위종이 나섰다.

“나도 그렇게 짐작되기는 하는데. 그놈의 딸년이든 아니든 하여간 쓸모는 있겠어. 계집은 데려간다. 호대, 네가 책임져.”

“싫어! 아아앙! 야아~! 이 나쁜 놈들아…….”

막소미는 마구 몸부림을 쳤다.

“시끄럽네. 호대, 뭐 해?”

“넵.”

고패랑의 말이 떨어지기 무섭게 호대의 주먹이 막소미의 얼굴을 향해 날아갔다.

퍽!

고래고래 소리를 지르던 막소미는 그 한 방에 얼굴이 시커멓게 멍이 들면서 그냥 기절하고 말았다.

“무식하긴. 야, 임마. 그렇다고 얼굴을 때리냐?”

곁에 있던 위종이 괜스레 화를 냈다.

호대는 혹시 위종이 막소미에게 흑심을 품었나 살피며 은근슬쩍 물었다.

“왜? 흥미있냐?”

위종의 대답은 호대의 기대를 빗나갔다.

“흥미는 개뿔. 값어치가 떨어지잖아.”

“자식. 돼지를 얼굴 보고 잡아먹냐? 맛만 있으면 그만이야. 더구나 영계잖아. 뭐가 불만인데? 대주님, 안 그렇습니까?”

고패랑과 그의 수하들은 천모영을 비롯한 토벌대에 전혀

아랑곳하지 않고 행동하였다.

"자, 자, 이제 그만."

고패랑의 그 한마디에 위종과 호대는 막소미를 질질 끌고 뒤로 물러섰다.

"흠, 누굴 살려줄까?"

고패랑은 최후까지 살아남은 난주표국 토벌대 네 명의 면면을 살폈다.

"아무래도 그 막금상 그놈과 제일 친한 놈으로 보내는 게 낫겠지?"

그는 혼잣말처럼 중얼거렸다. 그러나 그 정도 소리를 듣지 못하고 그 의미를 이해 못할 천모영이 아니기에 그는 하늘이 노래졌다.

흑운대 놈들은 그가 듣던 것보다 훨씬 더 무식하고 잔인했다.

*　　　*　　　*

감숙 땅 남부 한복판 무산(武山).

마을 어귀에 마방이 하나 자리했다. 원래 하오문 소유였지만 수년 전 난주표국에서 인수하였다. 마방이지만 난주표국의 분국 역할도 수행하고 있었다.

물역마방(物域馬房).

표국의 분타라고 하기에 규모가 작고 애매하여 그냥 편하게 그리 불렀다.

마방 앞, 대로 건너편은 작은 유흥가가 구성되어 있었다.

대각선으로 마방이 잘 보이는 다루 이층.

이십대 후반의 청년과 두 명의 초로인이 창가에 앉아 밖을 내다보며 차를 마시고 있었다. 한 명은 노인치고 체격이 우람하고 덩치가 좋았다. 다른 한 명은 거리에서 흔히 볼 수 있는 평범한 얼굴과 보통 체격의 노인이었다.

"설 형, 이건 아무리 생각해도 내 성격에 맞지 않소. 그냥 쳐들어가 한바탕 엎어버립시다."

우람한 덩치 노인이 불만을 털어놓았다.

그는 노인의 말투가 아니었다. 혈기 왕성한 이삼십대 장정 느낌이 들었다.

"조 형, 때로는 혈기를 죽이고 냉정할 필요도 있는 법이오."

보통 체격의 초로인이 조용한 음색으로 말했다.

그와 마주 앉은 기도가 헌앙한 청년. 그의 이름은 남궁생이며 남궁세가 젊은 무인 가운데 가장 두각을 나타내는 남궁칠걸(南宮七傑) 가운데 한 명이었다. 그는 불만 가득한 덩치 큰 노인에게 미소를 보이며 말을 건넸다.

"두 분은 언제 봐도 참으로 정겨워 보입니다. 저는 두 분 노선배님만 믿겠습니다."

덩치 크고 괄괄한 성격의 노인은 철장마(鐵仗魔) 조벽(漕霹)이었고, 보통 체격의 차분한 인상의 검객은 비천검(飛天劍) 설대연(薛大淵)이었다.

그들은 삼십 년 전 비슷한 시기에 출도하여 한동안 후기지수 대열에 합류해 명성도 날렸다. 어느 날인가 갑자기 사라졌던 그들은 이후 일정한 소속 없이 이 문파 저 문파를 옮겨 다니는 떠돌이 강호인이 되어 나타났다.

정사 중간의 낭객(浪客).

그러나 그건 두 사람을 한없이 폄하할 때나 쓰는 표현이었다. 그들이 문파를 옮겨 다닐 때의 신분은 봉공(奉公)이었다.

아무리 작은 문파일지라도 봉공의 지위는 단순히 나이가 많거나 명성이 높다고 오를 수 있는 게 아니었다. 적어도 그곳의 문주나 방주가 실력과 능력을 인정해야만 가능한 자리였다.

"으흠!"

철장마 조벽이 괜한 헛기침을 하였다.

청년은 조벽을 달래줄 필요가 있음을 알았다.

"제가 잠시 게으름을 피워 지체하는 바람에 이렇게 되었습니다. 그렇다고 서두를 필요 없습니다. 두 분에게 있어 놈들은 독 안에 든 쥐요, 하룻강아지에 불과합니다. 두 분 능력이면 물역마방 정도는 손짓 서너 번이면 박살 내고 완전히 초토화시킬 수 있습니다."

“으음.”

“……”

“하지만 마방입니다. 무산역(武山驛)과 붙어 있다 보니 관속(官屬)과 현에서 파견된 별장(別將) 나부랭이 몇몇은 늘 상주하고 있습니다.”

“허험! 이보시게, 남궁 소협. 까짓 지방관아 관속 몇 명이 무슨 대수인가? 흔적도 없이 싹 없애 버리면 그만 아닌가.”

조벽은 턱없는 자신감을 보였다.

남궁생은 답답한 마음이 들었지만 꾹 참고 말을 이었다.

“아무리 하급관리라 해도 백주대낮에 관아의 인물을 죽여서는 아무런 득이 되지 않습니다. 그리고 몽땅 없애 버리는 것이 능사가 아니고, 또 제가 원하는 바도 아닙니다.”

이때, 설대연이 끼어들었다.

“그만들 하고 일어들 나세. 놈들이 나오고 있어.”

“그래?”

“그렇군요.”

세 사람이 자리를 털고 일어섰다.

*　　*　　*

표물은 달랑 손수레 위에 얹힌 작은 상자 하나였다.

그런데 표두가 두 명이고 표사가 열두 명이었다. 거기다 잘

차려입은 두 명의 청년까지 동행하였다.

얼마나 중요한 물건인가 살펴도 특별할 게 없어 보이는 상자와 손수레뿐.

그래서인지 지나는 사람들 모두가 신기한 듯 그들과 표물을 흘끔흘끔 쳐다보았다.

표행의 목적지는 난주였다.

표행의 무리들은 주변의 눈길을 의식하지 않았다. 마방을 벗어나며 조금씩 속도를 붙였다. 그들은 오래지 않아 무산을 벗어나 관도에 들어섰다.

표행의 책임자인 표두 노충광(盧衝光)은 불만이 많았다.

원래 자신과 표사 두 명으로 이루어진 단출한 표행이었다.

쾌속표행은 본래 적은 인원이 좋기에 그렇게 결정하였다. 더구나 표물주가 무조건 빨리만 가달라고 신신당부한 탓에 궤짝 하나치고 너무나 과분한, 은자 이백 냥을 받았다. 난주까지 보통 은자 사십 냥 정도이니, 다섯 곱절이나 되는 금액이었다. 그 때문에 출발 전까지 기분이 좋았다. 그런데 느닷없이 들이닥친 서무탁 패거리가 기분을 망쳐 놓았다.

그러나 노충광은 노련하고 경험이 많은 표두였기에 마음속 기분과 관계없이 표행에 충실할 줄 아는 인물이었다.

무산에서 문봉진(文峰鎭)까지 백이십 리 길이다.

노충광은 정오까지 도착해야 한다는 사실을 잘 알았다. 그래야 삼 일 하고 반나절 만에 난주에 도착할 수 있었다.

그런데 무산을 벗어나 한참을 움직여도 자신이 예상했던 속도의 절반도 나오지 않자 노충광의 얼굴에는 짜증이 가득하였다.

그 원인의 제공자는 서무탁이었다.

따로 움직이자는 막 공자 의견에 제동을 걸어 동행하자고 고집을 부렸다.

서무탁은 분명히 새로 뽑은 열 명 표사와 귀한 손님으로 보이는 청년에게 표행의 시범을 보이려는 의도가 분명하였다.

'서가 저놈은 예전부터 재수가 없었어. 왜 하필 우리 표행이야. 에이, 짜증나.'

"노 표두님, 말을 탈 걸 그랬나 봐요."

막진영은 노충광의 심통난 얼굴을 보더니 멋쩍게 한마디 했다.

"그러게요. 원래 계획은 그랬었죠."

노충광이 볼멘소리를 하면서 서무탁을 흘끔 바라보았다.

"이 인원이 탈 말이 어디 있습니까? 표사들에게 말은 과분합니다. 발바닥이 부르트도록 걷고 또 걸어서, 많은 경험을 쌓아야만 비로소 말을 탈 수 있는 표두 자리에 오르는… 거란다."

서무탁은 노충광이 들으라는 식으로 언성을 높여 말했다. 그러나 완전히 일그러지는 얼굴의 노충광을 발견하곤 말끝을 곧바로 신입 강족 표사에게 돌렸다.

장랑은 그들 대화에는 관심을 두지 않았다. 표행에 대한 호기심이 없는 건 아니지만 삼십여 장 뒤처져 따라오는 두 명의 초로인과 한 명 청년이 신경 쓰인 탓이었다. 그들 삼 인은 무산을 벗어나는 순간부터 지금까지 그 간격을 유지하며 따라오고 있었다.

지금 표행의 속도는 일반인 걸음의 거의 갑절 빠르기.

그럼에도 그들은 계속 일정한 간격을 유지하고 있었다.

차림으로 보아 도적은 아닌 듯싶고 경공 실력을 갖춘 무림인이 틀림없어 보였다.

덩치 큰 노인이 그중에서 제일 강해 보였다. 그는 스치듯 보아도 몸무게가 이백 근 이상 나갈 것 같았다. 그럼에도 발자국 소리가 가볍고 경쾌하였다. 발끝도 거의 땅에 닿지 않았다.

장랑이 혹시 하는 마음으로 막진영에게 전음을 보냈다.

─막 공자, 전음할 줄 아시오?

막진영이 눈을 동그랗게 떴다. 그는 금세 감탄 어린 눈빛으로 장랑을 바라보았다. 전음은 내공이 적어도 반 갑자가 넘어야 시전 가능하기 때문이었다. 장랑처럼 일상적으로 말하는 것처럼 자유자재로 구사하려면 내공이 일 갑자는 되어야 했다. 막진영은 너무 기쁜 마음에 막 입을 열려는 순간.

─말은 하지 말고, 못하면 그냥 고갯짓으로 의사만 표시하시오.

장랑은 다급하게 전음을 보냈다. 행여 추격자들이 자신들의 대화에 귀를 기울일지도 모른다는 생각에서였다.

막진영이 고개를 가로저었다. 장랑은 약간의 실망감과 함께 답답한 생각이 들었다. 막진영과 서무탁의 무공 실력은 서로 엇비슷해 보였다. 노충광 표두는 그 두 사람보다 조금 아래 수준 같았다. 뒤따르는 세 명이 만일 불순한 생각을 가졌다면 이들로서는 감당해 내기 힘들겠다는 생각이 들었다.

장랑은 이번에 노충광에게 전음을 보냈다.

—뒤따르는 사람들이 있소. 그런데 그들이 조금 의심스럽소. 반응을 알아볼 필요가 있는데, 이동속도를 조금 높여보는 것이 어떻소?"

노충광도 눈이 동그래지기는 마찬가지. 장랑이 귀빈인 줄은 알았지만 전음을 자유자재로 구사하는 청년고수인 줄은 몰랐던 것이다.

그는 뒤편을 슬쩍 한번 돌아본 후 장랑에게 고개를 끄덕였다.

노충광이 수하들에게 소리쳤다.

"자, 자, 왜 이렇게 걸음이 늦는 거냐. 시간이 없다. 좀 더 속도를 내보자. 어서, 어서 움직여."

노충광은 표행 경험이 많은 표두답게 스스로 앞으로 나서며 달리자 속도는 자연스럽게 빨라졌다.

별안간 빨라진 이동속도에 짜증스런 사람은 서무탁이었

다. 그러나 그도 제법 눈치가 빠르고 많은 표행을 다녔던 인물이었다.

막진영의 흥분된 표정과 노충광의 긴장된 얼굴.

그 두 가지만으로도 상황을 대충 간파한 서무탁은 장랑을 곁눈질로 한번 보더니 군말없이 속도를 높여 앞서 가는 일행에 합류해 갔다.

장랑은 속도를 늦추어 평소 걸음으로 느긋하게 걸었다.

잠깐 사이에 앞선 일행과 거리가 벌어졌다.

장랑의 예상이 맞았다. 뒤따르는 세 사람이 급히 속도를 높여 따라붙었다. 얼마 지나지 않아 장랑은 그들과 어깨를 나란히 하게 되었다.

"네놈 짓이냐?"

철장마 조벽이 장랑을 향해 한마디를 툭 던지듯 내뱉었는데 다분히 시비조였다.

"조 형, 나 먼저 갈 테니 그놈은 알아서 처리하시오."

설대연은 남궁생과 함께 속도를 높여 앞으로 달려나갔다.

장랑은 마음이 급해졌다. 단지 속도 조절로써 뒤를 따르는지 여부만 파악하려 했을 뿐이다. 그런데 앞서 달려가는 두 명의 표정이 심상치 않았다. 장랑은 안 되겠다 싶어 속도를 높여 일행에게 달려가려 했다.

"어딜! 네놈은 여기 얌전히 있어야지."

조벽은 달리면서 장랑의 견정혈을 잡아채려 하였다.

커다란 덩치에 어울리지 않게 손놀림이 무척 빠르고 몸도 날렵하였다. 그러나 그는 장랑을 얕잡아보았는지 초식도 없는 평범한 낚아채기를 하였기에 전혀 위협적이지 않았다.

장랑은 달리는 와중에 어깨를 뒤로 젖혔다. 동시에 오른손을 출수하여 가장 흔한 포룡수(包龍手)로서 조벽의 왼쪽 맥문을 역으로 잡아갔다. 조벽은 기겁을 하며 자신의 손을 급히 뒤로 빼내 피하였다. 그는 눈을 부릅뜬 채 장랑의 옆얼굴을 노려보았다.

조벽의 입장에선 아무리 봐도 젖비린내 가시지 않은 어린 놈이었다. 조벽은 입가에 비웃음을 매달았다. 너무 가볍게 생각하여 초식을 사용하지 않은 실수를 했다고 생각한 것이다. 그는 달리는 속도를 늦추지 않은 채 장랑의 뇌해혈과 이어 천극혈을 노려갔다.

'노인의 손끝이 무척 악독하군.'

장랑은 순간적으로 화가 치밀어 올랐다. 조벽이 다짜고짜 극악한 살수(殺手)를 펼친 탓이었다. 뇌해혈은 그렇다지만 천극혈은 치명적인 사혈이었다. 제대로 맞으면 즉사요, 살짝 맞기만 해도 반신불수나 식물인간이 될 가능성이 높았다. 특히 그가 크게 기분 상한 것은 두 혈은 모두 머리 뒤편에 위치해 있다는 점이다. 어지간하면 잘 노리지 않고 또 노리기도 어려운 부위였다. 상대와 실력의 격차가 하늘과 땅만큼의 완전한 하수로 취급하지 않는 이상 그런 수법은 절대로 쓰지 못한다.

장랑은 여전히 달리면서 몸을 옆으로 틀어 피했다. 그러면서 즉각 반격에 나섰다. 장랑은 한 손으로 조벽의 어깨를 잡아채고, 다른 한 손으로 내력을 실어 시간 차를 두고 앞으로 내뻗었다.

장랑의 손이 다가오자 조벽은 왼쪽 어깨를 앞뒤로 크게 흔들었다. 그 정도만으로도 장랑의 포룡수를 어렵지 않게 피할 수 있다고 생각한 모양이었다. 하지만 그가 몸을 흔드는 순간 장랑과 마주 보는 자세가 된다는 사실은 까맣게 잊었다. 아니, 어쩌면 그런 것조차 의식하지 않을 수 있었다.

파ー앙!

느닷없이 터져 나온 요란한 격타음.

조벽은 갑자기 가슴이 쪼개져 나가는 듯한 충격과 극심한 고통을 느꼈다. 마치 방심하고 서 있는 상태에서 묵직한 도끼 자루로 가슴을 세차게 얻어맞은 그런 기분이었다.

"우엑ー!"

자신도 모르게 입으로 피화살을 토해냈다.

그는 벌어진 입을 억지로 다물어 핏물을 입에 머금으려 했다. 하지만 그보다 더한 문제는 다리가 풀렸다는 점이었다. 조벽은 술에 취한 사람처럼 비틀거리며 게걸음으로 옆으로 이 장가량 밀려나고 말았다. 그것도 모자라 의지와 상관없이 철퍼덕하고 엉덩방아를 찧고 말았다.

조벽은 바닥에 주저앉은 채 황당한 눈빛으로 장랑을 바라보았다.

뭐가 뭔지 헷갈리고 또 혼란스러웠다. 분명 자신과 애송이는 세 자가량 사이를 두고 있었다. 그럼에도 충격을 받았음은 물론 내상까지 입었다.

입 안에 잔뜩 고인 핏물을 꿀떡 삼킨 조벽은 벌떡 일어섰다. 그는 약간 떨리는 목소리로 물었다.

"벼, 벽공장(劈空掌)이냐?"

아직 충격이 가시지 않은 표정이었다.

"……."

장랑은 대꾸하지 않았다. 공격을 멈춘 것은 상대가 넘어졌기에 일어설 시간을 준 것에 불과했다. 장랑은 양손을 마치 둥그런 구(毬)를 감싼 것처럼 만들어 가슴 앞 세 치 되는 위치에 놓았다.

그 모습을 바라보는 조벽은 다시 눈을 크게 뜨고 말았다.

"서, 설마? 개천풍운장(開天風雲掌)?"

그가 아는 한, 눈앞의 애송이가 보여주는 자세는 개천풍운장의 기수식이 분명했다.

강호에 널리 잘 알려진 개천풍운장.

공동파의 무공이었지만 육합권과 함께 삼류무공을 대표하는 장법이 되어버린 지 오래인 무공. 조벽, 그가 아는 개천풍운장은 기수식만 그럴듯할 뿐 실제 초식은 엉성하고 형편이 없었다. 하지만 지금 눈앞에 청년이 펼쳐 보이는 기수식은 결코 하류잡배나 삼류무사들에게서 볼 수 있는 어설픈 개천풍운장이 아니었다.

단아하면서도 어딘지 모르게 현묘한 기운이 풍겨나는 듯도 했다.

'저, 저건? 진짜다! 진짜 개천풍운장!'

조벽은 눈앞의 애송이를 경시해서 당했다는 생각을 머릿속에서 완전히 지워 버렸다.

"너, 너는 공동의 문하냐?"

"……."

조벽의 물음에 답으로 돌아오는 것은 장랑의 매서운 연속 공세뿐이었다.

팡! 팡!

조벽은 양손을 내밀어 장랑의 공세를 억지로 막아냈지만 단 두 번의 방어만으로도 손목이 뻐근하였다. 조벽은 선수를 빼앗겼고 기세에서도 눌려 버렸다. 원하지 않았지만 절로 방어에 급급했고 그것도 모자라 연신 뒷걸음만 쳤다.

조벽은 그동안 자신을 비롯한 여러 강호인들이 엄청난 착각을 하고 있었다는 생각이 들었다. 생각해 보면 공동파 무인들이 무공을 펼치는 모습을 직접 본 적이 없었다. 대개 구대문파에서 흘러나온 소문을 들은 것이 대부분이요, 겨우 봤다는 사람이라 해도 속가제자 몇몇의 어설픈 수법이 전부였다.

그동안 왜 공동을 깔보고 무시해 왔는지, 왜 하찮게 여겼는지… 제대로 된 공동파의 무학을 견식하지 않았음에도 강호의 소문만 믿었던 것 같았다.

공동의 문하로 추정되는 애송이의 실력은 자신의 상식을 뛰어넘었다. 조벽은 장랑의 공세를 받아내면서 공동이 왜 아직도 구대문파에 잔류하고 있는지 그 이유를 알 것 같았다.

팍! 팍!

파파파팍!

십여 차례의 공방이 빠르게 지났다.

조벽은 서서히 충격에서 벗어났다. 장랑의 공격은 강하고 빠르며 정확했으나 세기가 부족했다. 경험도 많이 부족해 보였다. 조벽은 뒤늦게 그 점을 알아차리면서 서서히 본신의 실력을 발휘하기 시작했다.

팡! 팡! 팡!

손과 발이 어우러진 몇 번의 진퇴가 또다시 오고 갔다.

조벽이 일방적으로 밀리던 상황에서 점차 대등한 수준으로 바뀌어갔다.

이렇게 되니 초조한 마음이 드는 사람은 장랑이었다. 덩치 큰 노인은 상당히 노련한 인물이었다. 벽공장으로 확실한 승기를 잡았다. 연이은 공세로 상대 노인을 허둥지둥하게 만들었다. 확실하게 밀어붙여 끝을 보려 했지만 노인은 노련함으로 열세를 버텨냈다. 그리고 시간이 지날수록 노인은 수많은 생사격전을 치른 백전노장의 모습을 보여주었다.

힘, 초식, 내공, 빠르기……. 모든 부분에서 장랑이 앞서는데 싸움 내용은 대등했다.

장랑은 마음을 가다듬기 위해 공세를 멈추고 일부러 뒤로 한 걸음 물러섰다.

'내게 부족한 것은 실전 경험이다. 하지만 나는 지금 자신감을 잃어간다. 자신감이 없으면 아무리 월등한 실력 차이가 있더라도 승리를 장담 못한다.'

장랑은 노인을 꺾고 반드시 승리를 거둘 수 있다고 스스로에게 몇 번이고 소리쳤다.

장랑은 한순간에 내력을 최대한으로 끌어올렸다. 그리고 전신의 모든 모공과 혈도를 일시에 완전 개방하였다.

고고고공!

주변 공기가 마구 요동을 쳤다. 육안으로 확인이 불가하지만 어떤 흐름은 느껴졌다.

조벽은 물러서는 장랑을 통해 이제 승기를 잡았다고 여겼다. 장랑의 표정에 잠깐 스쳐 지나간 당혹감을 읽었기 때문이다. 특히 장랑이 물러섬으로써 일정한 거리가 생겼다는 점, 그건 조벽에게 무척 유리한 조건이었다.

왜 명호가 철장마인가?

검, 도, 봉, 둔기.

철장은 네 가지 병기의 장점을 두루 갖춘 무기다. 한 자루 철장을 어깨에 걸머지고 강호에 나선 햇수가 삼십 년. 지금까지 수많은 강호의 고수들이 철장 아래 무릎을 꿇었고, 또 피를 토하며 쓰러져 갔다.

그의 철장은 무게가 팔십 근이었다. 보통 사람은 그냥 들고 서 있기도 힘들다. 하지만 조벽은 천생의 신력을 바탕으로 마치 나무막대 다루듯 해왔다.

우— 웅!

우— 웅!

바람을 가르며 무섭게 회전하는 조벽의 철장.

지면을 향하자 바닥의 흙먼지가 빨려 올랐다. 그건 누가 보더라도 위압적인 장면이었다. 제아무리 정심한 내공을 지닌 인물이라도 철장에 제대로 격중된다면 살아남기 어렵겠다는 생각이 들었다.

조벽은 뿌듯한 자부심을 가슴에 안고 상하로 회전하던 철장의 방향을 전면을 향해 틀었다.

"가랏!"

급작스럽게 바람을 가르며 맹렬한 속도로 날아가는 철장. 그 끝이 장랑의 안면을 향해 곧장 날아왔다.

장랑은 움직이지 않았다. 그저 조벽만 뚫어져라 쳐다보았다.

지금 장랑의 눈빛은 마치 천진난만한 아이처럼 투명하였다.

조벽은 순간적으로 이상한 낌새를 받았다. 그러나 공세는 이미 펼쳐졌다.

철장이 노리는 부위는 장랑의 안면.

안면은 원체 공격하기 까다로운 부분이었다. 하지만 방어도 공격만큼이나 어려운 부위이기도 하였다. 보통 몸을 뒤로 완전히 젖히던가, 옆으로 비켜 이동하여 피해야 한다. 그도 아니라면 양손으로 철장을 잡아채거나, 장력으로 힘차게 밀쳐 내야 한다.

그런데 장랑은 별다른 움직임을 보이지 않고 동상처럼 그 자리에 꼼짝하지 않고 서 있었다. 그것이 조벽의 기분을 이상하고 찜찜하게 만들었다.

완전 무방비 상태로 보이던 장랑이 움직인 건 철장이 그의 머리에 닿을 듯 말 듯하는 순간이었다.

장랑은 선 자세 그대로 뒤로 벌렁 누웠다. 몸통과 지면과의 거리가 불과 두세 치가량 떨어졌을 만큼 수평으로 완전히. 장랑은 그 상태에서 뒤꿈치에 회전 중심을 두고, 그대로 빙글, 반원 모양을 그리며 몸을 회전시켰다.

우웅—!

조벽의 철장은 헛되이 허공만 가르고 지났다. 이때 장랑은 오뚝이처럼 벌떡 일어나 원래의 자리로 돌아왔다.

조벽은 그럴 줄 알았다는 식으로 입가에 비릿한 미소를 보이며 서둘러 철장을 회수하며 다음 초식으로 공세를 이어가려 했다. 그런데,

펑! 펑!

조벽은 갑자기 명치와 단전에 극심한 통증을 느꼈다. 자신도 모르게 삼 장을 굴러 길가 둔덕에 부닥치고서야 멈추었다.

조벽은 반사적으로 벌떡 일어섰다. 그런데 그를 쫓아 바짝 다가선 장랑과 장랑의 주먹 하나가 그의 코끝 가까이에 근접해 있었다.

꽝! 꽈직!

조벽은 눈앞이 아득해졌다. 그는 자신도 모르게 눈이 질끈 감겼다. 울컥 한 모금의 핏물을 게워내며 눈을 떴을 때, 그는 자신이 길옆 옥수수 밭 안쪽에 처박혀 있음을 깨달았다.

말도 안 되는, 도저히 믿기지 않는 상황이었다.

고작 약관을 넘어서는 청년이었다. 뱃속에서부터 무공을 배워 나왔다 해도, 자신이 평생 수련한 시간의 절반에도 못 미친다.

'공동파의 무공이 이토록 강했던가?

조벽은 의문이 생겼다.

'공동에서 과연 저만한 실력을 가진 인물을 키워낼 수 있을까?

답은 불(不)!

정녕 이해가 되지 않았다.

조벽은 손이 허전함을 느꼈다. 목숨보다 더 귀하게 여기는 철장이 눈에 뜨이지 않았다.

"이거 찾으시오?"

조벽은 처음으로 장랑의 음성을 들었다.

퉁!

장랑이 던져 주는 시커먼 물체를 바라본 조벽은 눈에 불똥이 튀었다.

"이, 이런 무식한 새끼!"

이리저리 비틀린 채 반으로 꺾여 버린 철장.

귀하디귀한 현철을 어렵사리 구해 특별히 제작한 애병이었다. 조벽은 너무나 허탈하고 어이가 없어 자신도 모르게 눈물이 핑 돌았다. 병기를 빼앗기고 훼손까지 당했다는 것은 실력이 모자라 패배한 수치심보다 더욱 심한 모욕이었다.

"네 이놈! 이렇게까지 하는 이유가 뭐냐?"

"잊으셨나? 눈에는 눈, 이에는 이."

"뭐라고?"

"노인이라 기억력이 떨어진 모양이로군. 당신은 나 같은 사람은 안중에도 없다는 듯이 처음부터 극악한 살수를 펼쳤소. 당신에 비하면 나는 양반 같은데?"

조벽은 순간적으로 얼굴이 붉어졌다. 겨우 그따위 이유로 애지중지하던 철장을 망가뜨렸다는 것은 조벽에게는 있을 수 없는 일이었다.

"네 이놈! 너 죽고 나 죽자."

조벽은 사생결단을 내고 말겠다는 심정으로 벌떡 일어섰다.

악까지 쓰며 혼신의 힘을 다해 장랑에게 달려들었다. 그러나 조벽은 자신의 폭주하는 분노를 끝내 제대로 발산시키지 못했다.

그가 일어서기를 기다렸던 장랑이 그런 기회조차 원천봉쇄시켜 버린 것이었다.

주먹이 날아왔다. 조벽은 피하고 싶었지만 피할 수 없었다.

퍽! 퍽!

주먹질이 잠잠해지는가 싶더니 이번에는 장랑의 양발이었다.

퍽! 퍼퍽!

번갈아 교차하며 질풍처럼 날아오는 장랑의 발끝에 조벽은 뇌가 흔들렸다. 가슴이 답답해졌다. 호흡이 곤란해졌다. 정신이 혼미해지고 눈이 감겼다.

입 안에 핏물도 꽤 많이 고여들었다. 숨이 턱에 차오르는 마당이라 고인 핏물을 뱉어내고 싶었다. 하지만 그것조차 입 밖으로 뱉어낼 틈도, 그럴 힘도 없었다.

쿵—!

장랑은 순식간에 서른두 번의 발차기를 끝냈다.

그는 무너져 내리는 거대한 체구의 노인 조벽을 바라보았다. 조벽은 온통 피투성이였다. 콧등이 함몰된 탓에 그곳에서 핏물이 집중적으로 흘러내렸다. 드러난 피부가 거의 다 시커 멓게 죽어 있었다.

늑골이 서너 개쯤 부러졌을 것이고, 크고 작은 골절도 서너 군데쯤. 죽을 정도는 아니지만 최소한 일 년 이상 정양해야 원래 모습으로 돌아올 것이다.

장랑은 처음부터 죽일 생각은 물론 큰 상처를 주고 싶은 마 음도 없었다. 사부 명해 도장에게 생명의 소중함에 대해 배웠 고, 그 자신도 명해 도장의 의견에 전적으로 동의하기 때문이 었다.

하지만 다짜고짜 살수를 펼쳐 낸 인물에게 그만큼의 대가 를 되돌려준 것뿐이었다. 단지 받은 것에다 이자를 조금, 아 주 쬐끔 더 붙여서 되돌려주었을 뿐이었다.

'아차!'

장랑은 마음이 급해졌다. 덩치 큰 노인을 처리하는 데 걸린 시간은 불과 반 각도 안 되는, 아주 짧은 시간이었다. 하지만 앞서 달려간 평범한 용모의 노인과 젊은 청년의 실력이 방금 상대한 덩치 큰 노인과 비슷하다면 자신이 도착할 때까지 노 충광 일행이 버틸지 의문이었다. 장랑은 노충광 일행이 움직 인 방향으로 전력을 다해 질주하기 시작하였다.

노충광은 당황했다.

난주 이북 지역이라면 이해된다. 그럴 수도 있는 일이었
다. 그곳은 마적의 천국이니까. 하지만 무산 인근에서는 안
된다. 절대 일어나서는 안 되는 일인데 지금 그 안 되는 사건
이 목전에서 벌어지고 있었다.

벌건 대낮에, 그것도 행인의 왕래가 빈번한 관도 위에서.

노충광은 재빨리 도를 뽑아 들었다. 하지만 그 짧은 시간에
표사들 대부분이 바닥을 굴렀다.

"네, 네놈은 누구냐?"

"……."

노충광의 떨리는 음성에 답 대신 돌아온 것은 청년의 주먹
이었다.

퍽!

아랫배에 묵직한 기운이 느껴졌고 숨이 막혔다.

노충광은 청년의 주먹이 어떻게 날아왔는지 몰랐다. 사실
대로 말하면 전혀 보지를 못했다.

'뭐, 뭐, 뭐지?

노충광은 몸이 허공으로 붕 뜨는 느낌을 받았다.

쿵!

엉치뼈에서 시작된 엄청난 통증과 복부에서 시작된 고통.
두 가지가 복합적으로 어우러져 너무나 아파 순간적으로 현
기증이 일어날 정도였다.

"으…… 으."

노충광은 고통을 참으며 억지로 일어섰다.

비틀.

"제법 센 놈이로군! 좋아. 한번 해보자."

노충광은 청년을 향해 젖 먹던 힘까지 다해 덤벼들었다. 그런데 청년은 노충광이 상대할 수 있는 수준의 인물이 아니었다. 뒤로 반보씩 물러서는 청년은 노충광이 최선을 다한 공격을 너무나 쉽게 피했다.

그가 물러서는 것은 득달같이 달려드는 노충광의 기세에 잠시 주춤했을 뿐이었다.

쥐도 궁지에 몰리면 고양이를 문다는 속담처럼 노충광의 지금 모습이 딱 그랬다. 청년은 노충광이 사력을 다해 덤비기에 잠시 느슨하게 풀어준 격이었다.

수세는 금방 회복되어 한순간에 상황은 역전되었다. 노충광은 공세를 펼치면서도 뒤로 밀려났다. 그러던 한순간 노충광이 눈을 크게 뜨고 말았다.

"억?"

그가 발견한 것은, 청년의 손가락 세 개가 갈고리처럼 구부려져 있는 모습이었다. 검지와 중지가 하나로 모여 구부러지고, 엄지는 홀로 누웠으니 마치 이빨 빠진 글귀 구(句) 자처럼 보였다.

그 구 자 형상이 독 오른 뱀의 머리처럼 요리조리 마구 흔들리기 시작하는가 싶더니 노충광의 목덜미 주변을 맴돌며 접근하고 있었다.

'이건? 도무지… 내, 내 상대가 아니야!'

노충광은 거기에서 싸움을 포기하고 말았다.

쇄비수(碎扉手). 청년이 펼치는 수법은 분명히 쇄비수였다. 손가락 끝에 제대로 걸리면 단번에 목뼈는 부러지고, 스치기만 해도 살점 한 뭉텅이가 바로 떨어져 나간다는 그 무공이었다.

'제길! 저런 악독한 수법을 쓰는 놈이라니……. 아이 씨―팔!'

노충광은 아찔한 생각에 소름이 돋았다. 체면이고 뭐고 일단 목숨부터 살고 봐야 했다. 노충광은 데굴데굴 구를 요량으로 그대로 주저앉으며 땅바닥에 모로 누웠다. 그리고 실제로 사력을 다해 옆으로 데굴데굴 굴렀다. 하지만 얼마 구르지 못했다.

"뭐야 이거? 장난치는 것도 아니고?"

청년의 허탈한 느낌이 드는 음성이 들렸다.

퍽! 쿡!

청년의 발끝이 노충광의 옆구리를 후려찼고 노충광은 답답한 신음 소리를 토해냈다.

퍽!

노충광의 몸통은 이 장을 붕 날아 딱딱하고 메마른 황토 바닥에 처박혔다.

청년은 황당한 눈빛으로 노충광을 한동안 바라보았다.

'저것이 표사들 생존의 한 수단이라면 조금 위험한 방법이야. 처음부터 저항을 피했어야 옳았어.'

청년은 시선을 다른 쪽으로 돌렸다.

'지난 두 달 동안 함께 움직인 보람이 있었다.'

서무탁과 막진영은 거의 동시에 같은 생각을 하였다.

서무탁과 막진영의 들고나는 합격은 의외로 강력한 힘을 발휘했다. 진퇴의 호흡도 척척 잘 맞았다. 일 대 일 대결이라면 십 초조차 버거웠을 노인을 상대로 대등하게 싸우고 있었다.

비천검 설대연. 직접 본 적은 없지만 풍문으로 들어 알고 있었다. 펼치는 검법은 도도하면서 우아하고 깔끔하기로 정평이 나 있었다.

비천검 설대연은 낭인들 사이에 신검(神劍)으로 추앙받고 있었다.

천하를 아우를 정도의 이름은 아니지만 한 지역을 지배하는 패자들과 겨루어도 쉽게 패하지 않을 절정의 검객이었다.

그런 설대연을 맞아 싸우는데도 전혀 밀리지 않았다.

하지만 그것도 잠시, 오래가지 못했다. 역시 실력 차이는 엄연히 존재했다. 팽팽하던 공방이 이십여 수가 지나는 지점에서 주춤했고 공세의 주도권이 설대연에게 넘어갔다.

설대연이 처음부터 전력으로 기울였다면, 싸움은 십여 초 안에 끝낼 수 있었다. 그럼에도 그는 의도적으로 살상을 피하며 공방만 주고받고 있었다.

설대연이 남궁 청년과 함께 표행을 추적하여 관도상에서 습격하는 이유는 단 하나다. 명분 만들기.

동행하는 청년은 이름은 남궁생(南宮生).

한 달 전 찾아온 청년은 현재 남궁세가 가주인 남궁창의 양자라고 자신을 소개했다. 본래 방계의 자손이지만 팔 년 전 양자로 들여졌다 말도 덧붙였다.

남궁생이 한 가지 제안을 해왔다. 남궁세가의 봉공의 자리를 주겠노라는 약속. 설대연과 조벽은 말도 안 되는 소리라고 단번에 청년의 말을 일축해 버렸다.

그들이 알기에 남궁세가는 봉공 제도가 없었고 있을 이유 또한 없었다. 남궁세가에는 밖으로 알려진 인물들 말고도, 대단한 실력을 가진 절정의 검객들이 넘쳐 났다. 학문 방면이라면 모를까, 무인 쪽에서 외부에서 봉공을 들일 이유가 없었다.

더구나 봉공을 임명하는 문제는 중대하기에 가주도 아닌, 방계 출신 양자가 함부로 결정할 수 있는 사안도 아니었다.

하나 청년 남궁생은 진지했다. 결코 거짓을 말하는 눈빛이 아니었다.

설대연과 조벽은 흥미가 생겼다. 봉공 자리는 생각하지 않았다. 그저 이번을 기회로 남궁세가와 인연을 맺어두자는 단순한 생각이었다.

제안 내용은 간단했다. 물건 하나를 난주표국에 맡기고 그것을 추적하다가 중간에 빼앗으면 되는 것이었다. 그리고 혹시 추격이 붙으며 당분간 난주표국과 추격전을 벌여주면 되는 것이었다.

서둘러 달려온다고 왔지만, 눈앞에 벌어진 광경에 장랑은 자신도 모르게 얼굴을 찡그리고 말았다.

한쪽 구석에 처박힌 노충광, 그는 생사를 알 수 없는 지경이었다. 열두 명 표사들은 크고 작은 부상을 입고 한쪽 구석에 모여 겁에 질려 있었다.

서무탁과 막진영이 초로의 노인을 열심히 몰아붙이지만, 노인은 시종일관 여유로운 몸짓으로 공세를 가벼이 밀쳐 내고 있었다.

장랑은 자신의 판단이 틀렸음을 알았다.

초로의 검객은 방금 자신과 싸웠던 덩치 큰 노인보다 절대 하수가 아니었다. 다시 보니 한 수는 위였다.

그 노인은 살의를 보이지 않았고 무위를 드러내지 않으려 했다는 느낌이었다. 다행이라면 다행이라 할 수 있었다.

문제는 청년이었다. 뒷짐을 지고 한가롭게 싸움을 구경하는 청년이 풍기는 기도가 보통이 아니었다. 얼굴은 살짝 웃고 있지만 입꼬리가 위로 말려 올라간 것이나 눈가의 잔주름이 쉴 새 없이 떨리는 것으로 미루어, 억지로 웃음을 가장하고 있음을 알 수 있었다. 아마도 일행인 초로의 검객 태도가 못마땅한 듯 보였다.

그런데 청년의 얼굴이 어딘지 낯이 익은 듯했다. 장랑은 청년을 어디서 보았을까 궁금했다. 낯은 익은데 어디에서 만났는지 기억은 나지 않았다.

청년도 달려오는 장랑을 발견하였다. 그도 처음에는 장랑과 비슷한 반응을 보였다. 하지만 곧.

"너? 혹시, 그 꼬마 도사 놈?"

"……."

"너 이놈! 잘 만났다."

"……."

"하하하하! 하늘이 진정 나를 돕고 계시는구나!"

남궁생은 허공에 대고 앙천광소를 하였다. 그의 감정은 처음에는 격동, 다음에는 폭발 직전의 분노, 마지막에는 감격으로 바뀌어갔다.

"당신, 나 알아?"

오는 말이 곱지 않으니 가는 말이 고울 리 없었다.

"이, 이놈이? 잊었느냐? 너는 그때 그 어린 도사 놈이 아니더냐? 세월이 흘러 덩치가 커지고 모습도 많이 변했다만, 내 어찌 네놈을 잊겠느냐? 아니, 나뿐이 아니다. 우리는 지

난 팔 년간 네놈과 네놈의 그 잘난 공동을 한 번도 잊은 적이
없었다.”
　울분을 담아 토해내는 말에는 흥분이 가시지 않았다.
　장랑은 비로소 기억이 떠올랐다.

　팔 년 전 그날, 삼 주야를 꼬박 지새고 피투성이가 된 송진
자 사조를 모시고 힘겹고 지친 걸음으로 세가를 빠져나왔다.
　후원에서 정문까지, 수백 명 남궁세가 무인들이 양쪽으로
도열해 긴 인간통로를 만들었다.
　그들의 행동은 장랑 일행을 배웅하려는 의도가 아니었다.
세가원 모두에게 공동파에 대한 적의와 원한을 가슴 깊이 새
겨주고, 그날 있었던 치욕과 통한을 잊지 말라는 의미였다.
또한 공동에게도 자신들이 절대 원한을 잊지 않고 있겠다는
경고였다.
　그 인간통로를 빠져나와 대문에 도달했을 무렵.
　명일 도장 뒤통수에 대고 악다구니를 쓰던 한 무리 청년들
이 있었다.
　차마 달려들지는 못하고 눈물 범벅으로 악다구니 쓰던 청
년들.
　그리고 유독 눈에 뜨이는 한 사내.
　“언젠가, 언젠가는 반드시 복수하고 말 테니 기다려라.”
　울먹이며 고함쳤기에 제대로 알아들은 말은 그것뿐이지

만, 그 얼굴, 그 목소리, 그 눈빛은 잊을 수 없었다.

당시 장랑도 그 청년과 같은 심정이었다.

똑같이 맞고함 치고 싶었다.

만일 지엄한 송진자의 명이 없었다면 청년보다 더 심한 욕설을 내뱉었을지 몰랐다.

장랑은 지금 면전의 비쩍 마른 청년이 그때 악쓰던 청년임을 알아보았다.

"이제 보니 그 철부지 울보 놈이었군. 팔 년 만인가?"

"철부지 울보 놈? 어린 놈이 참으로 건방지구나. 하하하하하."

남궁생은 너무 어처구니없어 그 울화를 한바탕 웃음에 담았다.

"그래, 지금 그 복수를 할 생각인가?"

"이런, 미친놈."

남궁생의 입에서 상소리가 거침없이 튀어나왔다.

장랑은 그 소리가 무척 귀에 거슬렸다. 그동안 가슴에 묻어두었던 분노가 불현듯 치솟아오름을 느꼈다.

불공대천.

남궁세가는 원래부터 인과(因果)를 따질 수 없는 원수와 같은 존재.

아직 때가 아님을 안다. 그러나 못 보고 만나지 않았다면 모를까, 눈앞에 원수를 두고 모른 체할 수 없었다.

　더욱이 난주표국 사람들이 죽거나 다친 상태였다. 직접 관련은 없지만 같은 공동 문하 출신이 운영하는 표국 사람들이었다.

　"어떤 방식이 좋을까? 남궁가는 스스로 명문이라 자화자찬하고 있으니 강호의 잡배들처럼 다짜고짜 쌈질부터 할 수 없는 일이고……."

　"건방진……. 어린 놈이 간이 배 밖으로 나왔구나. 그동안 쓰레기 같은 공동파의 잔재주 몇 개쯤 배웠다 이거냐?"

　"공동의 무공이 잔재주 수준이라면, 너희 남궁 떨거지 무공은 어린아이 손짓 발짓보다 못하다는 말이로군."

　"이, 이놈이? 이놈, 당장 네놈의 그 나불대는 주둥아리부터 묵사발을 만들어주마!"

　남궁생은 즉시 검을 뽑아 들고 장랑에게 달려들 기세였는데 자신감이 넘쳐흘렀다.

　싸움에서 흥분은 금물이다. 장랑은 달려드는 남궁생을 바라보면서도 숨을 고르며 천천히 분노를 가라앉히려 노력했다.

　장랑이 그대로 서 있자 달려들려고 하던 남궁생이 멈칫했다. 그는 분노가 폭발하는 와중에도 형식적이지만 포권으로 인사부터 하는 예의를 잊지 않는다.

　"흥! 개새끼. 꼴에… 좋아. 나는 남궁세가의 남궁생이다."

　장랑은 남궁생의 마음을 읽었다. 그 스스로 남궁세가가 명

문임을 내세우고, 가문을 대표하여 공동의 제자를 응징한다
는 명분을 내세우려는 뜻이리라.

장랑은 고개만 까딱하였다.

"구태여 내 소개는 않겠다. 따로 소개 안 해도 너희 남궁가
떨거지들이 나를 잘 알고 있을 테니… 까."

장랑은 말을 하면서 개천풍운장 기본식인 반마보(半馬步)
자세를 취해갔다.

남궁생이 정식으로 장랑에게 검을 겨누었다. 그는 장랑 정
도는 어렵지 않게 이길 자신이 있었다. 어려서부터 가전검법
중 가장 어렵다는 창궁검법(蒼穹劍法)을 익혀왔다. 아직 대성
한 수준은 아니지만 십성 이상 깨우쳤다. 그 정도만 해도 거
의 절정검객 반열에 육박하는 수준이었다. 그건 강호에 위명
을 떨치는 명검객들과 비교해 실력이 조금 처질 뿐 후기지수
들 틈바구니에선 단연 발군의 실력이었다.

남궁생은 장랑의 양손이 가슴 부근으로 모여가고 있음을
발견했다. 아직 준비가 덜 끝났다는 뜻이리라. 약간 망설였지
만 이내 마음을 다잡았다.

'원수를 죽이는 데 기습이면 어떠랴!'

남궁생은 앞으로 한발을 내디뎠다. 그와 동시에 일 장을 도
약하여 창궁검법의 신풍비룡(神風飛龍) 초식을 펼쳐 냈다. 예
리하게 날이 선 검날로서 정수리와 어깨를 번갈아 노리며 내
리긋는 동작으로 검날이 마치 수면 위로 튀어 오른 물고기가

몸부림쳐 펄쩍펄쩍 뛰는 형상처럼 보이는 초식이었다.

생각 외로 날카로운 초식이었다. 장랑은 두 걸음 물러서며 검세의 사정권에서 벗어나려 했다. 남궁생은 그 틈에 바닥으로 내려서면서 노호출검(怒虎出劍)으로 초식을 변경했다. 장랑의 어깨와 가슴을 노리고 연속으로 열두 번을 찔러대는 수법. 그리고 이어서 사상풍뢰(四相風雷)로 검로를 바꾸었다. 장랑은 반격의 기회를 잡지 못하고 세 걸음 물러섰다.

햇살에 반사되는 남궁생의 검편들은 화려했고, 보는 이의 눈을 부시게 만들었다. 어지간한 사람이라면 시야가 가려져 당황할 만한 상황이었는데 장랑은 눈앞에 난무하는 무수한 검영에 별달리 당황하지 않았다.

그는 물러서면서 남궁생이 펼쳐 내는 초식 변화의 흐름을 살폈다.

창궁검법 같았다. 좋은 검법이었다. 그런데 강호잡기총요 '남궁세가검법 평론(評論)'에서 보면 광선 노인은 창궁검법을 그다지 높이 평가하지 않고 아래쪽에 두었다.

창궁검법은 현묘함보다 빠르기와 변화를 추구하기에 가볍다. 변화에 집착한 나머지 허초가 지나치게 많고 실초가 효과적이지 못하다. 안력에 조금만 신경을 쓴다면 장권(掌拳)만으로 능히 패퇴시킬 수 있다.

강호잡기총요 '남궁세가검법 평론(評論)'

‘안력이라……．’

장랑은 남궁생의 검끝에서 시선을 거두고, 보법과 팔목의 움직임을 살피자 검의 변화가 어렴풋하게 눈에 들어왔다.

‘역시 광선 노사의 분석은 정확하다!’

장랑은 물러서던 걸음을 멈추었다. 가슴에 모아둔 양손을 좌우로 교차하며 감아 돌렸다. 한 걸음 앞으로 나아가자, 그가 만들어낸 작은 원 안에서 감히 거부할 수 없는 무형의 거력이 담긴 회오리가 만들어졌다.

공동의 절기 개천풍운장의 두 번째 초식, 쌍태극류(雙太極流)였다.

남궁생은 순간 당황하였다. 알 수 없는 기운이 자신의 검을 빨아들였다. 딸려가지 않으려 애를 써보았다. 그런데 힘을 쓰면 쓸수록 그 흡인력은 힘에 비례해 커져 갔다.

장랑이 쌍태극류에 회류선풍(回流旋風) 초식을 섞어 연이어 펼친 탓이었다.

‘이, 이런 개 같은 경우가?’

남궁생은 어쩔 수 없이 검을 놓았다.

“야, 이 가짜 도사 놈아. 무, 무슨 짓을 하는 것이야?”

뒤로 물러서면서도 억울하고 분함을 참지 못해 크게 소리쳤다. 장랑은 남궁생이 검을 놓고 뒤로 빠지자 양손의 교차 회전을 멈추었다.

한 걸음 성큼 달려들어 오른 손등으로 남궁생의 안면을, 왼손바닥으로는 단전을 노려갔다. 계영천추(溪瀛踐趨) 초식이었다.

남궁생은 대경실색하였다. 느리게 보이지만 집채만 한 바윗덩이도 한 번에 박살 낼 수 있을 정도의 무형의 거력이 숨어 있음을 느꼈다.

즉시 가전보법인 무무궁보(霧舞弓步)를 극성으로 펼쳤다. 무무궁보는 몸을 좌우로 마구 흔들다가 홀연 연기처럼 갑자기 신형을 사라지게 하는 보법. 물론 실제 없어지는 것은 아니고 상대의 시야를 흐리고 뒤로 빠지는 보법이자 신법이었다. 그러나,

"어엇?"

맥문은 이미 장랑의 손아귀에 잡혀 있었다. 장랑은 남궁생의 팔을 쭉 잡아당기며 빙글 몸을 돌렸다. 남궁생의 팔뚝이 장랑의 옆구리에 끼였다.

우두둑!

"크악!"

남궁생의 어깨가 탈골되었다. 덕분에 장랑의 등과 남궁생의 가슴이 자연스럽게 바짝 붙어버리는 형국이 되었다. 장랑은 오른발을 살짝 들었다 바닥을 내리찍었다.

쿵—!

남궁생의 발을 묶으려는 가벼운 의도지만 실제는 내력이

담긴 천근추 수법이었다.

"크악!"

남궁생은 발등에서 전해오는 극심한 통증 때문에 자신도 모르게 비명을 내지르고 말았다. 뼈가 완전히 부서져 가루가 된 듯했다. 도저히 바닥을 딛고 설 수 없었다. 그러나 고통은 그것으로 끝나지 않았다.

장랑의 팔꿈치가 남궁생의 명치를 정확히 찍었다. 남궁생은 위장이 한바탕 뒤집히는 느낌이었다. 아침에 먹었던 음식물들이 일시에 식도를 타고 빠르게 역류했다. 토사물들이 목구멍을 막 타고 넘는 순간 장랑의 팔꿈치가 위로 치켜지면서 남궁생의 턱을 아래에서 위로 강력하게 쳐올렸다.

꽝!

그 순간 남궁생은 정신을 잃고 말았다. 그는 입속 가득 담았던 토사물을 하늘을 향해 뿌려대며 이 장을 날았다.

쿵!

어깨부터 바닥에 처박으며 떨어졌다. 설명은 길었지만 촌각 만에 벌어진 일이었다. 장랑은 정신을 잃고 엎어진 남궁생에게 천천히 다가갔다.

그때.

"이봐, 젊은이!"

누군가 장랑을 불렀다. 장랑은 잠시 걸음을 멈추었다. 오류 장 떨어진 곳에 막진영이 서 있었는데 그는 사시나무 떨듯 부들부들 떨고 있었다. 막진영의 턱 아래, 설대연의 시퍼런 검날이 대어져 있었다. 검날은 이미 살갗에 약간 흠집을 내었고, 가느다랗게 그어진 혈선 아래 핏방울이 뚝뚝 떨어지고 있었다.

서무탁은 그 옆 일 장 떨어진 곳에 착잡한 표정으로 서 있었다. 장랑은 몸을 완전히 돌려세웠다.

"노인장, 조금 유치하다는 생각은 안 해보셨소?"

무정한 목소리다.

"허험! 유치해도 어쩔 수 없는 경우도 간혹 있다네."

설대연 얼굴이 금방 붉게 달아올랐다. 그는 정파 인물로 분류되지 않는다. 그러나 출도 이래 지금껏 약한 자를 괴롭히거나 사람을 함부로 죽이지 않았다. 더구나 지금처럼 인질을 잡은 적도 없었고, 누굴 협박해 본 적도 없었다. 그렇기에 정사 중간의 인물이라지만 평판은 나쁘지 않았다.

"원하는 것이 이자의 구명이오?"

장랑은 발끝으로 널브러져 있는 남궁생을 가리켰다.

"그렇다네."

"노인장도 남궁가의 인물이시오?"

장랑의 입꼬리에 조소가 머물렀다.

"나는 남궁세가와 아무런 연관도 없는 몸이야. 다만 저 친구에게 받을 빚이 있을 뿐이지. 나는 받을 건 받아야 직성이 풀린다네. 빚을 받기 전에 그놈이 죽는 꼴을 볼 수 없지 않은가?”

설대연은 담담하게 말을 했다.

장랑은 설대연을 바라보며 잠시 망설였다. 그러더니 곧장 남궁생의 아혈부터 찍어두었다. 정신을 차리고 일어나 괜한 헛소리를 지껄이는 남궁생의 목소리를 듣고 싶지 않아서였다.

하지만 그런 장랑의 행동에 설대연은 놀라 당황하였다.

“너, 너는 이 아이의 목숨을 포기한다는 것이냐?”

장랑은 대꾸하지 않았다.

“장 소협, 제발…….”

서무탁이 나섰다. 그는 안타까운 표정으로 장랑을 향해 쏜 살같이 달려와 사정을 하였다. 여기저기 옷이 찢기고 작은 상처들로 인해 불쌍한 모습이었다.

장랑은 마음이 무거워졌다. 남궁생을 이대로 놓아주기 싫었다. 솔직한 심정으로 남궁세가의 ‘남궁’ 소리만 들어도 이가 갈린다. 그러나 여기서 막진영의 목숨을 잃게 버려둔다면… 공동과의 인연이 깊은 난주표국이기에 다시 사부의 얼굴을 보기 어려울 상황에 놓이게 될지 모른다.

장랑은 다시 한 번 막진영의 얼굴을 바라보았다. 겁에 질려 있었다. 손발을 떨고 있지 않아도 공포심은 얼굴에 가득하다.

장랑은 결국 설대연을 향해 입을 열고 말았다.

“노인장, 그 빚이라는 것이 대체 무엇이오?”

“……..”

설대연은 즉답을 하지 못했다. 항상 그놈의 호기심이 문제였다.

그냥 남궁생을 포기하고 가버릴까 하는 생각도 들었다. 그러나 안 된다. 남궁세가는 집요하기로 소문난 집안이었다. 남궁생이 여기에서 목숨을 잃으면 영원히 남궁세가의 눈치를 살펴야 한다.

“합당한 이유라면 노인장의 요구에 응할 수도 있으니 말해보시오.”

장랑의 재촉이 이어졌다.

“……..”

설대연은 여전히 입을 열지 못했다.

“좋소. 그럼 왜 표행을 습격했는지 그 이유나 알려주시오.”

“……..”

―이유를 꼭 알고 싶나?

설대연의 느닷없는 전음. 장랑은 당황하지 않고 대꾸했다.

―알고 싶소.

―말해주면 그 아이를 넘길 텐가?

―그건 반반이오. 이놈이 어떤 생각으로…….

‘아차! 이런?’

장랑은 불현듯 떠오른 생각 때문에 중도에서 말을 끊었다.

중요한 핵심. 왜 이제야 그런 생각이 떠오르는지…….

남궁생이 무엇 때문에 안휘를 떠나 멀고 먼 이 감숙까지 왔는가?

신분에 어울리지 않게 왜 표행을 방해하는가? 그 점을 깊게 생각하지 못했다. 이젠 단순한 호기심으로 물어볼 말이 아니었다.

왜 표행을 습격했는지 그 이유를 꼭 알아내야 했다.

―노인장, 묻겠소. 표행을 왜 습격한 것이오?

어투가 강경했다. 꼭 알아야겠다는 강렬한 의지가 느껴졌다.

설대연은 주춤거렸다. 어설프게 대답해서는 안 될 것 같았다.

―정확한 이유는… 나도 모른다. 다만 남궁세가에서 난주표국에 어떤 경고를 주려는 의도인 것은 분명하다.

'역시!'

장랑은 자신의 예상이 틀리지 않음을 깨달았다. 어느 병법서를 보더라도, 전투를 벌이기 전에 우선 챙기는 아주 중요한 사항이 있었다.

보급로.

적이든 아군이든 보급로의 장악이 승리의 절반이라 할 수 있었다. 특히 적의 보급로를 차단하면 큰 힘을 들이지 않고 쉽게 승리할 수 있었다. 그런 의미에서 볼 때 난주표국은 공동파의 보급로이자 보급 창고라 할 수 있었다.

매년 공동으로 흘러드는 자금의 삼 할이 난주표국에서 나온다.

금전적 최대 후원자. 남궁세가는 공동과의 전면전을 생각하고 있을지 모른다. 때문에 남궁세가는 사전정리 작업을 하는 것이었다.

난주표국을 칠 때는 굳이 많은 인원을 동원할 필요까지 없다. 말을 듣지 않으면 표행이 순조롭지 못하다는, 그 간단한 경고만 몇 번 하면 하면 된다. 그러면 자연히 난주표국과 공동의 사이는 멀어질 수밖에 없다. 머지않아 남궁세가의 인물들이 감숙에 몰려들지도 모른다.

시간이 별로 없다. 공동이나 남궁세가나 봉문을 풀려면 사오 개월의 기간밖에 남지 않았다. 그렇다면 봉문이 풀리자마자 격전이 벌어질지도 모른다.

―이보게, 젊은이. 어서 그 아이를 놔주게.

설대연이 재촉하였다. 장랑은 일단 남궁생을 놓아주기로 결정했다.

단, 곱게 보내줄 생각은 없었다.

퍽!

장랑은 발끝에 내공을 실어 남궁생의 기해혈을 걷어찼다. 단전의 파괴는 잔인할지도 모르지만, 그만큼 가슴속에 담긴 남궁세가에 대한 감정이 좋지 않았다.

펑!

축 늘어졌던 남궁생이 삼 장을 날아가 설대연의 앞에 떨어졌다.

쓰러져 있는 남궁생의 입에서 검붉은 핏물이 뭉글뭉글 밀려 나왔다.

"내 체면을 세워줘서 고맙네."

설대연은 내공이 사라진 남궁생의 모습을 내려다보았다. 남궁생은 이제 무인이 아니다. 하나 그 정도면 만족했다. 어찌 되었든 목숨은 건진 것이니…….

설대연은 즉시 막진영을 풀어주고, 대신 남궁생을 들쳐 업었다.

"고맙네."

장랑은 저 멀리 사라져 가는 설대연의 뒷모습을 잠시 동안 바라보았다. 머릿속이 복잡했다.

남궁세가는 벌써 움직이기 시작했다. 지금 그들의 행동은 싸움에 앞서 전투가 벌어질 장소에 미리 도착하여 유리한 고지를 점령하려는 시도 같았다. 기우이기를 바라지만 드러난 정황을 봐서는 그랬다.

장랑은 당장 공동으로 달려가 이 사실을 전하고 대책을 강구하도록 만들고 싶었다. 하지만 직접 달려가는 건 오히려 역효과가 날 것만 같았다. 차라리 제삼자 격인 사람이 달려가 소식을 정확히 전달한다면 그것이 오히려 공동파가 빨리 움직이도록 재촉하는 것일지도 몰랐다.

장랑은 직접 공동으로 달려가고 싶은 충동을 가라앉히고, 굳어진 표정으로 막진영에게 전음을 보냈다.

ㅡ막 소협, 잘 들으시오. 이건 무척 중요한 일이오. 부탁이면 부탁이랄 수 있지만 결국 난주표국에 도움이 되는 일이니 내 지시대로 따르길 바라오.

“……”

겁먹었던 얼굴이 조금 풀어지던 막진영이 다시 긴장하는 빛을 보였다.

ㅡ지금 즉시 공동산으로 달려가 명일 도장님을 찾으시오. 그리고 지금 있었던 일을 그대로 전하시오.

“……”

“서 표두님, 막 소협은 제 대신 잠시 공동산에 들렀다 와야 할 것 같습니다.”

“네? 무슨 일……”

서무탁은 장랑의 말을 잘 알아듣지 못했다.

“수습을 잘 부탁드립니다. 저는 당분간 서 표두님과 함께 동행하고 싶었는데 정말 유감입니다. 제가 아직 어려서인지는 몰라도 방금과 같은 일을 겪고 나니 왠지 마음이 급하게 되는 것 같습니다. 저 먼저 이동하겠습니다.”

“장, 장 소협? 도대체 무슨 일 때문에 그러십니까?”

서무탁은 그렇게 물었지만 속으로는 빙그레 웃고 있었다.

표행을 하다 보면 시비가 붙거나 싸움이 벌어지는 것은 흔한 일인데 경험이 적은 장랑이 민감하게 받아들인다고 생각하였기 때문이다.

"장 소협, 이런 일은 빈번하게 발생되는……."

서무탁은 장랑을 안심시키려 했다. 그러나,

"그럼, 나중에 뵙겠습니다."

장랑은 그의 말이 끝나기도 전에 북쪽으로 방향을 잡고 달리고 있었다.

*　　　*　　　*

그 시간 공동파의 새로운 접빈전주에 오른 명경 도장이 거의 뛰다시피 걸어왔다.

"장문 사형, 소림에서 손님이 오셨습니다."

"소림? 소림이 왜?"

명공 도장은 의아한 표정으로 되물었다.

"그건 저도……. 일단 귀빈실에 모셔다 놓았습니다."

"소림의 어느 분이시던가?"

"덕원 선사입니다."

"뭐? 덕원 선사? 그분께서 직접?"

"네. 원무, 원화 두 분 노사님도 함께 오셨습니다."

"이런……."

명공 도장은 자리를 박차고 일어설 수밖에 없었다.

덕원 선사라니…….

"이리로 모셔오너라. 아니다. 내가 직접 가마."

"네, 장문 사형."

명경 도장이 앞서고 명공이 뒤를 따랐다.

걸음을 재촉하는 명공 도장은 불현듯 초조하고 답답한 마음이 들었다.

덕원 선사.

그는 세수가 백 세에 가까운 소림의 노선승이었다. 현 소림 방장 원경(圓儆) 선사의 큰 사백이 된다. 소림의 원자 배분과 공동의 명자배는 동배이니 덕원 선사는 한 배분 위의 사람이었다.

'산방에 은거해 입적 날짜를 헤아리고 있어야 할 덕원 선사가 노구를 움직였다? 그것도 가깝지 않은 이 먼 공동까지?

일상적인 방문이 아니라서 궁금하기 짝이 없다.

생각해 보니 소림과 마지막 교류는 전대 장문인 송진자의 조문이 마지막이었다. 벌써 팔 년 전이었다. 당시 소림은 조문 사절로 장문인 방장의 원진(圓瑨) 대사를 보내왔다.

그런데 이번에 소림의 최고 어른 덕원 선사가 왔다.

느낌이 좋지 않았다.

'이야기를 들어보면 알겠지.'

　명공 도장은 그렇게 생각하였다. 하지만 그는 아직까지 공동을 비롯한 강호 전체에 불길한 기류가 흐르고 있음을 눈치채지 못하였다.

第七章
난주표국

張郎
行路

沿腦此發蕘賜其福佑
刻迎請神真老君演此真妙經竟
吾降臨速得正一　道吉廣　奉
至大改元四月佛浴焉
日弟子趙孟順敬

난주표국(蘭州鏢局).

거대한 크기를 자랑하는 현판이 참 보기 좋다. 감숙 전체를 호령하며 어우르는 거대 표국이니 더욱 자랑스럽다.

현판 아래 정문을 홀로 지키는 팔 척 거한 왕팔은 늘 그렇게 생각해 왔었다. 그러나 지금의 그는 잔뜩 심통이 나 있었다.

정문은 본래 표사 하나와 쟁자수 한 명이 한 시진씩 교대로 번초를 서왔다. 그것이 관행이었다. 그런데 어제부터 반나절씩 돌아가며 말뚝 번초다. 번초를 서본 사람은 안다. 한 시진도 지겨운 번초를 세 시진씩 섰을 때의 그 고통을…….

"어흐!"

왕팔은 복장이 터지고 울화가 치밀었다.

이때 장랑이 누런 황토 먼지를 잔뜩 뒤집어쓴 채 난주표국 앞에 섰다.

하룻밤을 새워 꼬박 달렸고 다음날 오후에 이르러서야 겨우 도착했다.

감숙의 최대 표국이라 그런지 규모가 상당하였다.

그런데 의외로… 드나드는 사람이 그리 많지 않다. 문을 지키는 인원이래야 거구의 장한 달랑 한 사람뿐이었다. 느낌이 별로 좋지 않았다.

장랑은 그를 향해 성큼성큼 걸어갔다.

"실례합니다. 막금상 국주님을 만나려는데 어느 쪽으로 가야 합니까?"

'개나 소나 다 국주님을 찾네 그래. 아, 짜증나!'

왕팔은 그런 생각을 가지고 대꾸하였다.

"국주님은 안 계시오. 모르고 오신 모양인데 표국은 당분간 영업을 안 합니다. 무슨 일인지는 모르겠지만 그냥 돌아가는 것이 좋겠소."

무뚝뚝한 대꾸 후 왕팔은 장랑을 거들떠보지도 않았다.

장랑은 기분이 좋지 않았다. 기껏 생각해서 열심히 달려왔는데 문전박대당하는 기분이었다. 아무것도 모르는 그렇다고 문지기를 상대로 화를 낼 수도 없는 일.

"급한 일이오. 막 국주님이 안 계시면 총표두나 총관은 있을 테니 그분들에게 안내, 아니, 계신 곳이나 알려주시오."

"이 사람? 당분간 영업 안 한다고 말하지 않았소? 어제부로 외인은 일체 출입금지요. 귀찮게 하지 말고 빨리 가시오."

왕팔은 눈을 크게 뜨며 버럭 소리쳤다. 그건 마치 귀찮은 잡상을 쫓을 때의 그런 태도였다.

"급한 일이라고 하지 않소. 총관이나 총표두 얼굴 보기가 그렇게도 어렵소?"

장랑은 결국 눈살을 찌푸리고 말았다.

"나 참. 금방 말하지 않았습니까? 천지개벽이 일어난다 해도 우리 표국은 무조건 개점 휴업. 그러니 다른 곳을 찾아보시오."

왕팔이 태도를 조금 누그러뜨렸지만, 장랑이 보기에는 앞뒤가 꽉 막혀 있었다.

'벌써 일이 터진 모양이긴 한데, 이런 사람을 정문에 세워놓을 정도로 급박하게 일이 돌아가는 것일까?

장랑은 절로 한숨이 나왔다.

'화를 내도 상대할 가치가 있는 인물에게나 화를 내는 것이다.'

가르쳐 주지 않으면 직접 찾아가는 수밖에 없기에 왕팔을 무시하고 그냥 안으로 들어서려고 했다.

"어어? 이보시오. 귀가 막혔소? 왜 그리 말귀를 못 알아먹소?”

“……..”

“어서 나가시오. 외인들이 함부로 들어와선 안 되오. 총표 두님에게 나 맞아 죽는 꼴 보고 싶어 그러오?”

왕팔은 장랑의 낡은 도포자락을 잡고 확 끌어당겼다. 그런 데 쩔쩔매며 와락 끌려와야 할 장랑이 꿈쩍을 안 했다. 왕팔 은 젖 먹던 힘까지 동원해 장랑을 다시 끌어당겼다.

쿵―!

그런데… 왕팔은 하늘을 보며 눕고 말았다. 왕팔은 뭐가 어 떻게 되었는지 종잡을 수 없었다.

“뭐야 이거? 어떻게 된 일이야!”

왕팔은 벌떡 일어났다. 화가 머리끝까지 난 그는 이번에는 장랑의 멱살을 움켜잡으려 했다.

쿵―!

왕팔은 다시 한 번 바닥에 내동댕이쳐졌다.

“이… 쌍!”

“왕팔, 당신 지금 무슨 짓이에요?”

어디선가 날카로운 교성이 들려왔다.

“어?”

왕팔은 황급히 일어나 소리가 들려오는 쪽을 향해 무조건 허리를 구십 도로 꺾었다. 절대로 잊을 수 없는 목소리.

막소연(幕素蓮).

표국주 막금상의 큰딸로 아미파의 속가제자다. 오 년간의 수련을 마치고 얼마 전 돌아왔다. 어수선한 집안 분위기 때문에 어릴 적 친한 친구의 혼례식이었지만 그저 얼굴만 내밀고 급히 오는 길이었다.

"소연 아가씨."

허리를 펴는 왕팔의 얼굴에 화색이 돌았다. 비록 신분상의 차이로 이루어질 순 없지만, 십 년 넘는 동안 홀로 애태우며 짝사랑해 온 그의 마음속의 선녀였다. 때문에 왕팔은 방금 있었던 일은 까맣게 잊고 싱글벙글하고 있었다.

막소연은 멀리서 장랑의 행동을 보았다. 간단한 체술(體術)이지만 분명 이화접목수법이 가미되었다. 한 번이면 모르나 두 번 연속이었다. 의도적이 아니라 몸에 자연스럽게 배어 있었다는 증거였다.

체술이야 누구든지 일정 기간 배우면 펼칠 수 있었다. 하지만 이화접목은 그렇지 않다. 상당 기간 수련을 쌓아야 가능하며 상승무공에 속하였다.

그녀는 지금처럼 호신술에 불과한 체술에다가 이화접목을 응용하리라 생각도 못해보았다. 아니, 지금까지 체술을 그렇게 자연스럽게 펼치는 모습을 본 적이 없었다. 그것이 호기심을 자극해 그녀를 멀리서부터 단숨에 달려오게 만들었다. 그녀는 밝게 웃으며 장랑에게 다가갔다.

"소협, 저는 막소연이라고 해요. 아버님께서 이곳의 표국주이시죠. 무슨 일인지 모르나 저희 표국은 고정된 단골 표행을 제외하고는 당분간 일반표행과 관련된 어떤 일도 하지 않습니다. 여기 왕 무사가 소협께 실례를 한 모양인데 그 점은 제가 대신 사과를……."

장랑이 손을 들어 그녀의 이야기를 막았다.

"소저, 표국의 사정은 방금 들어 알고 있소. 하지만 난 표물을 맡기러 온 사람이 아니오."

"그러시면?"

"나는 한때 공동에 적을 두었던 장랑이라고 하오. 난주표국에 오는 중도에서 막진영 소협을 알게 되었소. 그들과 동행하던 중 습격을 당했고, 그 소식을 급히 전해주려고 온 것이오."

막소연이 깜짝 놀랐다.

"어머나! 진영이 습격을 당해요? 그, 그럼? 진영이는 무사한가요?"

그녀는 단번에 걱정스런 표정이 되어 다급하게 물었다.

"무사하오. 다행히 표두 한 사람만 중상을 입었을 뿐, 다른 이들은 무사하오."

막소연은 그때서야 안도의 한숨을 내쉬었다.

"무사하다니 다행이군요. 그런데 왜? 진작 진영이 문제라고 말씀하셨으면 될 일을……."

"내가 달려온 일은 꼭 막 소협 문제만은 아니오. 솔직히 입구에 서는 순간 난주표국이 어떤 곳인지 궁금하기도 했소."

"무슨 뜻인가요?"

"여기 이 사람을 보는 순간, 난주표국이 듣던 것과 달리 관리가 조금 엉성하다는 생각이 들었소."

"소협? 말씀이 조금 지나치다는 생각이 드는군요."

막소연의 눈빛이 매서워졌다.

"정문은 그 집의 얼굴이오. 정문을 지키는 사람은 그 집을 대표한다고 생각하오."

왕팔은 장랑이 자신의 욕을 하는지 모르고 감탄만 하고 있었다.

그는 천상의 선녀와도 같은 막소연 앞에서 저렇게 당당할 수 있는 인간이 있었다는 사실만이 놀라울 따름이었다.

난주표국의 모든 무사들은 막소연의 말 한마디에 목숨을 걸 수 있을 만큼 그녀를 좋아했다. 미모로 따지자면 둘째 아가씨 막소미가 더 아름답지만 그녀는 어딘지 슬퍼 보이고, 막소연은 온화하고 인자한 가운데 통통 튀는 매력을 지닌 선녀였기에 사랑하지 않을 수 없었다.

그런데 왕팔은 자신 때문에 장랑이 난주표국에 대한 첫인상을 좋지 않게 가졌음을 몰랐다.

표국주 막금상은 표두 몇 명과 함께 직접 정탐에 나섰다.

흑운대 놈들이 워낙 신출귀몰한 탓에 찾아내기가 용이하

지 않다는 연락이 왔다.

총표두 금적산(錦赤山). 그는 막금상이 자리를 비워 표국주의 업무를 대행하느라 분주하였다. 본국(本局)의 업무를 작파했다 해도, 분국(分局)은 여전히 잘 돌아간다. 난주표국의 자금줄이나 마찬가지인 섬서나 사천으로 내려가는 고정 표물까지 물리칠 수 없는 일이었다.

토벌에 대비 후원에서 수련하는 표두와 표사들을 지시하고 감독하는 일도 빼먹어선 안 된다.

업무량이 상당하였다. 하지만 공동산에서 손님이 오셨다는데…….

반가웠다. 만사를 제쳐 두고 공동산 손님부터 맞이해야 한다. 공동이 나서준다면 구태여 표두와 표사를 모아놓고 마적을 토벌한답시고 수련시킬 필요가 없다. 국주 막금상은 공동이 나서는 것을 부담스러워하기에 반대할지는 모르나 자신은 대환영이었다.

접견실로 달려오면서 떠오른 의문이라면, 봉문 중이라 근 몇 년 동안 공동산에서 직접 사람이 내려오지 않았고, 또 먼저 연락을 해오지 않았다는 점이었다. 간혹 별 영양가 없는 만약당의 의원도사들이나 채약 가는 길에 잠시 들를 뿐이었다.

공동산의 실세는 명일 도장. 금적산은 명일 도장의 소식을 가진 이가 산을 내려왔기를 간절히 바라면서 접견실로 달렸다.

“숙부님.”

입구에 섰던 막소연이 반갑게 인사를 건네었다.

“아! 돌아왔다는 연락은 받았는데 서로 바쁘다 보니 이제야 보게 되는구나.”

금적산은 일 년 만에 만나는 막소연에게 활짝 웃어 보여주었다. 그러면서 공동에서 왔다는 도사를 찾았다.

“숙부님, 뭐가 궁금해 그렇게 주변을 두리번거리세요?”

“응, 공동에서 손님이 오셨다고 해서……. 참, 이분 소협은?”

질문이 건성이었다. 이때 금적산의 시선은 접견실에 머물지 않고 창밖을 향했다. 막소연은 웃음을 참느라 킥킥거렸다.

“큭큭큭!”

“……?”

“이분이 바로 공동에서 오신 분이에요.”

막소연이 장랑을 가리켰다.

“장랑이라고 합니다.”

장랑이 가볍게 포권으로 인사를 건넸다.

“이분 소협께서? 공동에서 도사 분이 오신 것이 아니고?”

금적산의 얼굴에 적지 않은 실망감이 감돌았다. 그렇다고 아주 노골적이진 않았다. 금적산은 자신의 실태를 깨닫고 쑥스러운 표정을 지었다.

“험, 험. 금적산이라 하오.”

"숙부님, 무슨 인사가 그래요. 그래도 멀리서 소식을 전하러 찾아오신 손님인데……."

막소연이 일부러 뾰로통한 얼굴을 해보였다. 금적산은 순간 어리둥절했다. 콧대 높기로 누구에게 뒤지지 않는 막소연이었기에 지금까지 이 같은 모습을 한번도 본 적이 없었다.

'뭐지? 무엇이 이 새침떼기를 이렇게 바꾸어놓았을까?'

어쩌면 눈앞 청년의 영향이리라. 금적산은 청년을 유심히 살폈다.

키가 조금 큰 것을 제외하고는 보통 체격, 평범한 얼굴이었다. 아무리 뜯어봐도 특별한 구석은 보이지 않았다.

단지 하나, 몸에서 간간이 풍겨 나오는 유현(幽玄)한 기운 정도? 그러나 그것은 신경을 온통 곤두세워야 겨우 느낄 수 있는 정도다.

물론 경지가 높아질수록 그 유현한 기운이 짙어지다가 종국에 아무런 느낌도 나지 않는 평범한 사람처럼 보인다지만, 눈앞의 청년은 나이로 보아 그러한 경지에 도달했다고 보기 어려웠다.

"자자, 일단 앉도록 합시다."

장랑을 앞에 두고 맞은편에 금적산과 막소연이 자리했다.

금적산은 청년의 이름을 떠올렸다.

"장… 랑, 장 소협! 장 소협께서 공동서 오셨다 하였소?"

"네. 공동의 명일 사숙, 아니, 명일 도장님의 소개로 왔습니다."

"명일 도장님이요?"

금적산은 순간적으로 자신이 잘못 들었나 했다. 겨우 약관을 넘어 보이는 청년이 공동의 장로이자 강호에 가장 잘 알려진 공동제일검을 사숙이라 불렀다.

"네."

"그런데 명일 도장님을 사숙이라 부르셨는데, 그럼 장 소협께선 공동의 제자이시오? 가만? 도복도 입지 않았고… 혹시 도호는 받으셨소?"

금적산은 질문을 던지면서도 혼란스러웠다. 공동파의 명자 배분이 오십 중반, 그 아래 옥자 배분이 사십 전후, 현자 배분이 이제 갓 스물을 넘긴 나이로 알고 있었다.

공동은 늘 정해진 시기, 정해진 인원만 제자로 받아들이는 전통이 있기에 앞뒤가 맞지 않았다.

금적산의 눈빛은 장랑의 대답을 재촉하고 있었다.

"산을 내려오면서 도호를 버렸습니다만……. 명일 도장께서 제 사숙인 것은 맞습니다."

"그, 그럼. 어느 분을 스승님으로 모셨습니까?"

금적산의 말투가 금방 반공대로 바뀌었다.

"만약당의 명해 도장님께서 제 사부님 되십니다."

"만약당? 그럼 의원이십니까?"

"의원은 아니고… 간단한 의술 몇 가지는 어깨너머로 배웠습니다."

"흠, 그러시군요."

금적산은 순간적으로 가졌던 기대가 무너졌다. 만약당 도사들은 대부분 의원이라 무공은 높지 않았다.

강호에 나서면 고수 소리야 듣겠지만, 난주표국의 표두들과 비교해 그들의 실력을 조금 상회하는 정도이지 그 이상은 아니었다.

"그런데 어쩐 일로 오셨는지요?"

그 질문에 장랑은 잠시 망설였다. 장랑이 난주표국에 들어서면서 갈등하고 있던 부분이 바로 그것이었다.

남궁세가에서 표행을 방해하거나 습격해 올지도 모른다는 말을 꺼내야 하는데, 상황이 좋아 보이지 않았다. 여기서 남궁세가 이야기를 꺼낸다면 혼란만 가중될지도 몰랐다.

"오다가……."

이때 금적산이 장랑의 말을 듣지 않고 입구를 향해 느닷없이 고함을 쳤다.

"왕팔 너! 거기서 지금 뭐 하는 것이냐!"

조금 전부터 접견실 문 앞에서 얼쩡거리던 왕팔은 깜짝 놀라 허리를 굽혔다.

"저… 방금 근무 교대하고 왔습니다. 저도 후원에 나가 무공을 배우고 싶은데… 동 집사께서 총표두님의 허락을 받으라고 해서… 요."

왕팔은 큰 덩치에 걸맞지 않게 기어들어 가는 목소리로 말했다.

금적산은 눈을 치켜뜨며 물었다.

"네가 왕고문관 왕가지?"

"저, 왕고문관이 아니고 왕팔인데요. 히히히."

왕팔은 총표두가 자신의 성을 기억하고 있었다는 사실에 너무 기뻐 대답을 하고는 배시시 웃었다.

하지만 금적산은 화가 난 얼굴이었다.

"너, 쟁자수 왕가 아니야?"

"넵. 난주표국 최고의 쟁자수 왕팔입니다."

왕팔은 다시 기합이 잔뜩 들어갔다.

"쟁자수가 무슨 무공이야! 가서 짐이나 나르던가, 문이나 지켜!"

그런데 왕팔은 물러서지 않았다.

"총표두님, 저에게도 무공 수련할 기회를 주십시오."

제법 용기를 낸 음성이었다.

왕팔에게는 이때가 아니면 배울 기회가 없다는 절박함이 있었다. 그러나 금적산이 그런 사실을 알 리가 만무하였다.

"표국이 어수선하니 개나 소나 다 날뛰네그려……. 어서 썩 물러가지 못하겠느냐!"

"숙부님."

보다 못한 막소연이 나섰다.

"숙부님, 손님께서 와 계신데 왜?"

막소연이 민망한 나머지 얼굴을 붉혔다.

하지만 금적산의 화풀이는 실은 장랑을 향한 것이었다.

공동에서 사람이 나왔다는 소식에 그는 너무 기뻤다. 후원에서 접견실까지 정말이지 한달음에 달려왔다. 그런데 뜻밖에… 도복을 입지 않았다.

그 실망감이란… 너무 컸다.

도사가 도복을 입고 안 입고는 무척 중요하였다. 공동의 제자가 아니라는 증거가 될 수도 있고, 파문당했을 가능성도 농후했다.

그래도 혹시나 해서 물었다. 그런데 만약당의 출신 의원이란다.

표현은 못했지만 속으로 기가 막혔다. 의원이라면 당장 전력에 별 쓸모도, 큰 보탬도 되지 않는다. 하나 곧 의원이면 어떠랴 하는 생각으로 마음을 바꾸었다. 공짜로 의원을 부릴 수 있다면 그것이 어디랴.

'이것도 복이다.'

하면서 긍정적인 쪽으로 마음을 달래보았다. 마지막으로 오게 된 목적을 물었는데 멈칫하면서 망설인다.

자존심 강한 사람, 특히 젊은이들이 누구의 소개를 받고 오는 경우, 대개 소개장 들이밀기를 망설인다. 좋게 말하면 자존심이고 나쁘게 말하면 지극히 소심한 성격이라는 뜻이었다.

표행에 나가 목숨을 건 싸움이 벌어지게 되면 소심한 성격을 가진 놈들 때문에 간혹 낭패를 보는 경우가 있었다. 그리고 그 낭패란 대개 사람의 목숨이 달린 위중한 결과를 낳았다.

때문에 금적산은 소심한 성격을 가진 인물을 광적으로 싫어했다.

'뭐야, 이놈은 젠장할……'

그 화가 고스란히 왕팔을 향한 것이었다.

잠깐의 희망이 무너지면서 찾아오는 실망감은 의외로 컸다.

금적산은 이 점을 잘 알고 있었다. 그는 더 큰 낭패감을 맛보지 않기 위해서 서둘러 자리를 뜨는 것이 상책이라는 결론을 내렸다.

"소협께서 특별히 더 할 말이 없는 듯하니, 이만……."

금적산은 장랑의 답을 들을 필요가 없다는 식으로 자리를 털고 일어섰다.

막소연을 향해서는,

"소연아, 너도 알다시피 요즘 국 내(局內)에 골치 아픈 일이 많고, 밀린 일도 산더미 같다. 일이 해결되고 조금 한가해지면 그때 많은 이야기를 나누자꾸나."

하고는, 장랑에게 가벼운 목례만 보내고 밖으로 향했다.

장랑은 마음이 대해와 같은 정인군자(正人君子)는 아니었
다.

지금 금적산의 행동이 무얼 의미하는지, 상대에게 무시당
해 본 사람은 다 안다. 그것은 당하는 사람에게는 상상을 초
월하는 모욕감을 안겨준다.

장랑은 얼굴 한번 본 적 없는 용호권 막금상을 사형으로 인
정해 볼까 했다. 그러나 오산이고 착각이었다. 금적산으로 인
해 그럴 마음이 깨끗이 사라져 버렸다. 아랫사람 관리도 사람
의 됨됨이를 평가하는 중요한 기준의 하나라고 장랑은 믿었
다.

장랑은 조용히 일어섰다.

곁에 있던 막소연은 안절부절. 의숙부가 갑자기 왜 그런 행
동을 하는지 그녀도 이해가 가지 않았다. 간만에 마음에 드는
사내가 나타나 자존심을 버리고 한번 친해보려 했는데… 답
답했다.

"장 소협……."

그녀는 답답한 마음에 장랑을 불러보았다.

"용호권 막 대협은 사리에 밝고 안목이 높은 분이라 들었
는데, 아랫사람은 그렇지 못한 것 같소. 막 소저, 잠깐이나마
신경 써주어 고마웠소."

장랑은 인사를 눈인사로 대신하고 몸을 돌려세웠다. 그 소
리를 듣지 못했을 리 없는 금적산이 걸음을 멈추었다.

"장 의원, 방금 뭐라 했소?"

"내 목소리가 조금 컸던 모양이구려."

장랑은 그 말을 남기며, 금적산을 지나쳐 밖으로 나섰다.

막소연은 안타까운 표정으로, 왕팔은 무심결에 장랑의 뒤를 따라 걸었다. 잠시 황당함에 멍하니 서 있던 금적산.

"어린 놈이? 공동의 손님이라고 예우를 해주었더니 너무 건방지구나. 거기 서라!"

금적산이 뒤늦게 고함을 치며 장랑을 뒤쫓았다. 그러나 장랑은 걸음을 멈추지도, 늦추지도 않았다.

어느 집 개가 짖느냐…….

무시로 일관했다.

장랑이 방금 당했던 그것이었다.

금적산은 끓어오르는 분을 참지 못했다. 그는 늘 상대를 무시를 하는 편이었지 무시당하는 일에는 익숙지 않았다.

"저, 저놈이?"

장랑은 아랑곳하지 않고 계속 걸었다.

"네 이놈, 거기 서지 못하겠느냐."

금적산 눈에서 불똥이 튀어 올랐다. 자신도 모르게 언성이 점점 높아졌다. 그리고는 냅다 달려가 장랑의 앞을 가로막았다.

"너, 뭐야?"

"비키시오."

장랑은 무표정한 얼굴로 금적산을 가볍게 밀쳤다. 그리곤 다시 걸었다.

금적산은 황당한 일을 당했다 생각했다.

'이놈이 감히 나를? 공동파 제자면 다 같은 줄로 착각하는 모양이로군. 괘씸한 놈.'

금적산은 다시 고함을 쳤다.

"뭐 저런 놈이 다……? 네 이놈! 거기서! 서란 말이다."

하나 장랑은 여전히 말없이 입구를 향해 걸어갔다.

"저런, 쳐 죽일 놈 같으니……."

도저히 말로 해서 통할 것 같지 않았다. 금적산은 무심결에 거리를 재어보았다. 어림잡아 육 장 정도. 금적산의 실력으론 한번 도약으로 이동이 무리인 거리다. 그럼에도 금적산은 분을 이기지 못한 탓에 장랑을 향해 몸을 날렸다. 비록 공동파 출신이라지만 젊은 의원 정도는 한주먹 거리밖에 안 된다는 생각이 밑바닥에 깔려 있었다.

아니나 다를까? 사 장을 겨우 넘겨 바닥으로 내려섰다.

"이놈이 어디서 건방이야. 내 버릇을 고쳐 주마!"

금적산은 다시 몸을 띄우며 허공에서 장랑의 뒤통수를 후려갈기려 했다. 하지만… 그건 금적산의 희망과 생각일 뿐이었다.

장랑은 뒤에서 기척이 느껴지자 그 자리서 몸을 빙글 돌렸다. 바닥을 다시 한 번 차고 재도약하며 휘둘러 오는 금적산

의 손이 보였다. 솥뚜껑만 한 손바닥이 시야를 덮을 듯 다가
왔다.

턱!

장랑은 무표정한 얼굴로 가볍게 한 손을 내밀어 금적산의
팔목을 잡았다. 그리고 옆으로 살짝 비틀었다. 중심을 잃고
쓰러지려던 금적산이 비틀하다가 몸을 세웠다. 말도 안 되는
상황에 금적산이 어이없다는 표정을 지었다.

그때 장랑의 표정이 싸늘해졌다.

"한번은 예의상 참을 수 있소. 하지만 그 이상은 참지 못하
오. 호의를 무시당하고 가는 나요. 더는 자극하지 마시오."

장랑이 말을 하는 사이.

금적산의 발이 바닥에서 대각선으로 올라오며 장랑의 왼
쪽 안면부를 노리고 날아들었다. 제법 빨랐다.

탁!

장랑은 다른 한 손으로 날아오던 금적산의 발목까지 움켜
잡아 버렸다.

"헛!"

금적산은 졸지에 볼썽사나운 몰골이었다. 그는 시뻘게진
얼굴로 장랑의 손아귀에서 빠져나오려 애를 쓰며, 몸부림까
지 쳐보았지만 바위에 눌린 듯 요지부동이었다.

몸부림까지 쳐보지만 요지부동.

장랑은 금적산의 눈을 똑바로 쳐다보았다.

"비각퇴(飛脚腿)는 원래 우리 공동의 각술(脚術). 비록 기본 무공에 속하지만 상당한 위력을 지닌 훌륭한 무공이오. 어디서 배웠는지는 모르나 당신의 동작은 너무 크고 느리며 투로와 궤적까지 올바르지 않소! 이따위 동작으로 비각퇴를 모욕하지 마시오. 한 번 더 그랬다간… 발등에 이런 자국이 남을 줄 아시오."

하면서 발을 살짝 들었다가 바닥을 내리찍었다.

쾅!

장랑이 내려치는 발구름 소리가 지축을 흔들며 넓은 난주 표국 전체로 퍼져 갔다. 바닥에서 먼지가 풀풀 피어올랐다.

장랑이 발을 옮기자 포도(鋪道) 위 청석에 두 치 깊이의 발자국이 선명했다. 순간 금적산은 전신의 모골이 송연해졌다.

"흐억!"

놀라서 숨 쉬기도, 말하기도 어려웠고 등에서 식은땀이 줄줄 흘러내렸다.

웬만한 고수들이라면 청석 정도는 어렵지 않게 박살 낼 수 있었다. 하지만 청석을 깨뜨리지 않고 순수하게 발자국만 남길 수 있는 사람은 찾아보기 어려웠다. 더구나 두 치 깊이라면……. 전 강호를 통틀어 백 명을 넘지 못했다. 그건 금적산으로서도 감히 쳐다보지 못할 엄청난 경지의 고수였다. 감히 호랑이 코털을 건드린 격이었다.

자신의 경솔함을 후회했지만 때는 이미 늦었다.

"숙부님! 장 소협!"

장랑이 금적산의 손목을 잡는 순간부터 지켜보던 막소연이 깜짝 놀라며 황망히 달려왔다.

"숙부님, 이게 무슨 경우인가요? 찾아온 손님에게 모욕을 주시더니, 그것도 모자라 무력까지… 숙부님께 정말 실망이에요."

막소연은 뾰족하게 소리를 질러보지만 차마 화까지 내진 못했다. 미우나 고우나 의숙부다.

그녀는 바닥에 찍힌 발자국을 바라보았다.

"지, 진각으로? 세상에? 진각으로 발자국을 남기다니……."

눈앞 상황은 막소연에게 더 이상 화조차 낼 수 없게 만들었다.

"으으……."

금적산은 차마 얼굴을 들 수 없었다.

그러나 막소연은 금적산과 달랐다. 장랑의 가공할 무위를 목격했음에도 여성의 유리함을 내세워 장랑을 질책하며 금적산이 저지른 실책에 대한 무마를 시도했다.

"장 소협, 오신 목적이 난주표국에 자신의 실력을 자랑하고, 또 여차하면 시비를 붙기 위해선가요?"

막소연은 무척 실망했다는 기색이었다. 그러나 그녀의 속마음은 겉으로 드러난 모습과 많이 달랐다. 장랑이 왕팔을 상대하는 그때부터 관심이 생겼고 방금 본 무위로 인해 그 관심이 완전한 호감으로 바뀌어 버렸다. 하지만 자존심을 꺾고 도와달라거나, 저자세로 부탁하는 모습을 보이기 싫었다. 때문에 그녀는 여성 특유의 도도함과 오만함을 가장한 말투로 장랑을 자극한 것이었다.

장랑은 대꾸하지 않았다.

생각 같아서는 당장 금적산의 양손은 물론 발목을 부러뜨려 놓고, 난주표국을 난장판으로 만들고 싶은 걸 꾹 참고 있는 중이었다.

'좋은 뜻으로 왔는데 꼭 이럴 필요까지……'

장랑은 불현듯 그런 생각이 들었다.

적이라면 모를까? 안목이 낮은 금적산 같은 자를 상대로 공연한 심통을 부렸다는 생각이 스쳐 지나갔다.

'저만치 발아래 있는 인물을 상대로 화를 내어 내가 과연 무얼 얻을 것인가?'

공연한 심력의 낭비 같았다. 장랑은 양손의 힘을 풀어버렸다.

몸부림치던 금적산이 허우적거리더니 겨우 중심을 잡았다.

한편, 왕팔은 벌어진 입을 다물지 못하였다.

국주님에 이어 표국 내 제이인자 자리를 확실히 지키고 있는 총표두 금적산을 마치 아이 다루듯 하고 있었다. 다른 건 몰라도 금 총표두의 발차기는 표국 내에 정평이 나 있었다.
몇 해 전, 단체 비무를 한답시고 표두 네 명이 금적산에게 한
꺼번에 달려들었을 때, 미처 반 각도 지나기 전에 그들은 총
표두의 빠른 발차기에 모두 엉덩방아를 찧었다.

왕팔은 아직도 기억이 생생한 그때 금 총표두의 무용을 잊
지 못했다.

그런 그를 단지 손짓 한번으로 가볍게 제압하는 사람이라
니……. 더구나 청석에 남겨진 두 치 깊이 발자국. 왕팔은 자
신도 모르게 고개를 절레절레 흔들었다.

장랑이 움직였다. 왕팔은 자신도 모르게 신기한 물건을 발
견한 듯 장랑의 뒤를 졸졸 따라가고 있었다.

*　　　*　　　*

공동은 얼마 남지 않은 봉문 해제를 대비하여 그 준비로 서
서히 움직이고 있었다.

그 중심에는 이십대 초반의 현자배 도사들이 있었다.

나이 먹은 도사들이나 젊은 도사들이나 갇혀 있었다시피
한 생활이 지루하기는 매한가지다. 그렇지만 아무래도 젊은
사람이 감정 표현에 조금 더 솔직하고 자유로운 편이었다. 그
덕에 공동산 전체에 활력이 넘쳐 나는 듯했다.

반면에 그렇지 않은 사람들도 있었다. 공동파의 수뇌부, 특

히 장문인을 비롯한 여러 장로들의 근심은 컸다.

옥청각은 서쪽 사면(斜面) 맨 위쪽을 깎아 터를 만들고, 상제를 모시기 위해 만들어진 작은 전각을 말한다. 백여 년 동안 홀로 수행하는 도사들을 위한 거처였지만 지금은 비어 있었다.

옥청각 마당에서 서면 공동의 도관 전체가 잘 내려다보인다.

장문인 명공 도장은 간혹 머리 아픈 일이나 심각하게 고민해야 할 문제가 생기면 늘 옥청각 앞 작은 공지에 서서 도관을 내려다보곤 했다.

매번 홀로 왔지만 오늘은 혼자가 아니었다.

"방법은 한 가지뿐입니다. 옥하를 다시 불러들이십시오."

명일 도장의 표정엔 확신이 있었다.

"옥하는… 으흠."

명공 도장은 낮은 침음성을 내뱉고 말았다.

전례가 없던 일이었다. 그가 고민하는 부분이 바로 그것이었다.

전례.

"장문 사형."

"사제는 정말 그 아이가 적합한 인물이라 보는가?"

벌써 세 번째 질문이었다.

명일 도장은 장문 사형의 입장을 잘 알았다. 하나 달리 봤족한 방법이 없었다. 그리고 옥하는 그냥 내치기에는 정말 아까운 인재였다. 그보다 비검회에 나서면 필승할 인물이었다.

"그렇습니다."

"옥평은 어떤가?"

"옥평은… 지난번 말씀드렸다시피 심성이 모질지 못합니다."

"옥무도 마찬가지이겠지?"

"…네."

"좋네. 자네가 이렇게까지 추천을 한다면 내 어찌 더 거부하겠는가."

"감사합니다, 장문 사형."

"감사는 무슨, 다 공동을 위해 하는 일인데……."

"제가 내일 난주표국으로 가보겠습니다."

"자네가 직접?"

"네. 아무래도 제가 가봐야……."

"알았네."

"그럼."

명공 도장은 도관으로 내려가는 명일 도장을 바라보았다. 공동의 미래와 위상이 오직 명일의 어깨에 달렸다. 그의 판단이 옳든 그르든 믿는 수밖에 없었다.

"죽일 놈의 소림사 중놈들……."

대공동파의 장문인답지 않게 명공 도장의 입에서 욕설이

흘러나왔다. 그만큼 심화로 인해 속이 바싹 타 들어간다는 증거였다.

이번 비검회를 주최하는 소림에서 비검회를 공개적으로 치른다는 통보를 해왔다. 비공개 원칙이 깨지는 이유는 다름 아닌 타문파의 압력이 작용했다는 뜻이었다. 다시 말해 공동파를 여러 강호동도들에게 큰 망신을 주어 스스로 구대문파 자리에서 물러서게 하겠다는 표현의 다른 방식이었다. 더구나 이번에는 누구든 도전자를 연속으로 내리 다섯 판 물리쳐야 승자로 인정한다는 규정을 만들자는 의견을 화산파가 제안하였다고 한다. 하지만 그건 화산파만의 생각일 뿐 비무회가 시작되기 전에 회합에서 장문인 직을 걸고서라도 결사적으로 반대할 생각이었다.

사실 구대문파 제자들은 하나같이 실력이 출중하였다. 누가 나서더라도 연속으로 다섯 판을 이길 수 있다고 장담하지 못한다. 공동파만의 문제가 아닌 것이다.

정 안 되면 일대제자 이상의 배분 가운데 한 명이 출전할 수 있다는 규정을 들어 명일 도장을 출전시키는 무리수를 두면 되지만, 옥자 배분과 현자 배분에는 그만한 인재가 없다. 다른 때면 몰라도 이번에는 모든 강호동도가 지켜보고 있느니만큼 압도적 무위로 상대를 무너뜨려야 한다. 그러므로 그만큼의 실력과 독심(毒心)이 있어야 했다.

                    *   *   *

　장랑은 난주표국을 나섰지만 갈 곳을 미처 정하지 못한 탓에 객잔에서 하루를 묵었다. 다음날, 아침부터 저녁까지 꼬박 하루 동안 난주 주변을 구경하며 돌아다녔다. 구경이라기보다 앞으로 해야 할 일을 스스로 점검하였다는 표현이 옳았다. 몸에 딱 맞는 값이 싼 무복 여러 벌과 제법 많은 값을 치르고 한 자루 청강장검을 구입했다. 주인은 덤으로 작은 소도까지 주어 그것도 얻었다.

　저녁나절이 되어서야 객잔에 도착해 입구에 들어선 장랑의 눈에 점소이 두 명이 안절부절못하고 한 명의 중년 사내 주변을 서성이고 있었다.

　무서워하거나 겁내하지 않는 표정은 아니었다. 오히려 우러러보고 존경하는 눈빛이었다.

　장랑을 발견한 점소이가 쪼르르 달려왔다. 반가움이 넘쳐나는 얼굴이었다.

　"아이고, 소협! 왜 인제 오십니까? 여기 막 대협께서 한 시진째 기다리고 계십니다."

　장랑은 중년 사내를 바라보았다. 온화해 보이면서도 사내다움이 물씬 풍기는 그런 인물이었다. 중년 사내가 느닷없이 입을 열었다.

　"지자불언(知者不言)."

장랑은 잠시 멈칫했다가 이내 조용히 화답하였다.

"언자불지(言者不知)."

도덕경에 나오는 말이었다. 도호를 내려받을 때, 공동의 정식 제자가 되는 의식을 치를 때 의례(儀禮)로 주고받는 문답이었다.

공동 문하에 들어 십 년을 생활하든 이십 년을 생활하든 도호를 받지 못하면 공공장소에서 이 어구를 사용할 수 없다. 때문에 강호에 나와 은연중 공동의 정식제자인가 아닌가를 가리는 말로 사용되기도 했다. 물론 속가제자에게도 통용이 된다.

중년 사내가 일어서 장랑에게 다가왔다.

"명해 사숙 문하라고?"

장랑은 그 질문으로써 중년 사내가 용호권 막금상임을 확신했다. 하지만 곧장 존대를 하지 않았다.

"그렇소."

중년 사내가 슬며시 인상을 찡그렸다. 난주 바닥에서 그 누구도 자신에게 평대를 하지 않는 까닭이고 또 그것이 익숙하지 않은 탓이었다. 그러나 막금상은 그런 태를 내지 않았다.

"설마 내가 누구인지 모를 리 없을 텐데… 음, 금적산 의제 때문에 자네가 맺힌 것이 있는 모양이로군. 자, 일단 내 집으로 가세나."

스스로 막금상임을 밝힌 것이었다. 하나 장랑은 고개를 가로저었다.

"저는 여기가 좋습니다."

"그런가?"

장랑은 말없이 고개만 끄덕였다.

"좋아, 그럼 일단 여기에서 이야기를 나누기로 하지."

장랑과 막금상은 주탁(酒卓)을 마주하고 앉았다.

"자네 사부님을 마지막으로 뵈었던 것이 작년 여름이었던가? 명해 사숙께서 자랑을 엄청나게 하시더군. 설마 했는데 자네 기도를 보니 과연 사숙께서 허언을 하시지 않았어. 물론 허언을 하실 분도 아니지만."

"……"

작년 여름이면 장랑도 기억이 생생하였다.

사부 명해 도장께서 대설산(大雪山)에서 어른 팔뚝만 한 설삼(雪蔘) 두 뿌리를 캐왔다. 그때 만약당은 한동안 거의 잔치 분위기였다.

설삼은 여러 다양한 용도로 쓰이지만 구하기가 무척 어려운 약재다. 특히 선단 제조에 없어서 안 되는 필수 약재였는데 재고가 바닥인 상태여서 그 기쁨이 더욱 컸었다.

'산삼이란 자고로 대설산 설삼이 최고란다. 특히 머리 부분에 붉은 꽃망울이 막 피어나는 시기인 칠월에 채취해야 그 효능도 높고 최상품 대우를 받는단다. 이번에 설삼을 구하는 데는 막 사질의 도움이 컸어……'

그때 명해 도장은 용호권 막금상을 입이 닳도록 칭찬하였다.

명해 도장뿐 아니라 만약당 식구들도 난주표국과 막금상의 도움을 받은 일화는 많았다.

그러고 보니 자신이 산을 내려와 왜 제일 먼저 난주표국으로 오게 되었는지 그 이유를 알 것도 같다.

명일 도장의 권유도 있었지만, 은연중 사부 명해 도장에게 들었던 이야기 영향이 컸다. 강호 이야기, 즉 산 아래 세상 이야기를 할 때마다 난주표국과 막금상에게 도움받았던 이야기가 빠지지 않았기에, 알게 모르게 막금상에게 호감과 친근감을 느꼈던 것 같았다.

"올해도 자네 사부님과 명계 사숙님을 비롯하여 만약당 여러 식구들이 기련산으로 향했다는 소식을 들었네. 이번에는 표국 내의 여러 사정이 한꺼번에 겹쳐 밖으로만 나다니느라 인사도 드리지 못하고……."

아쉬워하는 표정이었다.

"사부님께서, 또 만약당 도우들이 막 대협께 많은 은혜를 입었다는 이야기를 들었습니다."

장랑은 자리에서 일어나 정식으로 고마움을 표시했다.

"허, 이 사람! 그리고 자네, 그 막 대협이 뭔가? 우리 사이에 그런 호칭은 어울리지 않아."

막금상이 얼굴까지 붉히면서 약간의 화까지 내었다.

“비록 같은 사부님을 모시지 않았지만 자네나 나나 모두 공동의 문하가 아닌가? 더구나 내가 늘 존경하는 명해 사숙의 제자인 자네가 아닌가? 그런데 자네가 나를 그런 식으로 부른다면 나는 정말 섭섭하다네.”

“호칭은 중요하지 않습니다. 다만 마음이……..”

“무슨 소리! 사제가 사형에게 대협이라는 호칭을 써서는 안 되는 법이야. 자네, 혹시 내가 속가제자라고 무시하는 것인가?”

막금상이 정색을 하면서 장랑의 말을 끊었다.

“그렇지는 않습니다. 다만 아직 익숙지 않을 따름입니다.”

“그렇다면 앞으로 대협이란 말을 빼고 편하게 사형이라 부르게.”

이 부분에서 막금상의 말투는 거의 강압에 가까웠다.

그러나 말속에 담겨 있는 진한 동문애(同門愛)는 느낄 수 있었다.

장랑은 슬며시 고개를 끄덕였다. 꼭 같은 공동의 문하라서가 아니었다. 시원시원한 말투와 자신감있는 태도, 말 한마디 한마디에 대인의 풍모가 느껴졌다. 짧은 시간이지만 나이를 떠나 호감을 가지고 사귀어보고 싶은 생각이 들게 만드는 인물이었다.

사실 막금상이 장랑을 대하는 태도는 파격적이라 볼 수 있었다. 속가에서는 사문에서 정해진 배분에 그리 큰 비중을 두지 않는다. 그저 참고사항일 뿐이었다.

나이와 명성, 그리고 출도 시기와 업적, 현재 위치 등 여러 변수에 따라 천차만별이었다.

특히 막금상은 표국주라는 직함을 떠나, 감숙을 대표하는 권법의 삼대고수 중 한 명이며, 수년 전부터 감숙 땅의 명숙으로 자리매김하여 많은 무인들에게 존경을 받는 사람이었다.

때문에 막금상으로부터 먼저 호형호제하자는 제안을 받기란 결코 흔한 일이 아니었다. 물론 그 바탕에는 장랑이 난주표국에 남겨놓은 두 치 깊이의 발자국이 있었다. 그 발자국을 본 막금상은 장랑을 어떻게 해서라도 자기 사람으로 만들고자 결심했다는 사실이었다.

"자, 한 잔 받게."

장랑은 막금상이 따라주는 죽엽청 한 잔을 단숨에 들이켰다. 그리곤 술잔을 막금상에게 내밀었다. 막금상의 호의를 있는 그대로 받아들인다는 뜻이었다.

"제 잔도 받으십시오."

다소 예의가 없어 보이는 행동이긴 하나 막금상은 개의치 않았다. 예의범절에서 아주 크고 심하게만 벗어나지 않으면 그것으로 족했다.

장랑과 막금상은 주거니 받거니 하면서 독하디독한 죽엽청 한 병을 금방 비웠다. 그사이 장랑은 무산에서 표행이 습격받은 일과 그 배후에 남궁세가가 있을지도 모른다는 이야기를 하였다. 장랑은 주요한 부분의 이야기는 거의 전음을 사용하였고 막금상도 역시 전음으로 대꾸를 했다.

사안의 중대성과 심각함 때문에 두 사람의 표정이 굳어 있으나, 다른 사람들이 보기에 그저 심각한 표정으로 두주불사하는 모습으로 보일 수밖에 없는 상황이었다.

"아! 여기 계셨군요."

약간 고음의 맑고 상큼한 음성.

짧은 감탄사에 불과하지만 그 속에 백 마디 말보다 더한 진한 반가움이 그대로 담겨 있었다.

장랑뿐 아니라 주루 사람들의 시선이 일제히 그 목소리나는 쪽으로 향했다.

모두들 그 여인을 보고는 눈을 크게 떴고 몇몇은 입까지 크게 벌렸다.

여인치고는 큰 키에 얼굴은 갸름하고 이뻤으며 볼에 약간의 홍조가 있어 정말이지 매력적으로 보였다. 엷은 남색 치마에 연분홍 저고리를 입었고 붉은색 요대로 인해 잘록한 허리가 더욱 강조되었으며 둥그런 양어깨를 타고 흐르는 부드러운 곡선과 그 곡선이 빙옥 같은 희디흰 손끝까지 자연스럽게 이어져 참으로 보기 좋았다. 머리는 궁장으로 틀어 올렸는데 녹색과 청색의 대비녀를 대각선으로 찔러 고정하였다.

여러 설명 필요없이 그저 보기만 해도 가슴이 설레는 그런 여인이었다. 그녀가 조심스럽게 장랑의 탁자로 걸어왔다.

막금상도 놀란 얼굴을 감추지 못하고 입을 열었다.

"네가 여기는 웬일이냐? 그리고 그, 그 차림은 또 무엇이냐?"

"왜 이상한가요? 제가 못 올 곳을 왔나요?"

그녀가 새침을 떨었다.

"그거야……."

막금상은 딸의 색다른 일면을 보게 되어 일시 말문이 막혀 뒷말을 잇지 못했다.

"장 소협, 안녕하세요."

부드럽게 미소 짓는 얼굴이 의외로 상큼하다.

"아! 막 소저."

장랑은 그제야 여인의 정체를 알아차렸다.

달랐다. 달라도 너무 달랐다. 하루 전 수수하게 차려입었던 모습과 전혀 다른 사람 다른 분위기였다. 더구나 옅은 화장까지 했으니 어쩌면 못 알아본 것이 당연했다.

장랑이 어색해하자 살짝 웃으며 막금상의 옆 자리에 앉는 막소연이었다.

"요기 제 자리죠?"

"어? 그래."

막금상이 마지못해 대답을 했다. 막소연은 부친의 시선에도 아랑곳하지 않고 장랑을 그윽한 눈길로 바라보았다.

"어제 일을 제가 대신 사과드리려고 이렇게 왔어요."

말할 때마다 살짝살짝 드러나는 상아빛 치아. 왜 그리 예쁜 지…….

"이놈! 네놈이 사과는 무슨 사과야?"

막금상이 황당하다는 표정을 지었다. 그러나 그는 딸아이 의 잔잔한 미소에 끝내 슬며시 웃고 말았다.

둔하지 않은 사내라면 막소연의 이런 모습, 이런 태도가 무 얼 의미하는지 잘 안다. 더구나 난생처음 보는 딸아이의 달라 진 모습을 아비인 막금상이 모를 리 없다.

"장 사제, 아무래도 안 되겠네. 이거 쳐다보는 놈들이 너무 많아서 장소를 옮겨야 할 것 같네."

"네. 조금 그렇군요."

장랑도 동의했다. 그는 아직까지 낯선 사람들의 집중되는 시선을 받아본 적이 없다. 물론 장랑 자신을 향한 것이 아니 고 막소연에게 집중되는 것이긴 하지만…….

"어떤가? 표국으로 가서 한 잔 더 마시는 것이?"

"……."

장랑은 자리에서 일어섰다. 말 대신 행동으로 동의를 표시 하는 것이었다.

객잔을 빠져나와 표국으로 걸어가는 도중, 저 만치서 혼잡 한 사람들 틈을 비집고 헐레벌떡 달려오는 중년 사내가 있었 다.

“저기 달려오는 사람, 동 집사네요.”

먼저 입을 연 사람은 막소연이었다.

“그렇구나.”

대꾸하는 막금상의 얼굴은 어두워졌다. 그는 동 집사가 달려오는 이유를 이미 짐작하고 있는 듯 보였다.

동집사가 엎어질 듯 달려와 서더니 급하게 막금상에게 고개를 숙였다.

“구, 국주님. 토벌에 나섰던…….”

“알았네. 가세. 장 사제, 나 먼저 가보겠네. 잠시 후에 보세.”

표국까지 겨우 이백여 장 거리. 그럼에도 막금상이 경공을 사용해 달려갔다.

달려가는 두 사람의 뒷모습을 바라보는 막소연의 얼굴에 수심이 가득했다. 방금 전 부끄럼 타며 장랑에게 말을 건네던 그녀가 아니었다.

장랑은 무슨 일인지 묻지 않았다. 하지만 막소연이나 장랑도 스스로 인식 못하는 사이 발걸음이 빨라지고 있었다.

“정말 걱정이에요.”

겨우 그녀의 입에서 나오는 말은 그것인데 떨리는 음성으로 말끝이 갈라져 왠지 서글프고 애처로운 느낌이 들었다. 장랑은 묻지 않을 수 없었다.

“걱정이라니? 무슨 뜻입니까?”

"제게 동생이 둘 있어요. 남동생은 그래도 듬직한 편인데, 바로 밑 여동생은 성격이 제멋대로라 간혹 예상치 못한 사고를 치곤 해요."

"아, 네."

장랑은 뭐라 대답할 말이 떠오르지 않았고 더 이상 묻는 것도 실례 같았다.

그러나 막소연은 고개를 갸웃하면서 장랑의 옆모습을 뚫어져라 쳐다보았다. 예상외로 장랑의 반응이 시큰둥한 까닭이었다.

이때도 지나는 사람들의 이목이 모두 청초하고 아름다운 외모의 그녀에게 집중되어 있었다. 하지만 막소연은 그런 눈길을 전혀 의식하지 않은 채 오로지 장랑만 바라보았다. 보통의 사내들이라면 이런 경우 조금 우쭐하는 기분이 들지도 모른다. 그런데 장랑은 막소연의 기묘한 느낌이 드는 시선이나 사람들의 부러워하는 눈길이 부담스러웠다.

사내라면 누구나 열 명이고 스무 명이고 다가오는 여자를 마다하지 않는다지만, 지금은 그럴 만한 분위기가 아니었고 관심도 없었다. 난주표국에 대해 전혀 모르는 장랑조차 느낄 수 있는 어떤 묘한 위기가 난주표국을 덮쳐 오고 있기에 그것이 더 신경 쓰였다.

장랑과 막소연이 어깨를 나란히 하고 표국에 도착했을 때, 난주표국은 거의 초상집 분위기였다.

드넓은 표국 안마당 중앙에, 덩그러니 표행용 수레가 놓여 있었다. 그 수레 위에는 전신이 칼로 난도질당하고 짓이겨진, 그래서 차마 눈뜨고 보기 민망한 시신 한 구가 놓여 있었다.

상처들은 이미 곪아터지고 여기저기 피고름이 흘러내리고 있어 비위 약한 사람은 슬쩍 보기만 해도 욕지기를 할 정도로 역겨운 모습이었다.

장랑도 어릴 적 남궁세가에서 목이 잘리고, 배가 터져 내장이 흘러나온 채 죽은 사람들 모습을 여러 차례 보았었다.

하지만 난주표국 마당 한가운데 놓인 시신은 단연코 맨 정신으로 볼 수 없을 정도였다. 목불인견이라는 말로밖에 표현할 수 없는 처참한 모습이었다.

그런데… 가만 보니 시신이 아닌 듯했다. 죽은 사람이 피고름을 쏟을 이유가 없었다. 막금상과 금적산 등 몇몇이 무릎을 꿇고 무언가 경청하는 모습도 보였다. 가끔씩 손과 발이 움찔거리는 것을 보아 아직 목숨은 붙어 있는 듯했다.

'누군지 몰라도 정말 끈질긴 생명력이로군.'

장랑은 절로 감탄이 나왔다. 장랑은 역겨움을 참아가며 수레를 향해 발걸음을 옮기려 했다. 그런데,

"매, 매달… 은, 은자 삼천 냥과… 허… 허억!"

툭!

가까스로 거기까지 말을 하던 사내가 돌연 고개를 떨구었다.

"천 아우! 모영! 이 사람, 모영!"

막금상이 절규에 가까운 소리로 오열을 했다. 그는 누구라
도 손을 대기 싫어할 천모영의 썩어 짓물러 터진 상처를 정성
스럽게 어루만지며 눈물을 펑펑 쏟았다.

第八章
막소연의 눈물

張郎
行路

日月山査方照真祖伏
新迎請神真老君演此真妙經竟
吾降臨速得正一　道言廣奉
至大改元四月佛浴為
日弟子趙孟順敬

　막금상과 금적산, 그리고 천모영은 생사고락을 함께하기로 맹세한 의형제였다.

　막금상이 부친에게 표국을 물려받을 당시 난주표국은 난주의 고만고만한 여러 표국 중 약간 큰 정도의 규모였다. 난주표국이 난주를 넘어 감숙 최대의 표국으로 성장할 수 있었던 바탕은 막금상의 개인 역량도 컸지만 천모영과 금적산 등의 의형제와 여러 지인들의 도움도 무시 못할 수준이었다.

　특히 외방으로만 돌아다닌 천모영의 공이 지대했다. 표국 인물치고 그런 사실을 모르는 이는 아무도 없었다. 누구 하나 막금상의 계속되는 오열을 제지하지 않았고, 제지할 엄두조차 내지 못했다. 오히려 둘러선 표두들과 표사들은 표국주와 총표두, 그리고 노표두들의 애통함을 함께하고 같이 슬퍼하며 목석처럼 그 자리서 움직일 줄 몰랐다. 특히 서너 명의 노표두들은 표사 시절부터 천모영과 함께 표행을 다녔기에 슬픔이 막금상이나 금적산에 못지않았다.

울음바다가 계속되었다. 그사이 해가 넘어가고 날이 어두워지고 있었다. 언제까지 시신만 붙잡고 눈물을 흘릴 수는 없었다.

제일 먼저 냉정을 찾은 인물은 막소연이었다. 그녀는 눈물을 훔쳐 내며,

"아버님, 우선 천 숙부님을 안으로 모셔야 해요."

"……."

막금상은 움직이려 들지 않았다.

"무엇들 하세요? 어서 천 숙부님을 안으로 모셔주세요."

그러나 막금상이 붙들고 있는 천모영의 시선에 다가가려는 사람이 없었다. 그러자 막소연은 여인답지 않게 당찬 모습을 보였다. 그녀는 가족이라 해도 쉽사리 손대기 꺼려질 흉측한 몰골의 천모영 시신을 직접 옮기려 했다. 막금상 옆에서 함께 흐느껴 울던 금적산이 일어섰다.

"소연아, 우리가 할 테니 너는 물러서거라."

그는 흘러내리는 눈물을 소매 깃으로 닦아내며 막소연을 가로막았다. 금적산과 동 집사를 비롯한 몇 명 표사들이 천모

영의 시신을 빈청으로 옮겼다.

표국 전체에 불이 환하게 밝혀지고 난주표국은 천모영의 본격적인 장례 준비로 바빠졌다.

평생 독신으로 살아온 천모영이기에 별다른 가족이 있을 리 없었기에 막금상이 상주가 되고 금적산은 집행인이 되었다.

장랑은 그들의 슬픔을 이해하지만 난주표국에 머물러 있기는 불편하였다. 그는 잠시 한가해진 틈을 타 말없이 그곳을 빠져나와 객잔으로 향했다.

똑똑!

자시가 넘은 시각이었다.

'누굴까?'

이런저런 상념 끝에 막 잠자리에 들려던 장랑은 의아한 생각으로 문을 열었다.

"밤늦은 시각인데 죄송해요. 들어가도 되죠?"

문 앞에 서 있는 사람은 뜻밖에 막소연이었다. 꽤 많이 울었는지 눈이 퉁퉁 부어 있었다.

"이 시간에 무슨 일로?"

장랑은 당혹스러웠다. 그러나 여인의 몸으로 야심한 시각에 찾아왔다면 그만큼 급하거나 절박한 사정이 있으리라. 아무리 남녀유별이라 해도 찾아온 사람을 매정하게 쫓거나 문밖에 세워둘 장랑이 아니었다.

"일단 들어오시오."

"……."

막소연이 가벼운 목례와 함께 안으로 들어섰다.

"표국에 우환(憂患)이 들어 바쁘고 정신이 없을 텐데 어떻게?"

"장 소협, 아니, 이젠 사숙이라고 불러야 하나… 요?"

막소연의 말투가 어제와 오늘 낮과 달리 무척 조심스러웠다.

막금상이 장랑의 사형이니 막소연은 당연히 사질이 된다. 그런데 나이는 막소연이 한 살 많다. 배분이야 사문의 규범에 따르면 아주 간단하다. 그러나 강호의 현실 속에서는 어정쩡하고 애매한 관계이긴 했다. 더구나 남녀 사이의 문제는… 장랑은 스스로 규범은 별로 중요시하지 않았기에 가볍게 고개를 가로저어 버렸다.

"우리는 굳이 형식에 구애될 필요 없을 것 같소. 막 소저가 편한 대로 하시오. 호칭은 그다지 중요한 문제는 아니지 싶소. 자, 우선 앉으시오."

"……."

막소연은 장랑이 권하는 대로 다탁에 딸린 하나밖에 없는 교의에 앉았고 장랑은 침상에 걸터앉았다. 막소연은 장랑의 얼굴을 뚫어지게 쳐다보았다.

그런 그녀의 태도가 장랑은 어색하고 왠지 불편하였다.

“저, 어려운 이야기를 드리려고 이렇게 염치 불구하고 왔
어요.”

“……..”

장랑은 조용히 고개만 끄덕였다.

“아버지에게 천 숙부는 평생 동지이며 친형제보다 소중한
분이죠. 금 숙부도 마찬가지고요. 하지만 저에게까지 소중한
분은 아니에요. 이기적이라고 해도 좋아요. 그분들은 그저 아
버지께서 잘 아는 많은 숙부나 백부님 중 하나일 뿐이죠. 저
에게 진짜 중요한 사람은 가족이에요. 그런 생각은 저뿐 아니
라 이 세상 누구라도 마찬가지라고 생각해요. 저는 아버지와
어머니, 그리고 두 명의 동생이 정말로 소중해요.”

“……..”

장랑은 그녀의 의도가 무엇인지 몰라 고개만 끄덕이며 듣
기만 하였다.

“아버지는 조금 전 흑운대를 몰살시켜 버리겠다고 공식적
으로 선언하였어요. 공동, 아미, 종남, 화산, 묵룡, 천무 등 친
분있는 십여 개 문파에 도움을 청하는 서찰을 방금 보냈어
요.”

“네, 그렇군요.”

장랑이 비로소 대꾸를 하였다.

“아버지 바람대로 그들이 모두 싸움에 참여한다면 천 숙부
가 이끌던 토벌대는 비할 바 못 되죠. 적어도 전력이 수십 배

강할 거예요. 그렇기에 흑운대를 몰살시키는 일은 별로 어렵지 않을지 몰라요. 어쩌면 전부가 아니라 구대문파 가운데 한 곳이라도 올바르게 나서준다면 흑운대는 세상에서 완전히 지워져 버릴 가능성이 높겠죠."

"그럼 막 소저 뜻은, 공동이 이번 일에 적극적으로 나서주기 바란다는 말이오?"

막소연은 장랑을 한번 응시하더니 고개를 끄덕였다.

"아버지는 내심 공동파에서 제일 먼저 달려와 주기를 바라실 거예요. 팔은 안으로 굽는다고 하잖아요. 저는 그렇게 생각해요. 제가 비록 아미의 제자이긴 해도 속가이며, 아미는 감숙과 너무 멀리 떨어져 있는지라 크게 기대 안 하거든요."

장랑은 장문인 명공 도장의 얼굴을 떠올렸다.

감정보다 논리를 따지고, 실익(實益)을 무척 중요하게 여기는 사람이었다. 장랑은 자신이 공동을 대변해서는 안 되는 줄 안다. 그러나 공동이 현재 처한 상황을 설명해 줄 필요성은 느꼈다.

"공동의 봉문 해제는 사오 개월가량 남았소. 극히 적은 인원이면 모를까, 당장 공동에서 원군이 내려온다는 생각은 버리는 것이 좋겠소. 공동은 눈앞에 비검회 문제가 걸려 있고, 남궁가와의 묵은 알력도 해결해야 하오. 이곳에 지원을 나오긴 할 테지만 정예가 모두 온다고 기대해서는 안 되오."

주제넘을 수 있지만, 공동이나 난주표국, 어느 한쪽을 위함이 아닌, 당면한 현실을 직시하라는 의도였다.

"저기, 장 소협. 저는 솔직히 공동이 앞장 나서주기를 바라지만 지금은 그 이야기를 드리려 오지 않았어요."

"방금 부탁을 하러 왔다는 말은?"

장랑의 얼굴에 의아함이 걸렸다.

"사정을 이렇게 장황하게 설명하는 이유는 말씀드렸듯이 제가 가장 소중하게 생각하는 사람들 때문이에요."

"……."

"소미가 흑운대 놈들 손아귀에 잡혀 있어요."

"소미라면, 누구?"

장랑은 그때서야 막소연이 낮의 그 복장이 아니라는 사실이 눈에 들어왔다. 화려한 옷을 벗어버리고 산뜻한 무복 경장 차림이었다. 다탁 위에 올려놓은 상아로 장식된 검도 놓여 있었다.

"각 문파에서 연락을 받고 급히 달려온다 해도 토벌대가 구성되고 출발하려면 적어도 보름 이상 시간이 필요해요. 어쩌면 더 걸릴지도 모르고……."

"그럼 막 소저의 뜻은?"

"아버지의 생각이 옳을 수도 있어요. 흑운대 총인원은 육백 명이 넘어요. 게다가 주변의 중소마적단이 연일 투항하고 있어 세력이 점점 커지고 있어요. 조만간 흑운대가 하서주랑 일대 마적단을 일통시킬지도 모르고."

“…….”

“저는 소미가 중요해요. 그 아이는 지금 지옥야차라는 놈 손에 있어요. 그놈이 열흘 이내에 자신의 요구 조건을 무조건 수용하라고 강요하고 있어요. 하지만 아버지는 그놈들의 요구를 들어줄 뜻이 없어요. 이는 소미의 목숨이 이제 열흘밖에 안 남았다는 뜻이죠.”

장랑은 금시초문이었다.

“그런 요구 조건이 있었소?”

“부탁드려요. 저와 함께 소미를 구하러 가주세요.”

“……?”

“지금 본진을 벗어나 밖에 나와 있는 지옥야차의 무리는 백 명 남짓이에요. 그놈들이 소미를 잡고 있어요. 지금 출발한다면, 지옥야차 손에 잡혀 있는 소미를 구할 수 있는 가능성이 있어요. 그렇지 않으면…….”

슬픈 표정의 막소연은 금방이라도 눈물을 떨어뜨릴 것 같았다.

장랑은 막소연이 무얼 원하는지 알았다. 또 그녀를 통해 막금상의 성격까지 알 수 있었다.

자신의 딸이 마적단에게 납치되었는데 걱정하지 않거나 조바심 내지 않을 부모가 없다. 그럼에도 딸의 구출을 포기하고 표국을 선택했으며 그를 위해 마적단 토벌에만 신경을 쓰겠다는 결정을 했다. 대의를 위해 작은 것을 버린다는 생각은 여러 중인들에게 존경을 받을는지 몰라도 자식의 입장에서는 엄청나게 비정한 아버지다.

장랑은 선뜻 답을 하지 못했다.

전후 사정은 알겠지만 과연 자신이 끼어들 만한 사안인가 의심스럽다.

"흑흑흑……."

막소연이 기어코 눈물을 보이며 흐느꼈다.

여인들의 최대의 무기는 눈물……. 난감하기 그지없는 상황이었으나 이때 장랑은 단호할 수밖에 없었다.

"막 소저, 소저의 마음은 알겠지만 참으로 위험한 도박을 하려는 것 같소."

"왜, 겁이 나나요?"

막소연이 울면서 따지듯 물었다.

"이건 겁이 나느냐, 안 나느냐 문제가 아니오. 생각해 보시오. 마적 패거리가 소저의 동생을 인질로 잡고 있었다면, 또 그 인질을 별로 중요하게 생각하지 않는다면 어떻게 해야 하오?"

"무슨 뜻이죠?"

"누군가 구하러 갔을 때 소저의 동생이 방패막이가 되리라는 생각은 해보았소? 소저의 동생을 구하기 위해 또 다른 사람의 목숨이 위협받는다면 그런 경우 소저는 어떻게 할 것 같소?"

“저는 장 소협이 무슨 말을 하는지 이해 못하겠어요.”

“흠. 그러니까, 이 문제는 생각보다 단순하지 않다는 뜻이고 득보다는 실이…….”

“흑흑흑흑…….”

막소연이 울음을 터뜨렸다. 그녀는 장랑의 말을 들으려 하지 않았다. 그저 어깨를 들썩이며 통곡에 가깝게 울 뿐이었다.

“막 소저… 도대체 이게 무슨…….”

“엉엉엉엉…….”

막소연의 울음소리가 더욱 커졌다. 자칫 옆방에까지 크게 들릴 지경이었다. 장랑의 이마에는 자신도 모르는 땀방울이 맺혔다. 식은땀도 흘러내리고 속이 탔다. 분명 의도적으로 우는 것이 분명한데 당장 어찌해 볼 방법이 없었다.

“막 소저, 이러지 말고… 우선 진정부터…….”

장랑은 그녀를 부축하여 밖으로 데리고 나가려 했다.

“놔요, 놔! 흑흑흑…….”

막소연은 도리질까지 치며 장랑의 손길을 거부했다. 그녀는 오로지 장랑이 자신의 뜻에 따라주기만 바라는 듯하였다.

장랑으로서는 태어나서 처음 겪는 진짜 난감한 상황이었다.

“엉엉엉엉엉…….”

막소연의 울음은 그칠 줄 몰랐고 울음소리가 점점 어린아이 같아졌다.

"막 소저, 어찌 다 큰 아가씨가 이리 철부지처럼 구시오? 휴우……."

장랑은 자신도 모르게 한숨을 내쉬고 말았다.

여인의 울음소리가 객잔 이층에 울려 퍼지자 객실 문이 하나둘 열리고, 얼굴을 내미는 사람들의 숫자가 늘어갔다. 웅성웅성하던 소리도 점점 시끄럽게 변해가더니 마침내 시끌벅적해져 이층은 일시에 장터마당이 되어버린 듯했다.

가뜩이나 청각이 예민한 장랑이었다. 문밖서 들려오는 불평 소리가 그의 귀에 들려오지 않을 리 없었다.

"막 소저, 이해하시……."

말보다 행동이 빨랐다. 장랑의 손은 이미 막소연의 아혈을 누르고 있었다.

"……."

눈물로 얼룩진 막소연이 그렁그렁한 눈빛으로 장랑을 바라보았다. 뜻밖이라는 표정에서 서러움으로, 그리고 점차 성난 눈빛으로 바뀌어갔다.

마침내 분을 참지 못하겠다는 표현일까? 그녀는 다짜고짜 장랑의 뺨을 후려쳤다.

탁!

하나 그녀의 손은 장랑이 내민 손아귀에 너무나 쉽게 잡혀

버렸다. 장랑은 막소연의 손을 원래 자리로 내려주며 고개를
저었다.

그런데 그녀의 화풀이는 멈춰지지 않았다. 자신의 미인계
가 통하지 않았다는 수치심과 은근한 연심(戀心)이 짓밟혔다
는 자존심이 그녀의 화를 더욱 부추겼다. 막소연은 한 손은
가슴 부근에, 다른 한 손은 단전에 붙였다가 떼어내면서 장랑
에게 와락 달려들었다. 여인답게, 작고 앙증스런 그녀의 하얀
손이 허공서 몇 차례 엎치락뒤치락하면서 날아왔다. 손이 지
난 궤적에 따라 희미한 연꽃 문양이 그려졌다. 장랑은 막소연
이 일으키는 손의 변화를 바라보며 가볍게 탄식했다.

"으음. 연심벽수(蓮心劈手)로군!"

연심벽수는 금정산수(金頂散手)와 더불어 아미파를 대표하
는 두 가지 수공 중 하나다. 대성한다면 위력이 대단하여 세
치 청석조차 일수에 한 줌 가루로 만들어 버린다는 절정의 무
공이었다.

설마 그런 수까지 쓰랴 했지만…….

장랑은 물러서지 않고 그 자리에서 양손을 내밀었다.

탁! 탁! 탁!

손과 손이 서너 차례 엉켜 붙었다 떨어지기를 반복했다. 원
래대로 하자면 막소연이 장랑의 상대가 될 리 없다. 비록 막
소연의 수법이 훌륭하다 해도 장랑과 수준 차는 너무 컸다.

장랑은 막소연의 격렬한 저항(?)을 일부러 몇 번이나 받아

주었다. 그러나 막소연은 장랑의 그러한 마음을 몰라주고 공세의 수위를 점점 높여갔다.

"그만 하시오."

장랑은 마침내 짧게 소리치며 마룡십팔수를 펼쳐 그녀의 마혈을 제압해 버렸다. 장랑의 일수로 인해 느닷없이 전신에 힘이 빠져 버린 막소연은 자신의 의지와 관계없이 맥없이 바닥으로 쓰러지고 말았다.

"헛!"

장랑은 순간적으로 깜짝 놀랐다. 급히 달려들어 한 손으로 막소연의 허리를 감아 가까스로 바닥에 떨어지기 직전에 잡아 올렸다.

힘이 과했을까? 딸려온 막소연의 가슴이 장랑과 완전히 밀착되어 버렸다.

물컹—!

묘한 느낌이었다. 황망한 장랑은 서둘러 막소연을 의자 위에 앉혔다.

"막 소저, 당차던 모습은 어디 가고 이런 약한 모습을 보이시오?"

"……."

막소연이 원독에 찬 눈초리로 장랑을 노려보았다.

"일단 집으로 갑시다."

장랑은 막소연을 부축하여 일어섰다.

똑똑똑!

난데없이 들려오는 문 두들기는 소리.

"손님, 무슨 일 있으십니까?"

낯선 청년의 목소리가 뒤를 따랐다. 점소이 특유의 어투였다.

"음, 이거야 원……."

장랑은 자신도 모르게 짜증을 내고 있었다. 성질 급한 투숙객 중 누군가가 객잔 주인에게 항의한 모양이었다.

곤란한 상황이나 위기라 해서 절대 기죽거나 겁먹지 말라.

부친 장만덕이 남겨준 기억 속의 한 구절이었다. 이 상태에서 막소연의 혈도를 풀어주면 다시 난리를 칠지 모르는 일이기에 장랑은 내키지 않았지만 막소연을 들어 어깨에 걸쳐 메고는 문을 열고 당당히 밖으로 나섰다. 어깨에 걸쳐진 막소연과 장랑을 멍하니 바라보는 점소이와 문밖으로 고개를 비쭉 내밀고 울음 소동의 주인공을 구경하려는 사람들. 새로운 구경이라 생각했는지 모두 화등잔만 하게 커진 눈으로 장랑에게서 시선을 떼지 않았지만 장랑은 아랑곳하지 않았다. 볼 테면 보라는 식으로 유유히 걸어 객잔을 벗어났다.

그러나 이날의 사건은 훗날 장랑에게 크나큰 악재가 되고 말았다.

짝!

막금상의 손길에는 인정사정이 없었다.

쿵!

저만치 날아가 구석에 처박히는 막소연.

"너는 왜 그렇게 생각이 없는 것이냐?"

막금상의 음성은 서릿발처럼 차갑고 냉정했다. 평소 인자하고 부드럽던 그의 모습은 어디에도 없었다. 곁에서 안절부절못하던 금적산이 그녀에게 부리나케 달려가 부축해 일으켜 세웠다.

"소연아, 괜찮냐?"

"……."

막소연의 뺨은 벌겋게 부풀어 올랐고 입술은 길게 찢어져 터졌다. 찢긴 살갗에서 핏물이 스며 나와 방울방울 떨어지며 그녀의 백의를 조금씩 붉게 물들였다. 막소연은 아무런 대꾸를 하지 않았다. 아니, 못했다. 고개를 숙여 숨죽여 흐느끼며 눈물만 흘릴 뿐이었다.

"철없는 것 같으니!"

"……."

"네가 네 잘못을 모르겠느냐?"

연이어 터지는 막금상의 서슬 퍼런 호통 소리. 막소연을 안쓰럽게 바라보던 금적산이 나서 막금상의 앞을 가로막았다.

"형님, 이제 그만 하시죠. 소연이가 오죽 답답했으면 그랬겠습니까?"

"자네까지······."

이 일로 빈청은 일시에 싸늘한 분위기에 휩싸이고 말았다. 자리를 지키던 십여 명 노표두들이 눈치를 보며 슬금슬금 일어서더니 하나둘 밖으로 도망치듯 빠져나갔다.

막소연이 천천히 막금상의 앞으로 걸어왔다. 그녀는 일이 더 이상 확대되는 것을 바라지 않았다. 그런 그녀를 바라보던 막금상은,

"네가 어찌 이 아비의 가슴에 못을 박으······."

그는 갑자기 목이 메는지 차마 다음 말을 잇지 못했다.

눈에 넣어도 하나도 안 아픈 것이 자식이었다. 특히 막내에 대한 사랑은 어느 부모나 각별하였다.

내리사랑은 거짓이 아니었다. 막내딸이 인질로 잡혀 있다는 소식을 듣고 억장이 무너졌고, 솟구치는 눈물을 꾹 참았으며, 가슴을 쥐어뜯으며 마음으로 통곡한 사람이 막금상 자신이었다. 즉시 달려가고 싶었다. 자신의 목숨을 내주는 한이 있더라도 딸의 목숨을 살리고 싶었다. 그것이 부모의 마음이었다.

하지만 자신 때문에 죽어간 삼십 명 친우와 무인들의 복수는 누가 할 것이며 대대로 이어온 난주표국은 누가 있어 지켜나갈 것인가?

당장 달려가고 싶어도 가지 못하는 아비의 애통한 심정을… 어찌 필설로 형용할 수 있을까?

그런데 그것도 모자라, 생전 손 한번 대지 않고 금이야 옥이야 애지중지 키워왔던 큰딸의 얼굴이 퉁퉁 부어 있었다. 입술도 찢기고 피가 배어 나왔다. 이보다 더한 슬픔이 또 어디 있을까? 막금상은 이를 악물었다. 그리고 얼마간 천장을 바라보았다.

잠시 후, 막금상의 차분히 가라앉은 조용한 음성으로 입을 열었다.

"네가 무슨 생각을 가지고 있는지 안다. 하지만 나는 작은딸에 이어 큰딸까지 잃고 싶지 않다. 그리고 더 이상의 무고한 희생도 원치 않아……."

"아버지, 죄송… 흑흑흑……."

막소연은 기어코 눈물을 펑펑 쏟아냈다.

장랑은 그들 부녀를 뒤로하고 자리를 벗어났다.

마당에 내려섰다. 오늘따라 하늘의 별들이 유난히 반짝이는 것 같았다. 금방이라도 쏟아져 내릴 것 같은 은하수가 동에서 서로, 남동에서 북서로… 밤하늘을 가득 메우고 있었다.

공동에서 올려 보던 밤하늘이나 난주에서 바라보는 별무리나 근본에 있어서는 전혀 다를 바 없다. 하지만 다가오는 느낌이 전혀 달랐다.

'아버지…….'

어디에선가 살아계실 것 같은 느낌이 든다. 헤어진 지 불과 한 달 보름밖에 지나지 않은 사부의 모습도 보고 싶었다.

"휴우……."

장랑은 고개를 흔들었다.

"거기… 옥하가 아니더냐?"

귀에 익은 목소리였다.

'어어? 혹시?'

장랑은 아닌 밤중에 홍두깨처럼, 꿈속에서 들려오는 아련한 목소리처럼 귓속을 파고든 그 목소리 쪽으로 반사적으로 몸을 확 돌렸다.

눈앞에 서 있는 비쩍 마르고 초라한 행색의 노도사, 하지만 너무나도 친숙한 느낌이 드는 사람. 사부였다.

"사, 사부님?"

장랑의 눈에 눈물이 핑 돌았다. 하지만 쏟아지려는 눈물을 억지로 참아내고 명해 도장에게 다가갔다.

"옥하… 네가 맞구나. 옥하야!"

"사부님!"

"네가 이곳에……."

장랑의 기쁨과 반가움에 어린 목소리와 달리 명해 도장의 음성은 놀랍거나 반가움이 아니다. 그의 목소리에는 탄식과 안타까움이 가득 담겨 있었다.

"……."

“장문인의 결정이더냐?”

“때가 되었으니… 까요.”

“결국… 이리되고 말았구나. 이놈아. 너, 너라는 녀석은 왜 이리 박복하더냐!”

울먹이던 명해 도장은 자신보다 한 뼘이나 키가 더 큰 장랑을 꽉 끌어안았다. 장랑은 일부러 밝게 웃어 보이며 명해 도장의 품에 안겼다. 하나 결국은 장랑이 명해 도장을 끌어안은 꼴이다.

“이놈아, 이게 무슨 꼴이냐……”

명해 도장의 계속 울먹이는 음성 속에 장랑은 자신의 가슴이 축축하게 젖어들고 있음을 느꼈다. 가슴에서 뜨거운 무언가가 치밀어 올랐다.

‘사부님, 울지 마세요……. 사부님께서 우시면 저는 어떻게 합니까? 저는 땅을 치며 통곡을 해야 합니다. 사부님.’

장랑은 사부 명해 도장의 슬픔이 무엇인지 안다. 그는 눈물을 감추려 일부러 시선을 명해 도장에게서 멀리 떨어진 입구 쪽에 두었다. 그런데 흐려진 시야 속에 낯익은 일단의 무리들이 보였다. 그들을 발견한 장랑은 별수없이 소매 깃으로 몰래 눈물을 찍어낼 수밖에 없었다.

명계 도장을 비롯한 만약당 식구들이 천천히 다가왔다. 명해 도장이 천천히 장랑의 품에서 떨어졌다.

“안녕하세요. 사백님, 그리고 여러 사형들.”

장랑은 서너 명의 도사들에게 일일이 고개를 숙였다.

"옥하 네가 여기는 웬일이냐? 차림은 또 왜 그런 것이냐?"

명계 도장의 반응도 명해 도장과 별로 다르지 않았다.

"사백님, 저는 이젠 도사도 아니라서… 요."

"……."

"옥하야, 이놈!"

"사형."

"……."

"……."

불감청고소원.

막금상의 입장에선 그랬다. 의원들이라 해도 무공 실력이 워낙 출중하니 분명 전력에 큰 도움이 된다.

그보다 중요한 점은 명자 배분, 즉 공동파 장문인의 사형제들이라는 것이었다. 이로써 체면은 충분히 세울 수 있었다. 비록 명리(名利)에 크게 연연하지 않지만, 앞으로 공동의 속가제자로서 자부심과 긍지를 지니고 활동하는 원동력이 될 것이었다.

"고맙습니다. 사백님, 사숙님. 정말 고맙습니다."

막금상은 진심으로 고마워했다.

"막 국주, 고마워할 일이 아닐세. 공동의 제자가 곤란한 지경에 처했는데 사문에서 힘을 보태는 것은 당연한 일이야."

명계 도장이 하얀 수염을 쓸어내리며 말했다.

"사형 말씀이 맞네. 난주표국과는 삼대에 걸쳐온 인연, 더구나 자네는 그동안 우리 공동의 명예도 함께 빛내주지 않았는가? 고마워할 필요 없어."

명해 도장 일행은 산으로 돌아가는 도중 안부 인사차 들렀지만, 당연히 해야 할 일을 하는 것이었다.

많은 사람들의 추모 속에 천모영의 장례가 끝났다.

연락을 취했던 여러 문파에서 속속 사람들을 보내왔다.

적게는 다섯 명부터 많게는 육십 명까지……. 보름이 지나자 모두 백팔십 명이 모였다.

막금상이나 난주표국 사람들의 예상보다 그리 많지 않았다.

달려온 사람들의 태도로 보아, '겨우 마적 떼 토벌?' 하는 생각에 체면치레하는 정도로 보낸 듯했다.

공동에서 가장 많은 육십 명을 보내주었다. 옥도 도장과 옥인 도장이 이끄는 현자 배분의 젊은 도사 육십 명이 그들이었다. 씁쓸한 것은 본산의 도사들이 장랑을 껄끄러워하는 데 반해 그들과 동행해 돌아온 막진영이 오히려 장랑을 더 반가워하고 활짝 웃는 얼굴로 하루 종일 졸졸 따라다닌다는 점이었다.

막금상은 난주표국에서 따로 실력있는 표두와 표사를 이백 명 가려 뽑았다.

토벌대의 총 인원은 삼백팔십 명.

막금상은 이를 여덟 개 조로 나눌 생각이었다.

장랑은 객잔에 묵고 있었다. 갑작스럽게 몰려든 각 문파 사람들로 인해 난주표국이 비좁아진 때문이었다. 표국은 평소에도 워낙 들고 나는 사람이 많은지라 객방의 여유가 있는 편이었다. 그러나 달려온 각 문파의 사람들 모두가 귀빈 대접을 받길 원하였다. 그중 화산파와 종남파 도사들이 특히 심했다.

표국주 막금상은 인근의 객잔을 통째로 임대하여 따로 화산과 종남의 거처를 마련해 주려 했다. 그런데 화산과 종남의 무리들은 도사 된 신분으로 점소이의 시중을 받을 수 없다는 이유를 들어 객잔행을 거부했다. 좋게 보면 참으로 검박한 모습이지만, 실은 화산이나 종남이나 다른 문파와 섞여 생활하기 싫다는 다른 표현이었다. 그들은 연무 공간이 없다는 불평도 살짝 흘렸다. 막금상은 그들 두 문파에게 연무장이 딸린 후원의 별채 두 개를 배당하였다. 모든 사람들이 그들 문파의 거만한 행동에 눈살을 찌푸렸다.

사실 그들의 그런 요구는 상식의 선을 넘어선 행동이기는 했다. 하나 장랑은 다른 측면에서 그들을 좋게 보았다. 적은 인원으로 많은 공간을 차지한 부분은 분명히 나쁘지만, 무인으로서 한시라도 수련에 게을리 하지 않으려는 생각. 그 생각은 박수쳐 줄 만하다 여겼다.

상대적으로 홀대를 받게 된 측은 공동파였다. 원래 공동을 위해 준비된 공간을 화산과 종남에게 빼앗긴 것이었다. 최고 어른이라 할 수 있는 명계 도장의 지시가 있었다지만, 묵룡방과 함께 세 곳의 객잔에 분산되어 거처를 마련한 공동의 도사들의 불만이 컸다.

장랑은 공동이 같은 구대문파이면서도 별로 잘난 것도 없는 화산이나 종남에 비해 홀대를 받는지 이해하기 어려웠다. 다만 추측하기에 변방에 자리한 채로 오랫동안 중원의 문파들과 교류를 활발하게 하지 않아 강호에서의 지명도가 낮을 뿐이라고 여길 뿐이었다.

장랑은 공동의 도사들과 함께 지내지 않고 처음 묵던 객잔에서 움직이지 않았다. 이런저런 신경을 쓰느니 객잔에 머무는 것이 좋았다. 어제저녁 막진영이 찾아와 막소연이 장례식 이후 며칠째 두문불출한다는 소식을 전해왔다. 이유를 묻지 않았건만 막진영은 그녀가 두문불출하는 원인으로 많은 사람들 앞에서 부친에게 뺨을 얻어맞는 모습을 보였기 때문이라 했다. 원인이야 어찌 되었든 장랑도 그녀가 뺨을 얻어맞는 데 일조하긴 했다.

문제는 막진영의 말투에서 막소연과 자신을 어떻게든 연결시키려는 의도가 보인다는 점이었다. 내키지 않았다. 하지만 사부와 만약당 식구들의 향후를 위해서 한번쯤 위로의 말을 전할 필요가 있었다.

예상대로 막소연은 차가운 시선과 무응대로 일관했다. 하

나 장랑 입장에서 찾아가 인사를 한 것만으로 충분한 도리를
한 것이었다.

"막 소저, 그럼."

"……."

장랑은 막진영과 함께 막소연의 방을 빠져나왔다. 그녀는
장랑이 밖으로 나가도 눈빛 하나 변하지 않았다.

"흥!"

막소연의 방을 나와 몇 걸음 걷지도 않았는데 막진영이 활
짝 웃으며 장랑의 앞으로 달려와 슬쩍 길을 막았다.

"대형, 누나의 마음이 조금 풀어진 것 같은데 눈치 채셨어
요?"

"글쎄……."

장랑은 고개를 저었다.

"남들은 누나를 먼발치에서라도 한번 보려고 목숨까지도
거는 판에 대형은 뭡니까?"

"……."

"우리 누나 예쁘죠?"

"……."

장랑이 대꾸를 않자 막진영은 시들한 모양인지 화제를 바
꾸었다.

"그건 그렇고, 대형도 이번 토벌대에 합류하실 거죠?"

"아니."

“왜요?”

“생각해 본 적 없어.”

“아니, 왜 생각이 없어요?”

“별로 내키지 않는다고 할까.”

“무슨 그런 섭섭한 말씀을… 저랑 같이 가요.”

“…….”

그러고 보니 정작 큰 문제는 막진영 같다. 며칠 전부터 틈만 나면 토벌대에 합류하자고 조르고 있었다.

“대형, 저희와 함께 가요.”

“그 문제는 나중에 이야기하자.”

“나중에 언제요?”

“…….”

장랑은 고개를 절레절레 흔들며 입구 쪽으로 방향을 틀었다.

“하하하, 저치는 무척 겁이 많은 모양이로군.”

“그깟 마적 놈들이 무어가 겁나서 저리도 몸을 사릴까?”

연푸른색 도복을 입은 화산의 도사 두 명이었다. 둘 다 소매 깃에 연분홍색 매화 무늬가 수놓아져 있었다. 매화검수라는 표식이었다. 하지만 장랑은 그들이 매화검수가 아님을 한눈에 알 수 있었다.

매화검수를 표시하는 매화무늬가 멀리서도 한눈에 뜨일 정도로 뚜렷하고 선명하였다. 그런데 그들의 매화무늬는 그렇지가 못했다. 그들은 매화검수를 사부로 모시는 제자들이었다.

그때 막진영의 얼굴이 붉게 달아올랐다. 무산의 습격 사건 이후 그에게 장랑은 영웅이나 다를 바 없었다.

"두 분 도장님, 묻겠습니다. 방금 한 말 누구를 지칭하신 겁니까?"

"뉘신지?"

화산의 도사 청명은 못마땅한 표정을 짓는 막진영을 향해 다가섰다.

"소생은 막진영이라 합니다. 그런데 그렇게 물으시는 도사님은 도호가 어떻게 되시는지요?"

"아! 막 공자셨군. 빈도는 화산의 청명이라 합니다. 이쪽은 청해라고 하지요."

두 명의 화산 도사가 가볍게 목례를 하며 인사를 건네왔다.

"방금 하신 말 무슨 뜻인지 물었습니다."

막진영의 얼굴에서는 분기(憤氣)가 가시지 않았다.

"별뜻은 없었습니다. 다만 모두가 일심으로 마적을 척살하려고 모이는 이 마당에 토벌대에 관심이 없어 보이는 분이 계셔서 그저 궁금하여 우리끼리 이야기를 했을 뿐입니다."

"방금 그 말씀 책임지실 수 있습니까?"

막진영은 정말 화가 많이 난 듯했다.

"무슨 책임을 말씀하시는지?"

청명 도사는 영문을 모르겠다는 말투였다. 하지만 그들의 표정은 '별일도 아닌 것으로 왜 흥분하느냐?' 하는 느낌을 주었다.

이때 장랑은 막진영의 지나친 행동을 제지하려 손을 올리다가 그냥 내리고 말았다. 막진영의 흥분이 도에 지나친 것은 분명하였다. 그러나 화산파 청명 도사의 대응도 그리 좋다고 볼 수 없었다.

지금까지 화산파에게 호감이 있었다. 그러나 청명의 태도는 그런 호감을 반감시키기 충분하였다.

잘못을 했으면 사과하면 그만이고, 호기가 일어나 상대를 비웃었으면 또 비웃은 그대로 행동하면 그만이다. 지금처럼 모르겠다는 식으로 딴전 피우는 행동은 사내답지 못하였다.

"일부러 들으라는 식으로 큰 소리로 말을 해놓고 뒤에 가서 모른 척하는 것은 비겁한 짓이오."

장랑은 그냥 지나칠 수도 있었지만 상대가 명문 화산파의 제자였기에 가만히 있을 수 없었다.

"뭐라고? 이자가 지금 우리를 훈계하려 드네."

도사 청해는 장랑의 한마디가 귀에 거슬린 모양이었다.

"훈계가 아니잖소. 나는 귀하들에게 명문정파의 제자다운 모습을 보이라는 뜻이었소."

"아니, 이자가?"

청해는 장랑을 향해 눈을 치켜떴다. 그가 보기에 장랑의 행동은 무척 시건방졌다. 설사 자신들이 약간의 실수를 했다 하더라도 이런 식으로 훈계를 들을 정도로 큰 잘못을 저질렀다고 생각하지 않았다.

더구나 화산파의 제자들은 강호 어디를 가더라도 거의 양보를 받았고 또 그런 습성에 몸에 배어 있었다.

이때였다.

"거기 옥하 아니더냐?"

귀에 익은 목소리.

멀리서 황급히 달려오는 사람은 사부 명해 도장이었다.

"무슨 일인 게냐?"

"여기 화산의 도사 분들이 장 대형에게 듣기 거북한 말을 하는 바람에 어쩔 수 없이……."

막진영이 재빨리 끼어들었다.

—옥하야, 참거라. 무슨 일인지 몰라도 이 사람들은 난주표국을 도우러 온 사람들이 아니더냐.

—사부님!

—웬만해서 화를 내지 않는 네가 이렇게 행동한다면 잘못은 분명히 저들이 더 클 게야. 하나 우리는 지금 합심하여 난주표국이 위기를 극복할 수 있도록 최대한 도와야 한다.

—사부님!

—시시비비는 지금이 아니더라도 가릴 수 있다. 토벌이 끝날 때까지 조금은 양보하는 생각을 가지면 어떻겠느냐?

다른 사람도 아니고 사부의 부탁이었다.

"두 분 도우, 나는 공동의 명해라 하오. 무슨 일인지 몰라

도 우리는 같은 목적을 가지고 모인 사람들이 아니오. 생사대
적도 아니고 사소한 시비거리인데 이쯤에서 마무리합시다."
　"……."
　화산의 두 도사는 감히 명해 도장의 중재를 거부할 수 없었
다. 명자 배분은 화산의 방자 배분과 같으니 사건의 항렬이
된다. 그들은 명해 도장의 중재를 거부할 수 없었다.

　명해 도장은 처음에 장랑의 토벌대 참가를 반대하였다. 그
러다 태도가 바뀐 것은 명일 도장과의 대화 이후였다. 명일
도장과 명해 도장은 한동안 심각하게 이야기를 나누었고 이
후 명해 도장은 오히려 장랑에게 토벌대에 참가하기를 적극
적으로 설득했다. 장랑 또한 고민하지 않았다. 사부가 토벌대
에 합류하는데 제자인 자신이 모른 체할 수 없는 일이었다.
　팔조는 화산에서 온 도사 다섯 명, 묵룡방에서 파견된 열두
명, 그리고 난주표국 표두와 표사 삼십 명을 합하여 오십 명
으로 이루어졌다.
　장랑은 명해 도장의 제자의 신분으로 의원으로 구분되어
졸지에 종군 의원이 되어 팔조에 속하게 되었다.
　마적의 무리 흑운대는 현재 두 패로 나뉘어 있었다. 총대주
전비가 이끄는 본진 오백여 명은 가욕관에서 가까운 산단(山丹)
에 머물고 있었다. 반면 전비의 제자 고패랑이 이끄는 백오십
명은 금창(金昌)을 지나 내몽고초원을 건너 질러 섬서로 넘어가

는 장성북로(長城北路)의 요지(要地)인 석지에 머물고 있었다.

산단과 석지의 거리는 팔백여 리. 가깝다고 할 수 없는 거리였다.

토벌대 수뇌부들은 이 문제를 두고 갑론을박하였다.

고패랑 패거리를 먼저 깨뜨리고 산단으로 향하자는 의견과 토벌대를 둘로 나누어 따로 공격하자는 의견이었다.

고패랑 패거리를 깨뜨리고 산단의 전비를 치는 것이 순리였다. 하지만 내몽고의 석지를 통과하여 산단을 향하려면 아무리 빨리 잡아도 한 달 보름 이상의 시간이 필요했다. 더구나 사백 명 가까운 인원이 한꺼번에 움직이려면 거치적거리는 문제도 많아 최소 두 달은 잡아야 했다.

그건 난주표국이나 토벌을 위해 모인 각 대문파의 사람들이나 원하지 않는 방향이었다. 마적 나부랭이를 토벌하기 위해 두 달 동안 사막 지대에서 노숙하고 싶은 사람은 없었다.

총대주 전비만 제거하면 고패랑 무리는 자연스럽게 소멸될 것이라는 의견도 있었지만 그건 무시되었다.

이틀간의 격론 끝에 토벌대 수뇌부들은 토벌대를 두 개로 나누기로 하였다.

막금상이 이끄는 일조부터 육조까지 삼백여 명은 산단(山丹)으로 출발하였다.

장랑이 속한 팔조와 칠조 백여 명은 석지로 향하고 있었다.

칠조와 팔조는 원래 장랑의 사숙인 명일 도장이 이끌기로

되어 있었다. 그러나 아쉽게도 명일 도장은 이틀 전에 급하게
공동산으로 돌아갔다. 장문인 명공 도장이 화급을 다투는 문
제 때문에 급히 찾는다는 연락이었다. 마적 토벌이 중요하다
고는 해도 장문인이 급히 찾는다는 것에 우선할 수는 없었다.
또 하나 아쉬운 것은 사부 명해 도장과 그 일행이 산단으로
향하는 토벌대에 합류한 것이다.

유근 도장이 이끄는 토벌대 칠조와 팔조는 열흘 만에 석
지(石池) 인근에 도착하였다. 정상적으로 움직인다면 보름
이상 걸리는 길을 유근 도장이 재촉을 하여 강행군을 한 탓
이었다.

석지는 등격리 사막 끄트머리에 위치한 야트막한 바위산
으로 둘러싸인 작은 오아시스였다.

"여기서 조 편성을 다시 하도록 합시다."

화산의 유근 도장 느닷없는 말을 꺼냈다.

"……."

"일 대 일 대결이 아니고 집단과 집단이 싸우는 데에는 서
로 간의 호흡이 중요한 법이오."

결국 유근 도장의 말대로 조 편성이 다시 되었다.

칠조는 석지 북쪽에서 남쪽으로, 장랑이 속한 팔조는 남쪽
입구에서 북쪽으로 포위망을 좁힌다는 계획이었다.

석지 안쪽은 넓지 않았다. 말을 타고 출입이 가능한 길목이
라고 고작 두 군데뿐이었다. 때문에 남쪽과 북쪽의 입구를 틀

어막으면 제아무리 기마술에 능한 마적들이라 해도 독 안에 든 쥐 신세였로.

팔조의 조장은 화산파의 장로인 유근 도장이었다. 그는 오십대 후반 인물로 매화검수 출신이었다. 화산의 절기 매화검법의 진수를 절반 이상 깨달아 화산파에서 검에 관해선 다섯 손가락 안에 꼽히는 절정고수였다. 인자하고 겸손한 모습도 있지만, 화산파 특유의 자존심도 상당히 강한 인물이었다. 그는 마적 따위를 토벌하는 데 무림인들이 나서는 것 자체를 마음에 들어하지 않았다.

장문인의 명령이 없었더라면 무슨 핑계를 대서라도 오지 않았을 것이었다.

"고작 마적 백수십 명을 토벌하는 데 무림인이 백여 명이나 동원되다니, 참 우스운 일이야."

유근 도장의 말투에 자조가 섞여 있었다.

"맞습니다. 몇백이면 어떻고, 몇천이면 뭐 합니까? 기껏 도적 무리에 불과한 것을……. 사숙, 모두에게 구경만 하라고 하십시오. 마적 놈들은 저희 네 명이면 충분합니다."

도사 청해가 끝도 없는 자신감을 내보였다. 그러나 그건 자신들끼리의 대화가 아닌 뒤를 따라 걷는 다른 무인들 들으라는 식의 말이었다.

유근 도장을 제외한 화산파 무인 네 명은 난주표국을 출발한 이후 조원들과도 별로 어울리려 하지 않았다. 드러내 놓고 표현은 안 해도 화산파 이외 다른 무인들은 안중에도 없다는 식으로 행동했다.

저녁나절에 들어서야 석지와 오백여 장 거리의 작은 구릉에 도착했다. 본래대로 하자면 이쯤에서 마지막 정탐을 한번 하고 조별로 최종 작전을 확인해야 했다.

그러나 유근 도장은 공격 개시 시간인 유시(酉時)까지 휴식을 취하라는 명을 내렸다.

"이쯤에서 한번쯤 정탐을 다녀와야 하는 것 아닙니까?"

장랑이 유근 도장에게 물었다.

"맞습니다. 한번쯤 살펴보고 와야 합니다."

묵룡방의 철기문(鐵奇聞)도 장랑의 말에 동의했다.

"허허, 두 분 도우. 걱정 말고 나만 믿고 따라주시오."

유근 도장은 강한 자신감을 보였다.

"정탐은 두 번이고 세 번이고 많이 할수록 좋습니다."

장랑이 다시 한 번 주장했다.

"이보시오, 장 도우. 사숙께서 괜찮다고 하시면 괜찮은 겁니다."

화산의 제자 중 한 명이 눈살을 찌푸렸다. 그의 딴에는 장랑이 자신의 사숙에게 대든다고 생각하는 모양이었다.

"정탐하는 시간이 얼마나 걸리겠소? 반 각이면 충분할 테니 한번 살피도록 합시다."

장랑은 세 번째로 같은 주장을 하였다. 화산파 제자 네 명이 일제히 장랑을 노려보았다. 특히 장랑과 말다툼을 벌였던 청명과 청해의 눈빛은 더욱 날카로웠다. 그들은 감히 공동의 속가 주제에 화산의 장로에게 따지냐는 눈빛이었다.

"하하하, 장 도우는 보기보다 신중한 듯 보이오. 장 도우의 생각도 틀리지 않으니 청명, 청우 너희들이 한번 살피고 오너라."

웬일인지 유근 도장이 슬며시 장랑 편을 들어주었다.

두 명의 화산파 검수가 못마땅한 표정으로 장랑을 한 번 더 노려보더니 어슬렁거리며 앞으로 나아갔다.

장랑은 유근 도장의 방식이 썩 마음에 들지 않았다.

그렇다고 유근 도장의 생각을 전혀 이해 못하는 것도 아니다.

사방이 확 트여 있어 마적단 무리나 토벌대나 어느 쪽이든 매복하기 어려운 지형이었다. 또한 반경 이백 리 가까이 풀 한 포기 물 한 방울 나지 않는 사막이다 보니 구태여 사람을 풀어 정탐을 할 필요성을 못 느낄지도 모른다.

그러나 장랑은 죽은 천모영이 이끌던 토벌대도 그런 식으로 생각을 하다가 당했었던 것을 분명하게 기억하고 있었다.

第九章
사막에서의 싸움

張郎
行路

석지에서 제일 높은 봉우리라고 해봐야 삼십여 장.

평탄한 사막 지대라 그 정도 높이 정도면 사방 오십 리 안에서 이동하는 모든 물체를 감시할 수 있었다.

가장 높은 흑갈색 뭉툭한 바위.

그 위에 잘생긴 미남 청년이 지평선 너머 해 떨어지는 모습을 감상하고 있었다. 열 명의 건장한 청년들은 긴장한 모습으로 미남 청년의 뒤에 병풍처럼 서 있었다.

"준비는 다 끝났겠지?"

"명령만 내려주십시오."

"위종!"

지옥야차 고패랑의 목소리는 잔잔하였다.

"네, 대주님."

"왜 석지를 떠나지 않고 머무느냐 물었지?"

"그, 그게……."

난데없는 질문에 일조 조장 위종은 당황했다. 고패랑은 도통 종잡을 수 없는 성격이라 말 한번 잘못하면 반쯤 죽을 각오를 해야 했다.

이틀 전, 토벌대가 석지로 향했다는 정보를 얻었다. 그럴 경우 길목을 노리고 매복하였다가 기습을 해야 한다. 지금까지 그런 식으로 싸워왔고 또 승리하였다. 그래서 용기를 내어 물었다.

뜻밖에 돌아온 답은 '여기서 기다린다' 였다. 점심나절, 멀리서 천천히 이동해 오는 토벌대 모습이 포착되어 보고가 올라가자 내려진 명령은 역시 '기다리라!' 였다. 성질 급한 몇몇 조장이 당장 출동하자고 건의를 하였다. 그러나 돌아온 고패랑의 대답은 '여기서 계속 대기' 였다.

그런데 지금 대주 고패랑이 그 답을 주려 하고 있었다.

"나는 이번에 한 가지 실험을 하려 한다."

"……?"

"나는 이번에도 토벌대에 참가한 놈들을 한 놈도 살려두지 않을 계획이다. 단, 전면전이다."

위종은 위험하다는 생각이 들었다. 전면전은 아니었다. 흑운대의 최대 장점 첫째는 지형지물을 잘 이용한 기습전이요, 둘째는 말을 자유자재로 다루는 기마술에 따른 기동력이었다.

석지같이 아주 작은 사막 분지는 말을 타고 싸운다면 절대적으로 불리하다.

"전면전은……."

위종은 용기를 내어 자신의 의견을 말하려 했다.

"그래서 이곳을 택한 거야. 가장 가까운 인가와 우물은 이백 리 밖에 있다. 놈들은 이곳에 온 이상 독 안에 든 쥐 신세야."

"저는 잘 이해가……."

위종은 의아한 표정을 짓고 말았다. 다른 아홉 명 조장들 생각도 위종과 비슷하였다. 고패랑은 더 이상의 설명 없이 작은 옥병을 꺼내 들었다.

"이걸 우물에 던져라."

"앗! 그, 그것은?"

위종의 안색이 찡그려졌다. 옥병 안의 심한 악취를 풍기는 누르스름하고 걸쭉한 액체의 정체를 눈치 챈 까닭이었다.

"받아."

고패랑이 옥병을 위종에게 던졌다.

"부시독(腐屍毒)입니까?"

"그거면 여기 우물은 한 달 동안 절대 사용 불가야."

"아!"

위종은 그제야 이해한다는 표정을 지었다.

고패랑이 시선을 다른 쪽으로 돌리며 물었다.

"호 조장, 그 계집은?"

"말잔등에 단단히 매어두었습니다."

"잘 챙겨둬. 나중에 쓸모가 있을지도 몰라."

고패랑이 말에 올라탔다.

"가자!"

토벌대 칠조는 석지 위쪽 삼백여 장 떨어진 곳에 있었다. 칠조는 옥도 도장과 옥인 도장이 이끄는 공동파 청년 도사 육십 명이었다. 칠조와 팔조에 분산되어 있던 그들을 유근 도장이 공동파만의 조를 따로 편성하여 칠조로 바꾸었다.

공동파의 도사들은 남쪽 입구의 유근 도장의 공격 개시 신호를 기다리는 중이었다.

"엇? 저건?"

옥인 도장이 벌떡 일어섰다. 석양을 등지고 나타난 일단의 무리들. 요란한 말발굽 소리로 지축을 뒤흔들며 시커먼 먼지를 일으키면서 공동파 도사들을 향해 달려들었다.

두두두두두—!

"놈들의 기습이다! 팔조에 신호를 보내고 전투 태세에 돌입한다!"

옥도 도장이 크게 소리치며 사질들을 독려하였다.

삐이이익—! 삐이이익—! 삐이이익—!

습격당한다는 신호음이 울리고, 현자 배분 육십 명은 결연한 표정으로 각자의 병기를 꺼내 들며 맞서 싸울 자세를 취하였다.

선두에 선 고패랑은 연신 고함을 지르며 달리고 있었다.

"궁수 일조, 이조 앞으로!"

그의 바로 뒤에 바짝 붙어 달리던 이십 명의 궁수들이 활을 꺼내 화살을 재었다.

"궁수 일조 전위, 이조 후위. 일단 교대로 열 대씩 날리고 뒤로 빠진다. 나머지는 일 장 간격을 유지하며 계속 나를 따른다."

선두에서 말을 타고 달리는 고패랑은 위풍당당, 마치 천군(天軍)을 이끄는 선봉장 같았다.

핑! 핑! 핑! 핑! 핑!

흑운대 궁수들의 연사 실력은 참으로 놀라웠다. 이십 장을 달리는 동안 이십 명의 궁수들이 교대로 쏘아대는 강전은 각자 다섯 발. 사십 장을 이동하면서 열 대의 철시를 날렸다.

한번에 이십 개의 강전들이 허공을 가르며 날아가 공동파 도사들 머리 위로 마구 떨어졌다.

슈슈슈슈슈!

궁수들은 화살이 적중하든 말든 상관하지 않았다. 목적은 밀집되어 있는 공동의 도사들이 사방으로 흩어지거나, 분산

되는 효과만 노릴 뿐이었다. 예상대로 공동의 청년 도사들은 집중되는 화살 세례를 피하려 서로 간의 간격을 점차 벌리며 피하기 시작했다.

"더 빨리!"

더욱 커지는 고패랑의 고함 소리. 양측의 거리가 오십여 장으로 가까워졌다.

"궁수 일조, 좌측으로 빠지며 연사!"

"궁수 이조, 우측으로 빠지며 연사!"

고패랑의 명령이 떨어지자 커다란 새가 날개를 활짝 펼치듯 궁수들이 양쪽으로 퍼져 나가며 우왕좌왕하는 도사들에게 닥치는 대로 강전을 날렸다. 하지만 자세히 보면 위협용이 아닌 일점사(一點射)였다.

"창수 일조, 좌중!"

"창수 이조, 우중!"

"나머지 검수와 도부는 창수를 보조한다!"

"가라!"

"와아아아아—!"

"우와와와와—!"

흑운대는 각자의 병기를 휘두르며 함성과 함께 조별로 일사불란하게 달려갔다. 고작 백 명에 불과한 인원이지만 수만의 병사들이 일시에 돌격하는 것보다 더욱 효과적이고 위력적으로 보였다.

옥도 도장과 옥인 도장은 크게 당황하고 있었다.

흑운대는 절대 단순한 마적 패거리가 아니었다. 열 명씩 한 조를 이루어 움직이는 데 어떤 허점도 보이지 않았다.

연신 날아오는 철시(鐵矢)가 무척 위협적이었다. 일백 장 밖에서 쏘아 날려도 그 위력이 결코 꺾이지 않는다는 쇄심전(碎心箭)이었다. 살짝 스치기만 해도 살점이 한 뭉텅이씩 뚝뚝, 떨어져 나갈 정도여서 싸움을 시작하기도 전에 철시로 인해 열 명 가까이 부상을 당하고 말았다.

각개로 싸워서는 승산이 없었다. 참담한 표정이던 옥도 도장과 옥인 도장의 눈이 마주쳤다.

"사제!"

"사형!"

두 사람이 거의 동시에 고개를 끄덕였다. 옥도 도장이 문도들을 돌아보며 소리쳤다.

"육양검진(六陽劍陣)! 육양검진을 펼친다!"

"육양검진이다!"

현자배 젊은 도사들이 옥도 도장의 명을 재창했다.

사사사사삭!

강호오대검진 중 하나인 공동파의 육양검진. 다수의 초절정고수들을 상대하기 위해 만들어진 육양검진이었다. 그 육양검진이 겨우 일개 마적단을 상대하기 위해 펼쳐졌다.

한편, 정탐에 나섰던 화산파 청우 도사가 급히 달려오면서 소리쳤다.

"사, 사숙! 놈들이 벌써 북쪽의 칠조를 향해 출발을 했습니다!"

"뭣이라?"

당황한 유근 도장. 자신들이 접근을 해가도 아무런 움직임이 없어 이상하다 생각은 했었다. 하지만 날이 어두워지면 움직일 거라 판단하고 있었다.

"모두 갑시다."

유근 도장이 급한 마음에 앞장서 달렸다. 그 뒤를 묵룡방과 난주표국 무사들이 따랐다. 십여 장이나 달려나갔을까?

삐이이익―! 삐이이익―! 삐이이익―!

멀리서 공격을 당했다는 신호음이 들려왔다.

순간.

파파파파!

갑자기 앞으로 쭉 나서며 순식간에 같이 달리던 사람들과 상당한 격차를 벌리며 뛰쳐나가는 사내가 있었다.

장랑이었다. 그가 백여 장을 움직였을 때, 함께 달리던 이들과는 이미 오십여 장의 격차가 벌어져 있었다. 모두가 나름대로는 고수임을 자부하는 인물들이었기에 앞서 달려가는 사내의 경공 속도는 경인지경이라 표현해도 손색이 없을 정도였다.

장랑은 희뿌연 먼지를 뒤로하고 그들과 금방 멀어져 가고 있었다.

뒤처지던 사람들, 그들은 모두 깜짝 놀라고 있었다. 모두 내력을 잔뜩 끌어올려 힘껏 장랑의 뒤를 따르려 했지만 차이는 점점 더 크게 벌어졌다. 삽시간에 장랑은 그들의 시야에서 멀어져 갔다.

팔조에서 가장 무공이 높은 사람은 화산파의 유근 도장과 화산파의 네 명 제자였다. 팔조 조원 모두는 지금까지 그렇게 알고 있었다. 그런데 지금 보니 전혀 아니었다.

"대단하군."

난주표국 사람들과 묵룡방 인물들의 경공 속도에 대한 감탄이 이어졌다.

유근 도장과 화산파 제자 네 사람은 앞서 달려가는 장랑을 보면서 기분이 나빴다.

공동에서 파문에 가깝게 쫓겨난 의원 도사라 들었다. 의원이긴 해도 공동파 출신이니 약간의 잔재주가 있으리라 생각했다. 한데 자신들을 뛰어넘는 경공의 달인인 줄 몰랐다.

장랑과 비슷한 또래인 화산의 도사 청우와 청명, 그리고 청해. 그중 특히 장랑에게 비웃음을 보냈던 청명과 청해의 놀람은 극에 달해 있었다. 그들은 장랑에게 질투심이 일어나 그대로 있을 수 없었다. 경공에 과도한 진기를 사용하면 정작 본 싸움에서 기력이 달리는 것쯤은 안다. 그러나 화산파가 공동파에 뒤진다는 것은 자존심이 상하는 문제였다.

“사숙, 저 먼저 갑니다.”

“저도요.”

청우와 청명, 그리고 청해가 동시에 전력을 다해 빠르게 앞으로 달려나갔다. 그러자 나머지 청화까지 발끝에 힘을 실었다.

“사숙님, 저도 먼저.”

장랑을 쫓아 최선을 다해 속도를 높이는 화산의 청년 도사 네 명.

그들은 죽을힘을 다해 장랑에게 따라붙으려 했다.

하지만… 역부족이었다. 앞서 가는 장랑과 차이가 점점 늘어나며 오래지 않아 거의 백 장 가까이 벌어졌다.

청명이 기어코 분통을 터뜨렸다.

“뭐야, 저놈은?”

“경공만 죽어라 수련한 모양이군!”

“너무 열받지 마. 경공은 조금 할 줄 아는지 몰라도, 검술 실력까지 그러란 법은 없잖아.”

청해가 구겨진 자존심을 회복하려 위로를 했다.

“하긴 공동의 무공이라 봤자 우리 화산보다 한참 아래잖아.”

“저렇게 달려가도 무공이 약하니 제대로 힘이나 쓸런지 몰라.”

그들은 씁쓸한 표정으로 그렇게 말하며 서로를 위로했다. 하나 각자 속으로는 장랑을 따라잡기 위해 죽을힘을 다하고 있었다.

장랑은 마음이 급했다. 자신을 바라보던 눈길이 시큰둥하여 별 감정이 없는 줄 알았다. 하지만 공동파의 제자들이 기습을 받는다는 소리가 귓속을 파고드는 순간 피가 거꾸로 솟는 듯한 착각이 일어났다.

장랑은 내력을 최대로 끌어올렸다. 자신이 낼 수 있는 최고의 속도로 공동파가 머물고 있는 석지 북쪽을 향해 달렸다.

"커억!"

츄아악—!

"크악—!"

멀리서 공동의 현자 배분 제자들이 여기저기서 피를 뿌리며 쓰러져 가는 모습이 보였다. 장랑의 눈에 불똥이 튀었다. 가슴속 깊은 곳에서 도저히 참기 어려운 뜨거운 분노가 치밀어 올랐다.

십 장 앞에서 말을 탄 채 공동파의 제자를 향해 박도를 내려치려는 마적 한 놈이 눈에 뜨였다.

장랑은 달리는 그 속도를 유지하면서 그대로 몸을 띄웠다.

쾅!

비명 따위는 없었다. 장랑의 일장을 얻어맞은 인물은 등판이 터져 피떡이 되어 오 장 이상 날아가 모래 속에 처박혔다.

이이히히힝!

주인을 잃은 말이 슬픈 듯 비명을 지르며 옆으로 넘어가 버둥거렸다. 장랑의 일장이 너무 강렬한 탓에 말 주인은 물론 말까지도 내상을 입은 것이었다.

"이놈들! 이야아아아아!"

장랑의 내력이 담긴 울분에 찬 커다란 외침은 사자후와 다름이 없었다.

격전을 벌이는 공동의 도사들과 흑운대는 물론 멀리서 뒤따라오던 사람들까지 귀청이 떨어져 나가는 듯했다.

공동에 섭섭한 마음이 없지는 않다. 표현만 안 했을 뿐, 사부를 제외한 나머지 공동파 도사들에게 그다지 애정은 없었다.

하지만 막상 공동의 제자들이 피를 흘리며 쓰러지는 광경을 목도하는 순간 눈이 뒤집히고 말았다. 안타깝고 분한 마음에 없던 살심도 저절로 피어올랐다.

장랑은 칼을 든 마적이 눈에 뜨이는 족족 일장을 날려 박살을 내버렸다. 장랑이 움직일 때마다 마적 무리가 한 명씩 피떡이 되어 날아갔다.

다섯 번의 마적 놈을 박살 낸 장랑은 다음 놈을 찾아 고개를 돌렸다.

그때 십여 장 앞에 말 엉덩이에 실신한 듯한 여인을 매단 채 종횡으로 내달리며 박도를 휘두르는 마적이 눈에 띄었다.

'여인?

문득 눈물로 동생의 구출을 호소하던 막소연이 떠올랐다.

말 엉덩이에 매달린 젊은 여인은 옷이 거의 다 찢기고 백납

같이 창백한 얼굴에 초췌한 몰골이었다. 묶였던 밧줄이 느슨해졌는지 발끝이 땅에 닿을 듯 말 듯 대롱대롱 매달려 있었다. 날렵하기로 소문난 몽고마가 한번씩 방향을 전환할 때마다 이리 흔들리고 저리 흔들려 금방이라도 멀리 날아가 바닥에 처박힐 것만 같았다. 낙마한다면 무리 지어 몰려다니는 수십 기 말발굽 아래 만신창이가 될 듯 보였다.

그때.

"일조! 이쪽! 이조! 저쪽!"

사방으로 말을 달리면서 분주하게 명쾌한 지시를 내리는 이십대 중반가량의 청년이 눈에 띄었다.

'지옥야차 고패랑인가?'

장랑에게 순간적으로 갈등이 생겼다. 병법에 이르기를 싸움에 있어 가장 먼저 해야 할 일은 적장의 목을 베는 것이라 했다. 당연히 앞뒤 가리지 말고 독전(督戰)에 여념없는 마적단의 수괴 고패랑부터 먼저 처리해야 옳았다.

하지만 장랑의 시선과 몸은 절로 막소미로 추정되는 여인이 매달린 쪽으로 움직여 갔다.

새로 구입한 청강장검은 선단으로 향한 사부 명해 도장에게 주었다. 장랑은 돌멩이를 한 움큼 집어 들었다. 마땅한 무기가 없으나 일단 그것이면 충분했다. 거리는 이십 장 남짓.

피이잉―!

장랑이 내력을 실어 던진 자그마한 돌멩이가 빛살보다 빠

르게 날아가 막 말 머리를 돌리며 공동의 제자를 덮쳐 가던
흑운대의 흑갈색 몽고마 무릎을 그대로 관통해 지나갔다.

파팍!

영문도 모른 채 앞다리가 뭉텅 잘려진 흑갈색 몽고마.

이이이힝힝힝—!

그놈이 고통을 이기지 못하고 애절한 비명 소리를 질러대
며 그 자리에 풀썩 주저앉았다. 그리고는 사방으로 피를 뿌리
며 육중한 몸뚱이를 마구 뒤틀며 발작을 일으켰다.

"헛? 크헉!"

말을 타고 달리던 탄력 그대로 갑자기 삼 장여 허공을 날아
모랫바닥에 그냥 내동댕이쳐진 흑운대 조장 호대. 노련하고
경험 많은 그였지만 순간 어찌 된 영문인지 몰랐다. 반사적으
로 벌떡 일어서며 자신의 애마부터 살폈다. 애마 춘자(?)가 왕
방울만 한 두 눈에 눈물을 가득 담고 바닥에 누워 몸을 비틀
고 있었다.

"감히 어떤 새끼가!"

그 순간, 호대는 뒤쪽에서 이상한 예기를 느꼈다. 반사적으
로 허리를 숙이며 몸을 뱅글 돌렸다. 그런데 온통 시야를 가
리는 시커먼 물체.

'응? 뭐야?'

꽝!

호대는 날아온 물체가 무언지 미처 확인하지 못했다. 단지

안면부에서 발생한 엄청난 충격과 불똥들 속에서 극심한 통증을 느끼며 이 장을 날아가 모래 속에 처박혔을 뿐이었다. 골이 띵했다.

"칵!"

멍한 상태로 목구멍까지 가득 찬 모래를 뱉어내며 풀어진 다리로 힘겹게 일어서는 찰나.

"그냥 누워 있어!"

낯선 음성이 귓전을 때렸다. 동시에 무언가 목덜미를 내려치는 느낌을 받았다.

꽈아앙!

비명 소리조차 나오지 않았다.

퉁!

장랑은 자신의 발짓에 목뼈가 부러져 옆으로 무너져 가는 사내에게 무언의 일별을 하며 서둘러 막소미에게 달려갔다.

몸부림치는 말의 몸통 밑에 깔려 자칫 질식사할 것 같았다. 재빨리 밧줄을 끊고 여인을 일으켜 세웠다.

"막소미 소저?"

여인은 정신을 차리고 겨우 고개만 끄덕였다. 가뜩이나 엉망이었던 몸이 여기저기 멍들고 더 다쳐 만신창이가 따로 없었다.

"죽어라!"

"싹 쓸어버리자!"

“와와와와와—!”

갑자기 들려오는 요란한 함성 소리. 그때서야 도착한 팔조 무리가 기성을 내지르며 달려들어 하나둘 싸움에 합세했다. 장랑은 막소미를 안아 들고 일단 그 난장판에서 벗어났다.

“이 새끼!”

땅! 땅땅!

위에서 내려치는 박도를 연속 세 번 가까스로 받아내는 청우.

화산에서 기대받고 있는 청년 고수인 그였지만 한순간에 가슴이 덜컥 내려앉고 말았다.

손끝을 타고 전해지는 짜르르함!

결코 일개 마적의 무공 실력이 아니다. 아무리 낮게 잡아도 자신보다 하수는 아니었다. 방금 달려오면서 장랑이 마적 한 명을 가볍게 처리하는 모습을 보았을 때는 ‘저까짓 마적 놈들쯤이야!’ 하는 생각이었다. 일수에 마적 한 놈씩 처리하는 것은 여반장일 것 같았다. 하지만 지금은 등골이 오싹했다. 청우는 자신도 모르게 기가 죽어버렸다. 좀 더 신중해야 했다. 물불 안 가리고 마구 달려드는 마적 떼를 상대하기 위해 움직이는 한 걸음 한 걸음이 무척 조심스러울 수밖에 없었다.

청우가 겁먹은 얼굴로 조심스럽게 움직이는 모습을 옆에서 바라보던 청명은 자신도 모르게 웃음이 나왔다. 하나 강호 경험이 적은 사형제이니 한마디쯤 격려를 해주고 싶었다.

“사제, 겁먹지 말고 자신감있게……”

푹!

“크윽!”

어디선가 날아온 철시가 그의 어깨에 깊숙이 틀어박혔다. 청명은 뒷말을 잇지 못하고 짤막한 비명을 토해내며 무릎을 꿇었다.

쇄액!

뒤이어 공기를 가르며 날아오는 날카로운 또 다른 파공음이 들려오고 난 후.

“아―악!”

철시를 부여잡고 비틀거리며 일어서던 청명은 오 장 밖에서 날아온 장창에 등에서 가슴까지 완전히 관통당해 앞으로 엎어지며 모래 속으로 고개를 처박았다.

“청명아!”

“사형!”

유근 도장과 청우가 동시에 소리쳤다. 청우는 방금 자신에게 말을 걸려다가 쓰러진 사형에게 부리나케 달려갔다. 자신도 모르게 눈물이 샘물처럼 솟아났다.

“사형! 흑… 흑……”

청우는 아직도 따스한 온기가 남아 있는 청명의 시신을 붙잡고 눈물을 뿌렸다.

유근 도장은 혼란스러웠다.

'이건 말도 안 돼!'

어떻게 대화산파의 제자가 변방의 이름 없는 마적들에게 손 한번 써보지 못하고 맥없이 쓰러진단 말인가?

어이가 없었다. 하나 당황만 하고 있을 수 없는 상황. 여기저기 계속해서 피가 튀고 살점이 날아다닌다.

캉캉!

땅따당!

치열한 격전은 계속 끊이지 않았다.

휘이잉!

달려가는 장랑의 뒤쪽에서 초승달처럼 생긴 만월도가 그의 정수리를 노리고 위에서 내려쳐졌다. 세찬 바람을 동반한 것이 꽤나 힘이 실린 듯했다. 장랑은 시선을 떼지 않은 채 몸을 빙글 돌리면서 옆으로 두 걸음 움직였다. 그 움직임이 마치 유령 같았다.

그리고는 수도로 만월도를 내려친 놈의 손목을 정확히 내려쳤다. 만월도를 떨어뜨린 놈의 눈빛이 크게 흔들렸다. 설마 기습에 실패하고 도까지 떨구게 되는 상황에 놓이게 될 줄 짐작도 못한 것이었다. 장랑의 발끝이 거의 수직으로 솟구치며 놈의 턱을 올려 찼다.

퍼억!

붕 떠 멀리 날아가는 놈을 향해 장랑은 바닥을 차고 몸을 띄웠다가 아래로 내려서면서 발바닥으로 놈의 가슴을 힘껏 내리찍었다.

퍼— 엉!

놈의 가슴이 함몰되면서 몸뚱이는 모래 속에 완전히 파묻혔다.

장랑은 시선을 다른 쪽으로 돌렸다. 저 멀리 떨어진 수괴 고패랑이 보였다. 제일 먼저 처리했어야 되는 놈이었다.

하나 쉽게 몸을 빼내지 못했다. 곁에서 또 옆에서 피를 뿌리며 쓰러지는 공동의 제자들이 자꾸만 눈에 밟혔다. 다른 사람도 아닌 공동의 제자다. 도저히 모른 체할 수 없었다. 어쩔 수 없이 몸을 빼내지 못하고 달려가 그를 도와야 했고 자꾸만 그런 상황이 몇 차례 반복되었다.

'이번에는!' 하면서 고패랑을 향해 몸을 움직이려는 순간, 칠 장여 떨어진 곳에 혈투를 벌이는 화산의 제자가 외마디 비명을 내질렀다.

부상을 입어 위태로운 지경에 놓이고 있었다. 꼴 보기 싫은 놈이었다. 그러나 당장은 공동의 적을 둔 동료였다. 장랑은 즉시 그 자리를 박차고 떠올랐다. 한번 도약으로 칠 장을 날아가 화산 제자를 노리던 흑운대 놈의 안면을 양발로 연거푸 걷어찼다.

퍽! 퍽! 퍽!

놈의 안면이 단번에 묵사발이 되어 뒤로 나자빠졌다. 그 정도면 된다. 나머지는 화산 제자들이 마무리를 할 것이다.

벌써 반 시진째.

토벌대랍시고 달려온 사람 중 멀쩡히 서 있는 인원은 열 명이 채 되지 않았다. 대부분 죽거나 심한 부상을 당해 바닥을 뒹굴고 있었다.

반면에 흑운대는 아직도 이십 명 가까이 살아남아 열심히 이곳저곳을 들쑤시며 창과 칼을 휘둘러 댔다.

유근 도장은 싸움에 직접 가담하지 않고 막소미를 보호하며 돌아가는 상황을 살피면서 여기저기 지시를 내리고 있었다.

"흑운대가… 종남의 무공을? 그런데 저놈은?"

멀리서 돌멩이 하나를 냅다 집어 던지고 한달음에 달려가 낙마하는 마적 놈을 장과 권, 그리고 각술로 묵사발을 만드는 사내.

벌써 몇 번째인지 모른다. 쓰러진 흑운대의 절반은 돌팔매질에 이어 발과 주먹을 휘두르는 사내, 의원 장랑이 해치웠다.

유근 도장의 눈에 장랑은 괴물처럼 보였다. 그동안 자신이 헛살았다는 생각이 들었다. 그렇게 자랑하던 화산의 제자들은 제몫을 못하고, 무시하며 깔보던 공동의 속가제자가 거의 모든 마적 패거리를 깨부수고 있었다.

'이건… 있을 수 없는 일이야.'

한편 고패랑은 인상을 쓰고 있었다. 예상 밖으로 많은 수하들을 잃었다. 처음 계획도 많이 어그러졌다. 그러나 늘 완벽한 승리를 거둘 수 없는 법.

비록 수하의 오분지 사를 잃었지만, 상대는 거의 전멸 수준이었다. 아니, 전멸할 것이었다. 산단에는 아직도 이백 명 가까운 직계 수하들이 있으니 조장급 몇 명만 살려가면 문제가 되지 않았다.

"철수! 철수한다!"

고패랑이 남은 수하들에게 고함쳤다. 그의 주변으로 모여든 인원은 모두 열다섯. 조장은 그중 일곱이었다.

"가자!"

고패랑이 말고삐를 고쳐 잡고 채찍을 내려치는 순간, 왼쪽 편에서 무언가 예리한 기운이 느껴졌다. 고패랑은 즉시 고개를 돌렸다.

슈우웅!

어디선가 날아온 주먹만 한 돌덩이.

"이런 무식한……."

고패랑이 말을 미처 끝내기도 전에 또 하나가 날아오고 있었다. 날아오는 속도가 워낙 빠르고 위력적이라 급하게 몸부터 피하고 봐야 했다.

쒸— 웅—!

찰나의 시간차를 두고 몸뚱이를 완전히 뒤로 젖힌 고패랑. 그의 가슴 위로 돌덩이가 아슬아슬하게 스치듯 지나갔다.

퍼— 억!

잘 익은 수박 깨지는 소리. 십여 장을 더 날아간 돌멩이가 엉뚱한 놈의 머리통을 박살 냈다. 발목이 부러져 아까부터 꼼짝 못하고 앉아 있던 삼조 조장 석생(石生)이었다.

"저, 저 새끼가!"

위종이었다. 어차피 부상당한 놈들은 버리고 갈 예정이었지만 막상 부상당한 동료가 어처구니없이 죽어버리니 분통이 터졌다. 위종은 재빨리 말 머리를 돌려세웠다.

"이노― 옴! 죽인다!"

머리 끝까지 화가 뻗친 그가 입술을 꽉 깨물며 말을 몰아 곧장 장랑에게 달려갔다.

"위종, 멈춰라!"

히히히이힝!

고패랑의 급한 외침이었다. 위종은 말고삐를 잡아당겨 잠시 주춤하며 돌아보았다. 고패랑의 눈길이 무척 화가 난 사람처럼 날카롭고 매서웠다.

"대주……."

"어차피 죽을 놈이었다. 잊어라."

짧게 끊어 말하는 고패랑. 지금까지 보여주던 모습과 많이 달랐다. 강압적이 아님에도 거역 못할 위엄이 깃들어 있었다.

위종은 감히 거역을 못하고 고개를 떨구었다. 그래도 원통한 생각에 이를 꽉 깨물었다.

고패랑은 주먹만 한 돌덩이를 만지작거리며 천천히 걸어

오는 사내, 장랑을 주의 깊게 살폈다.

다섯 자 반은 훨씬 넘고 여섯 자에는 약간 모자랄 듯한 큰 키. 잘생기지 않았으나 그럭저럭 호감이 가는 얼굴. 그것 이외 다른 어느 점도 특출난 구석이 없었다.

굳이 눈길을 끄는 점이라면 기가 막힌 돌팔매질 솜씨 정도?

그러던 고패랑이 장랑에게서 이상한 점을 발견하였다. 당연히 남아야 할 발자국… 장랑이 지나온 자리에 발자국이 전혀 남아 있지 않았다.

'설마 무흔(無痕)의 경지?

고패랑은 어지간한 일로는 놀라는 성격이 아니었다. 그런데 지금은 달랐다. 겉으로 표출되지 않지만 피가 끓고 심장이 마구 요동을 쳤다. 강호출도 이후 처음 겪는 현상이었다.

비록 마적단을 꾸려가는 처지이지만, 사부 전비(全조)는 종남검성의 진전을 이어받아 한때 천하제일검 자리를 노렸던 분. 사부는 강호에 나가도 또래에서 적수를 찾기 어려울 거라 했다.

실제 하서주랑 일대를 이 잡듯 돌아다녔지만 적수가 될 만한 인물은 없었다. 때문에 이번을 끝으로 감숙을 떠나 중원으로 진출할 생각을 굳혔다. 그런데 뜻하지 않은 자리서 무인으로서 한번쯤 자웅을 가리고 싶은 상대를 발견한 것이었다.

고패랑은 뛰는 가슴을 진정시키고 호기심 가득한 표정으로 입을 열었다.

"돌팔매질이 제법 능숙하더군. 그거 어디서 배웠나?"

적아를 떠나 나름대로의 호의였다.

장랑은 문득 걸음을 멈추었다. 마적 수괴 놈 주제에 말투가 상당히 거만하고 세련되었다. 허리를 굽혀 조금 전과 비슷한 크기의 돌멩이 하나를 집어 들었다. 양손에 돌멩이 하나씩이었다. 그는 양손으로 돌멩이를 만지작거리며 대꾸했다.

"돌팔매도 누군가에게 배워야 하나? 이제 보니 너는 무척 멍청한 놈이구나."

"……."

고패랑의 표정이 완전히 일그러졌다.

장랑은 아쉬운 표정을 지으며 돌멩이 무게를 가늠했다.

"미치거나 멍청한 놈에게 몽둥이가 약이라고 했다. 그런데 여기에 몽둥이가 없으니, 대신 이걸로 한 대 맞으면 정신을 차리게 될지도 모르지."

장랑은 고패랑의 미간에 시선을 고정시켰다. 그러면서 돌멩이를 고패랑에게 겨냥하며 던질 자세를 취했다.

"저, 저런 건방진……."

"저놈이?"

"감히 대주님께……."

고패랑의 수하들이 장랑의 행동에 발끈했다. 그들 모두 흉악한 눈빛으로 장랑을 잡아먹을 듯 노려보았다. 그들 중 위종과 나곤의 반응이 격렬했다. 그들은 서로의 얼굴을 한번 흘끗

보더니 악다구니를 썼다.

"죽어!"

"건방진!"

두 사람은 거의 동시에 말을 몰고 장랑을 향해 앞으로 뛰쳐나갔다.

"위종! 나곤!"

고패랑이 급히 소리쳤다.

미친 듯 말을 몰아 달려가는 두 사람. 위종은 박도, 나곤은 철퇴가 주무기였다. 그들은 마상에서 자신들의 병기를 마구 휘둘렀다.

장랑은 그 자리에서 움직이지 않았다. 정면에서 폭발적인 속도로 달려드는 위종과 나곤만 똑바로 쳐다보고 있었다.

너무 급작스런 상황이라 당황하여 그 자리에 얼어붙은 것이 아닐까 착각을 일으킬 정도였다.

"이럇!"

"하아!"

위종과 나곤이 미친 듯 폭주해 장랑의 삼 장 앞까지 접근했을 때 그의 손에서 무언가 시커먼 것이 폭사되는가 싶었다. 그리고 어느 틈엔가 장랑은 하늘 높이 솟구쳐 올라 있었다.

퍽—! 퍽!

이히힝힝힝—!

전력 질주로 속도를 높여가던 위종의 몽고마가 고통스런

비명을 내지르며 갑자기 무릎을 꺾고 모랫바닥에 주저앉았고 달리던 속도 때문에 위종은 허공에 붕~ 뜨고 말았다.

픽! 픽! 픽! 픽!

공중에서 번갈아 내질러진 장랑의 연속 네 번의 발길질.

초식을 펼치는 장랑의 모습이 흡사 그림과 같아 보기에 정말 아름다웠다. 하지만 결과는 그렇지 못했다. 위종은 끽소리 한번 내지 못하고 안면부가 엉망진창 피투성이가 되어 화살 맞은 새처럼 곧장 바닥으로 추락하고 있었다.

파라라락―!

장랑의 몸이 허공에서 반원 모양으로 뒤집혀지며 일 장을 미끄러지듯 옆으로 이동해 갔다.

비룡번신(飛龍翻身)!

장랑이 도착한 발아래, 공격 목표를 놓친 나곤이 빠르게 지나쳐 갔다.

장랑은 낙하하는 상태에서 주먹으로 나곤의 뒤통수를 노렸다.

깜짝 놀란 나곤은 마상에서 몸을 백팔십도 회전시켰다. 동시에 날아드는 장랑에게 철퇴를 휘둘렀다. 장랑의 내력 실린 주먹과 나곤의 철퇴가 허공에서 부닥쳤다.

까아앙―!

경쾌한 금속성 음향과 동시에 나곤은 팔목이 떨어져 나가는 듯한 고통과 손아귀가 찢어지는 아픔을 느꼈다. 그는 충격을 못 이겨 중심을 잃고 말에서 떨어졌다.

그사이 장랑은 공중제비로 한 바퀴 돌아 바닥에 내려서며 떨어지는 나곤을 향해 일장을 날렸다.

개천풍운장이었다.

슈우—!

퍼어엉—!

느리게 울려 퍼지는 요란한 폭발음.

"크어어억—!"

모랫바닥에 거의 닿아 있던 나곤이 처절한 비명 소리를 토해내며 뒤로 쭉 밀렸다. 엉덩이로 모랫바닥을 긁어 깊고 굵은 흔적을 남기며 칠 장을 날아가 모래 속에 파묻혀 버린 나곤. 그의 가슴은 완전히 짓뭉개져 있었다. 피떡져 뭉개진 살점 사이를 비집고 붉은 선혈이 주르르 흘러나와 고여들었다. 주변 모래가 순식간에 시커멓게 젖어들었다.

"헛! 저런……."

구경하던 유근 도장은 자신도 모르게 헛바람을 들이켰다.

보았다. 아주 똑똑히 보았다. 장랑과 마적 조장 놈은 분명히 반 장(半丈) 이상 떨어져 있었다. 그럼에도 마적 조장 놈은 커다란 충격을 받고 입에서 피화살을 쏘아대며 칠 장을 날아가 처박혔다.

'세상에… 벽공장이 저 정도 수준이라니…….'

유근 도장은 순간적으로 머릿속이 텅 비고 멍해졌다. 주책

맞게도 얼굴이 화끈거렸다.

자신이 펼칠 수 있는 벽공장의 최대 거리는 석 자 남짓. 내력이 달려 그 이상은 무리였다. 더구나 장랑처럼 급박한 상황도 아닌 충분히 내력을 끌어올린 상태에서나 가능했다.

유근 도장은 장랑을 은근히 무시하고 뒤에서 사질들과 조롱했던 기억이 났다.

"공동이 무공 대신 의술로 강호를 행보하려는 모양인가?"

"하하하, 의술은 무슨. 저자는 파문된 처지가 아닌가? 고작해야 품속에 금창약 몇 개가 전부일걸."

"하긴 무공도 별 볼일 없는데 의술이라고 뭐 있겠어!"

"하하하하."

그때 어른답게 사질들을 말렸어야 했었다.

저 공동파 속가제자는 단지 경공만 대단한 것이 아니라 무공 전반이 대단한 수준이었다.

그런데 그런 인물 앞에서 거들먹거렸으니…….

유근 도장은 당장 쥐구멍이라도 찾고 싶었다.

'아니다. 지금은 그런 것을 따질 때가 아니다.'

비검회!

비검회가 얼마 남지 않았다. 감숙에 발을 들여놓을 때부터 공동이 지난 십 년 동안 비검회를 위해 절치부심했다는 풍문을 들었다.

가소롭다는 생각으로 코웃음부터 쳤다. 그런데 아니다.

비검회는 기본적으로 일대제자들 사이의 승부가 승리의 중요한 관건이었다. 만일 비검회에 나오는 공동파의 제자들이 모두 저 괴물 같은 장랑과 같은 수준이라면, 그건 보통 심각한 문제가 아니다.

비검회는 각파의 장로급들에게 여러 가지 제약을 두어 함부로 나서지 못하게 하는 상황이었다. 공동파의 선전하는 모습이 눈에 선하다. 안 될 말이었다.

소림, 무당, 종남, 청성 그 네 문파도 버거운 마당인데 공동까지 합세를 한다면…….

유근 도장은 자신도 모르게 고개를 절레절레 흔들었다.

소림, 무당이면 몰라도 공동파 따위가 비검회에서 최종 승자로 남아서는 안 된다. 유근 도장은 급작스럽게 마음이 급해졌다. 눈앞 마적 떼 토벌이 중요한 것이 아니라 한시라도 빨리 화산으로 달려가 이 사실을 알리고 대책을 세워야 했다.

고패랑은 방금 본 광경이 믿기지 않았다. '설마?' 하면서 자신의 눈을 의심해 보았다. 위종과 나곤은 그렇게 쉽게 당할 정도로 약한 실력이 아니다. 자신을 만나 마적단 생활을 하고 있을 뿐, 무공 실력만 따지면 강호의 웬만한 일류고수보다 훨씬 뛰어나다. 솔직히 자신도 조장 두 명을 방금처럼 그렇게 간단히 처리할 자신이 없다.

'이건…….'

놈이 범상치 않은 인물인 줄 짐작했지만 설마 자신과 승부를 장담하지 못할 정도인 줄 몰랐다.

눈앞의 괴물 같은 놈에게 더 큰 호기심이 생겼다. 하지만 대계(大計)를 위해 조장들이 더 희생당해선 곤란했다.

조장 한 사람을 키워내기 위해 자신과 사부가 들인 공력이 얼마인가?

무려 오 년이었다. 거기에 짜놓은 전략을 익히고 숙지시키는 데 삼 년이 더해져 도합 팔 년의 시간이었다.

고작 변방의 마적 패거리에 머무르려고 지난 세월 수없이 많은 피땀을 흘리며 수련하고 숱한 죽을 고비를 넘겨가며 싸운 것은 아니었다.

화가 치밀었지만 더 큰 희생 없이 이쯤에서 물러서야 한다.

고패랑은 결단을 내렸다.

"철수한다!"

십여 명 남은 마적 무리가 꽁무니를 빼며 도망치기 시작했다.

'저놈들이 도망을?'

장랑은 급히 그들을 뒤쫓으려 했다. 한 놈도 살려둬선 안 된다.

이때 유근 도장이 뒤에 따라붙어 다급히 장랑을 불러댔다.

"장 의원, 장 의원."

"……?"

장랑은 쫓던 걸음을 잠시 늦추었다.

"장 의원, 쫓지 마시오. 시신 수습과 부상자 치료가 더 급하오."

유근 도장의 말이 틀리지 않았다. 하지만 도망치는 놈들을 길지 않은 시간에 처리할 자신이 있었다. 장랑은 잠시 부상당해 신음 소리를 내며 여기저기서 뒹구는 공동파 제자들에게 눈길을 돌렸다. 모두 고통스러운 표정들이었다. 빨리 손을 쓰면 목숨을 건질 만한 사람이 여럿 눈에 띄었다.

"그렇게 하시죠."

"장 의원, 잘 생각했네."

장랑은 유근 도장의 말투가 달라져 있음을 깨달았다. 반 시진 전 퉁명스럽고 마치 어린아이 다루듯 하던 그런 말투가 아니었다.

은근한 반존대!

'으음! 강호에서는 주먹 센 놈이 최고라고 하더니만……'

사망 사십오 명, 중상 삼십팔 명, 경상 스물두 명.

백열 명에 이르던 칠조와 팔조 조원 중 멀쩡한 사람은 다섯 명뿐이었다.

장랑은 우선 지니고 있던 금창약과 옥정고, 마비산과 섭양환을 꺼냈다. 상처가 중한 사람 위주로 일일이 한 사람, 한 사람 찾아다니며 치료를 시작했다.

지난번 토벌대 삼십 명은 일류고수로 구성되었다고 들었

다. 장랑은 지난 토벌대가 왜 일각 만에 몰살을 당했는지 이유를 알 것 같았다.

오늘 겪어본 흑운대는 단순한 마적패가 아니었다.

우선 수괴인 고패랑에게서는 완숙한 경지에 다다른 절정고수의 냄새가 풍겨났다. 조장급 개개인의 무공은 일류고수 수준을 넘어 절정고수에 근접하고 있었고 졸개들도 몇 명을 제외하고 거의 다 일류고수 이상이었다.

어디에 내놓아도 손색이 없을 정도의 고수들이 마적질을 한다? 상식적으로 납득되지 않았다. 흑운대 패거리 뒤에 무언가 있을 것 같다는 생각이 들었다. 음모는 아니더라도 평범하지 않은 노림수가 있는 것 같았다.

'난주표국의 앞날이 평탄치 않겠구나……'

이런저런 생각을 하다 보니 부상자들의 응급치료가 거의 끝나갔다. 일찌감치 치료를 받았던 옥도 도장과 옥인 도장, 그들은 공동 제자들 상태를 꼼꼼히 살핀 후 절룩거리며 막바지 치료에 열중하는 장랑에게 다가왔다.

"옥하 사제, 고맙네."

"옥하… 자네가 고생이 많군."

"별말씀을."

장랑의 대답은 건성이었다. 그들의 입에서 나온 '옥하'라는 도호가 어딘지 낯설게 느껴졌다. 산을 내려온 지 불과 이십여 일밖에 지나지 않았음에도 그랬다. 며칠 전 만났을 때만

해도 대놓고 무시하며, 아니, 아예 상대조차 하지 않으려 했
었었다.

　하지만 공동파의 도사들이 위기에 처하자 자신도 모르게
가슴이 뜨거워졌고 분노가 치밀어 올라 물불을 안 가리고 달
려들었다. 장랑은 몸은 비록 공동은 떠났으나 마음은 여전히
공동에 남아 있음을 깨달았다.

　'그놈의 정이 뭔지……'

　밉지만 사부와 명일 도장을 생각해서 미워할 수도 없었다.

　또한 사부와 명일 사숙이 공동에 남아 있는 한 공동과의 관
계를 정리하기 어렵다는 사실도 오늘 알아버렸다.

　누군가 장랑의 뒤편에서 머뭇거렸다.

　"저……."

　무척이나 슬프고 여린 여인의 음성이었다.

　"말하시오."

　"구명지은에 감사드려요."

　"감사까지는……."

　장랑은 목소리의 매력에 이끌려 자신도 모르게 몸을 일으
켜 세워 여인에게 눈길을 주었다. 막소미다. 아까는 경황 중이
라 키가 크다는 생각만 했을 뿐 얼굴까지 자세히 보지 못했었
다. 그런데 지금 보니 초췌한 몰골임에도 상당한 미인이었다.

　"아니에요. 너무 감사해요. 인사를 드렸으니 이제 마음이
후련해지는군요."

마치 세상을 다 산 사람처럼 말했다.

"……?"

막소미가 옆에 떨어져 있던 장검을 집어 들었다.

검을 바라보는 그녀의 눈길이 예사롭지 않았다. 장랑은 그녀 눈길을 따라 자연스럽게 장검에 시선을 두었다. 흔히 볼 수 있는 청강장검이었다. 검배와 검면에 점점이 핏방울이 얼룩져 있고 혈구(血溝)에는 아직도 흐르던 피가 마르지 않았다.

장랑은 시선을 다시 막소미 얼굴로 옮겼다. 그녀의 얼굴이 무척이나 슬퍼 보였다. 착각일까? 호수같이 맑고 깊은 그녀의 아름다운 두 눈에서 투명한 유리 구슬 같은 눈물이 방울방울 떨어져 내렸다.

"흑, 흑흑……."

뒤늦게 억지로 참았던 울음소리가 토해지듯 한꺼번에 흘러나왔다. 소리는 크지 않았다. 그러나 그녀의 울음은 모두의 이목을 끌기 충분했다.

모두들 영문을 몰라 당황했다.

장랑은 그녀 눈물의 근원이 집어 든 청강장검 때문이라는 사실을 곧 깨달았다. 검의 주인은 누군지 모른다. 그러나 누가, 어떤 용도로 사용하는지 정도는 안다. 혈조가 깊고 넓으며 길었다. 싸움이 잦은 표국의 무사들이 많이 사용하는 검이었다.

막소미는 발아래 떨어져 있는 검을 보는 순간 죽고 싶은 충동을 느꼈다. 자신 때문에 많은 사람이 목숨을 잃었다는 자책은 그녀의 마음을 괴롭혔다.

"흑… 저 때문에……."

막소미가 얼굴을 감싸고 털썩 주저앉았다. 장랑은 막소미가 느끼는 자책과 슬픔의 종류가 무언지 알 것 같았다. 그녀는 표국무사들이, 또 많은 타 문파 사람들이 그녀 때문에 죽어간 것이라 생각한 것이었다. 오래전 장랑이 송진자의 죽음으로 받았던 그런 혼란과 같을 것이라 생각했다.

죽도록 미안하고, 미치도록 괴로웠던 그 감정…….

장랑은 막소미에게 동병상련과 왠지 모를 연민이 느껴졌다. 그는 막소미를 일으켜 세웠다. 말없이 손목을 붙잡아 이끌고 팔이 잘려 나가 고통스러워 신음하는 난주표국 출신 무사 앞에 세웠다.

―막 소저, 진실로 미안한 생각이 든다면 그렇게 울고만 있어선 안 되오. 소매를 걷어붙이고 부상자들을 정성을 다해 보살피시오. 그것이 눈물을 펑펑 쏟고 슬픈 표정을 짓는 것보다 백배 나을 것이오. 또한 그것이 소저 가슴에 남아 있는 미안한 감정에 대한 보답이 될 것이오.

"……."

느닷없는 전음성에 막소미는 울음을 그치고 장랑을 바라보았다. 눈망울이 순수했다.

막소미는 장랑의 말뜻을 이해하였다. 자신의 눈물이 부상을 당해 고통을 당하는 사람들의 아픔을 대신해 주지 않는다.

눈물이 피를 멎게 하고 눈물이 깨지고 찢긴 상처를 보듬고 치료해 주지 않는다.

막소미는 양팔을 걷어붙였다. 큰 도움이 되지 않을는지 몰라도 노력을 해볼 참이었다.

주변이 어느 정도 정리가 되자 장랑은 다른 생각에 사로잡혔다.

산단으로 향한 토벌대 본진에 사부 명해 도장이 있었다.

"장 소협, 여기 함께 있다가 움직입시다."

"지금 어디 가신다고 그러십니까?"

유근 도장을 비롯한 화산의 도사들, 그리고 묵룡방의 생존자들이 만류했다.

그러나 장랑은 고개를 저었다. 그들이 바라는 바가 무언지 안다.

산단에 가지 말고 남아서 부상자를 돌봐달라는 뜻이었다. 하지만 최선을 다한 응급조치 등, 스스로가 할 수 있는 것은 다 했다. 더 이상 머물러 있어봐야 시간만 아까울 뿐이었다.

그들이야 모르겠지만 자신은 머릿속에 담긴 지식에 비해 아직 손끝이 여물지 못한 초보 의원에 불과했다. 약재를 구할 수 있거나 준비해 온 약재가 많았다면 그들 뜻대로 남아 부상자들의 빠른 회복을 도울 수 있었겠지만 아쉽게도 더 이상의 도움을 주기 어려운 상황이었다.

막소미가 뭔지 모를 간절한 눈빛으로 장랑을 바라보았다. 망설이는 듯하다 조심스럽게 입을 열었다.

"장 소협, 저도 함께 가면 안 될까요?"

"막 소저, 부상자들이 너무 많소. 함께 보살폈으면 좋겠지만 이제 나 대신 막 소저가 해야 할 것 같소."

"……."

"그럼 이만."

장랑은 막소미의 안타까운 시선을 뒤로하고 북서쪽을 향해 달렸다.

산단은 십수 년까지만 해도 거대한 군영이 설치되었던 곳이었다.

장랑은 황토 벽돌로 쌓아놓은 장성(長城)을 옆에 끼고 북쪽으로 달렸다. 장성은 무너져 내리고 깨져 보수되지 않고 방치되어 있었다. 하지만 십여 리 간격을 두고 세워져 있는 초막(哨幕)과 봉화대는 아직도 멀쩡했다. 지금의 국경선은 옥문관 위쪽 안서(安西)와 돈황(敦煌) 요새였다. 얼마 되지 않는 국경수비대 역시 그쪽으로 옮겨진 탓에 초막과 봉화대는 인적 없는 황량한 폐허로 남아 있었다.

이틀 만에 산단 아래 봉성보(丰城堡)에 도착했다.

봉성보는 한때 장성을 지키던 여러 초막 중 비교적 이름이 크게 난 곳이었다. 지금은 망해 버린 서하국의 잔당들에 의해 국경저지선이 뚫린 관군이 밀려 내려와 배수의 진을 친 곳이 산단하(山丹河)다. 피아간 수천 명의 사상자를 낸 격전 끝에 최후에 관군이 승리를 거둔 곳이었다.

지나며 살핀 봉성보는 옛 흔적만 덩그러니 남아 있었다. 그러나 예전 그대로 오천 명 군사가 머물던 무너진 황토 막사가 곳곳에 아직도 그대로였다. 근래의 봉성대는 건기가 되면 말라 버리는 주변의 작은 강물과 달리 우물이 남아 있기에 지나는 대상 무리나 마적들이 종종 들러 휴식을 취하기도 하는 곳이었다.

토벌대 본진을 이끄는 막금상은 신중한 인물이었다. 서둘러 달려간다면 막금상 일행과 합류할 수 있을 것 같았다. 아니, 이미 늦었을 수도 있었다. 그러나 가야 했다.

불안한 마음도 들었다. 고패랑이 이끌던 백 명 무리만이 흑운대의 핵심이라는 보장은 없었다. 전비가 이끄는 흑운대 본진의 능력도 마적이라는 이름에 걸맞지 않을는지 모른다. 상식을 뛰어넘는 가공할 만한 실력일지도 몰랐다.

『장랑행로』 1권 끝

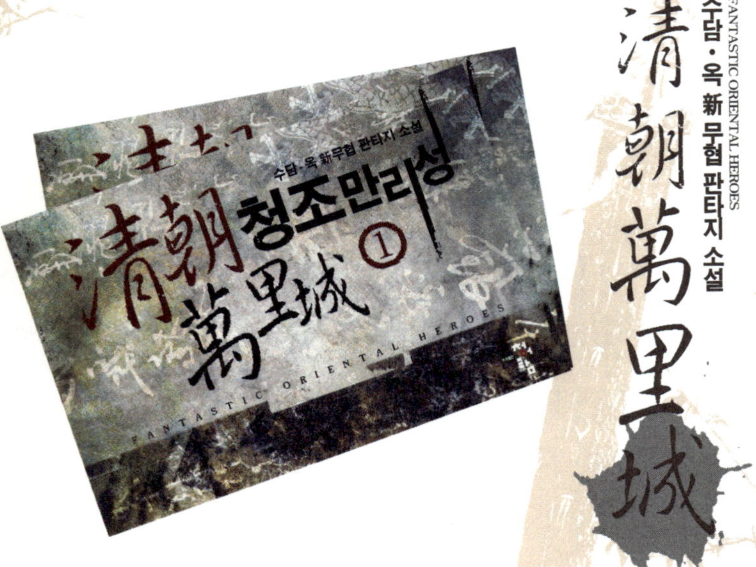

수담·옥 新무협 판타지 소설
청조만리성 ①
清朝
萬里城
FANTASTIC ORIENTAL HEROES